真珠とダイヤモンド　上

プロローグ

東京に初めて木枯らしが吹いたのは、ひと月ほど前だ。

木枯らしが吹いた、と誰かに教わったわけではない。身を切るような冷たい風に吹かれて、これから季節が変わると実感した時、その風に付けられた名称を思い出したのだ。

水矢子が、テレビや新聞から遠ざかって、二カ月が過ぎようとしている。以来、身の回りの変化は、体で感じられるようになった。

玄界灘から吹く冬の風も冷たかったが、どこか大陸と繋がっている湿った海の匂いがしたものだ。だが、関東の北風は乾き切って、関東ローム層の赤い土埃を含んでいる。その乾きの分だけ、無慈悲に感じられるのは、自分だけだろうか。

福岡から、誰も知る人のいない東京にたった一人でやって来て、長く住んでいたことが、今更ながらにうら寂しい。

水矢子は小さなキャリーバッグを引いて、井の頭公園に向かう石段をゆっくり下りていった。この公園に来るのは夜になってからで、それまではショッピングモールや、駅の周辺で時間を潰していた。

背には、色褪せた黒いリュックサック。斜め掛けしたナイロン製のポシェットには、全財産が入っている。しかし、携帯電話のバッテリーはすでに切れ、持ち金は百円もない。今や、自動販売機の温かいお茶さえも買えなくなった。

が、この先どうしたらいいのだろうと焦る思いは、不思議なことになくなりつつある。むしろ、この寄る辺なさには覚えがあって、懐かしかった。二十歳で東京に出てきた時の気持ちに、そっくりだからだ。頼る人も、行く場所もなく、ただ一人、知らない場所で浮遊する感覚。不安で、恐ろしくもあるけれど、係累がないことで、あらゆることから解き放たれた気持ちにもなれるのだ。

水矢子は、北風の吹き荒ぶ公園の中を、ゆっくりと歩いた。池を囲むようにして、アスファルトの遊歩道が巡り、周囲には雑木林が広がっている。

井の頭公園の池はY字型をしていて細長い。Yの頭の部分から、水が湧き出していて、やがてそれは神田川となって隅田川まで続くのだそうだ。

公園の端、つまりYの足の部分は、神田川の始点だ。そこは渓流のようで美しいが、その後はコンクリートで護岸を固められた開渠となる。都心を流れる川で、開渠なのは珍しいのだとか。

木枯らしが公園の樹木をごうごうと揺らす。まだ落ち切っていなかった枯れ葉が、はらはらと落ちて地表に積もる。水矢子は、踏みしめるたびに乾いた音を立てる枯れ葉を、掻き分けるようにして、遊歩道から外れたところを歩いた。

時折、人に擦れ違った。ベンチで休んだ挙げ句、木陰で吐いている飲み過ぎの中年男や、暗闇でいちゃつく若いカップル、犬を連れた老夫婦、ランニングする人。

水矢子のように行き場のない貧しそうな男が、同じような荷物を引いて、とぼとぼ歩いていることもある。だが、互いに目も合わせないで擦れ違う。

水矢子は寒風を突いて、池の周りを巡った。野外ステージを横切り、短いひょうたん橋を渡って、対岸に出る。今度は右手に池を見ながら、池から離れた林の方を歩いて、ボート乗り場の横に出る。そこから弁財天はすぐ近くだ。弁財天のあたりが、Y字の頭の左側である。真っ暗な自然文化園の裏を通って、また野外ステージまで歩く。二周もすると、足は疲れて体はすっかり冷え切っていた。

だが、まだ安全な時間にはならない。公園を見回る警備員が通り過ぎるたびに、水矢子は暗い木陰に隠れてやり過ごした。

真夜中過ぎになってようやく、水矢子はボート乗り場の横の、直角に折れ曲がった長い橋を渡り、対岸に戻った。池のほとりではなく、木立の奥にひっそりとあるベンチに腰を下ろして、ほっとひと息吐いた。この場所で、朝まで時間を過ごす。

十二月の夜は冷える。水矢子はリュックサックの中から、最後の一個になった使い捨てカイロを取り出した。包装を破って握っていると、掌がじんわりと暖かくなる。それでもじっとしていると寒いので、ダウンコートの上からカーディガンを巻きつけて、フリースを膝に掛けた。

空腹だったことを思い出し、森永チョイスの黄色い箱を取り出した。子供の頃から慣れ親しんだビスケットを、齧歯類のようにちまちま齧り、公園の水道水を入れたペットボトルから、水を口に含む。

朝から口にしたのは、このビスケットと水だけだ。ビスケットは、もうじき尽きる。食べてしまおうかどうしようかと迷っているところに、男が近付いてきた。

「ねえさん、寒いだろう。大丈夫かい？」

心配してか、時折声をかけてくる男だ。男は週に何度か、遅い時間に公園を通って帰る。その時に水矢子を見かけてから、ずっと気になっているらしい。

暗いので顔はわからないが、声からすると初老だろう。

「ええ、大丈夫です」

水矢子は、丁寧にお辞儀しながら言葉を返す。

「ほら、これで少し暖まって」

男は水矢子にお茶のペットボトルを差し出した。手で持つと、熱いほどだ。

「すみません」

小さな声で礼を言う。

「いいから、いいから」

男は照れたように言って、裏の崖に造られた急な階段を上って行った。階段の上は高級住宅街だと聞いたことがあるが、水矢子は足を踏み入れたことがない。

水矢子は再び、暗闇に一人、取り残された。

水矢子が住まいを失ったのは、もう二カ月も前のことだ。コロナ禍でパートの雇い止めに遭い、少ない貯金も尽きた。三カ月もアパートの家賃が払えずに、とうとう追い出されてしまった。家具も電化製品も家賃の足しにと、大家に没収されてしまったから、身ひとつになった。

何もかもなくして街を彷徨うことになると、最初は惨めだったが、やがて心の底がひりひりと乾いて灼けるような心持ちが、いつしか心地よくなってきた。何も持たないことが、いっそすがすがしくて解放感がある。

雑木林の向こうに見える吉祥寺の街のネオンの光が少しずつ減って、電車の音もしなくなった。公園の中は静寂に包まれている。街も人も眠りに入ってゆく時間だ。枯れ葉を踏む足音がするたびに、身を縮めて緊張していた水矢子も、ふっと心身を緩ませた。ベンチにもたれて気配を消し、暗闇に溶け込む。寒さの中で歩き回ったせいか、少し眠気が差してきた。

目を閉じてうとうとしていると、どこかでピシャッという水音がして、目が覚めた。池で魚が跳ねたのだろう。

ふと気付くと、目の前にほっそりした人影が立っていた。

「みやちゃん?」

その声には聞き覚えがあった。低くて、やや掠れ気味の、滑舌のいい声。その声を聞くたびに、性格の強さが声に表れていると、何度羨ましく思ったことだろう。

「佳那さん?」

水矢子は驚いて身じろぎした。

「うん」と人影は頷（うなず）いて、博多弁で訊（き）いた。

「みやちゃん、ここで何しようと？」

「何って、ただ、池見てるんです」

佳那は、水矢子の答えを聞いて、くっと、引き息で笑った。まったく、この子は変わらんね、と言いたそうだ。

「寒かやろう？」

「ええ、まあ」

佳那はいつの間にか横に来て、音もなく腰を下ろした。

「私も一緒におるわ。この機会に積もる話しよう」

「いいけど、寒くないですか？」

その答えがないことに、水矢子は安心した。佳那はどんなに寒くても、相手がそのことを心配すれば、決してそうだとは言わない。派手な顔立ちで遣（や）り手だから、人からよく誤解されたけれど、佳那はいつだって水矢子には優しかった。

最後に佳那と会ったのは、もう三十年も前だろうか。久しぶりに会ったのに、ちっとも時間の経過を感じさせないのは、今の水矢子が誰よりも佳那に会いたい、と願っていたからだろう。

「佳那さんに会えて嬉しいです」

「うちも嬉しかばい」

佳那がわざと強調した博多弁で応酬したので、水矢子は笑った。

「冷たか」

佳那が水矢子の手を取った。だが、佳那の手の方が、木枯らしよりも冷たかった。

「みやちゃん、あの会社でよう二年も辛抱して、貯金したね」

佳那は、当時の水矢子の境遇や心境をよく知っている。

「ほんと。何度も辞めようと思ったけど、東京に行きたくて頑張ったんです」

「あん時は、みんな頑張っとったよね」

水矢子は頷いた。

「望月（もちづき）さんもそうですよね」

「うん、あん人は最初からきらきら輝いとった。いや、ぎらぎらかなあ」

佳那は高い声で笑った。

「ところで、望月さんはお元気ですか？」

「うん」

佳那は何の迷いもなく頷いた。望月昭平（しょうへい）は、職場結婚した佳那の夫である。昭平もまた、同期入社組だったのだ。

第一章

バブル

1

伊東（いとう）水矢子と小島（こじま）佳那は、一九八六年の萬三（まんさん）証券株式会社・福岡支店の同期入社組だ。

もっとも佳那は短大出で、水矢子は高卒だったから、同期と言っても佳那は二歳年上だ。佳那は、その美貌で誰よりも目立っていたため、最初から営業部一課のフロントレディに配属された。

水矢子は営業部補佐という立場だった。要するに、お茶汲（く）みやコピー取り、雑務を何でもこなす女性事務社員だ。水矢子はこの会社で働き続ける気はなかったから、待遇には満足していた。金を貯めて大学に行くつもりだった。

中学生の時に父が病死し、母はパートをしながら、三歳上の兄と水矢子を育ててくれた。だが、母の収入だけでは、食べるのがやっとで大学進学など望めない。

兄はそんな状況に見切りをつけるのが早かった。高校卒業と同時に、大阪の信金に就職し、福岡には二度と帰ってこなかった。大阪で知り合った女と結婚して信金を辞め、妻の実家のコンビニ店を継いだ、ということは人の噂で聞いた。

水矢子は、愚痴（ぐち）をこぼしては酒に逃げる母と、貧乏臭い古家に取り残されたような気がした。

母は水矢子の進学には大反対で、一緒に住んで家計を助けてほしいと言うので、永遠にあてにされると思った。だから、水矢子は自分で学費を稼いで、東京の大学に行こうと決心したのだ。そのための、証券会社就職だった。

当時の金融業界は盛況だった。プラザ合意後の急激な円高を受けて、土地はどんどん値上がりしていた。

『金融はこれから右肩上がりだよ。就職するなら、銀行か証券だ』

就職担当教師の話を真に受けて、水矢子は萬三証券を受験した。

ともかく金が欲しかった。そして、自分で得た金によって、あらゆるものから、とりわけ貧乏と母親から、自由になりたかった。

萬三証券・福岡支店の現地採用は女子のみで、水矢子を含めて四人だった。男性社員は東京本社で二百人採用、各支店に配属になる。福岡支店には七人が配属された。縁故も営業に利用できると見込んでか、主に九州出身者だ。

「二百人、すごい数やね」

驚く水矢子に、高卒同期組の彰子（あきこ）が囁（ささや）いた。

「みんなすぐ辞めるけん、たくさん取るんやて」

「何で辞めるの？」

「ノルマが厳しいんよ」

「そんなに」

「うん。だから、うちは学歴とか関係なかやろう？　来る人拒まずや」

確かに新入社員と言っても、中途採用の人もいれば、高卒者も、名前を聞いたことのない大学を出た者も多いと聞いた。

「そういや、九大の人もおったね」

水矢子は大学進学希望だったから、九州大学出の新入社員は密かに気になっていた。

「西南学院もおる。顔も悪くないし、私、結婚したいわ」

彰子は、ここで結婚相手を探している、と臆面もなく言った。

だが、二カ月の研修期間が過ぎてからは、フロアに課長の怒号が響くようになった。

「オラ、何しとんじゃ。そげんところで油売っとらんで、さっさと電話せい。アホ」

たちまち、九大出の同期が辞めてしまったのには驚いた。こんな荒い職場では勤まらないと思ったのだろう。西南学院出もそのすぐ後に辞めてしまった。

最短で辞めたのは、東京出身で福岡支店に勤めることになった男で、研修期間中に逃げたという。そんなこんなで、七人いた男性新入社員は、夏前には半分に減っていた。

しかし、水矢子が憧れていたのは、男性社員ではなく、小島佳那だった。

前髪を下ろした髪型は、その頃流行っていた聖子ちゃんスタイルだが、佳那は柏原芳恵にちょっと似ていた。それで、入社式から騒いでいる男性社員が多かったのだが、佳那は見向きもしなかった。

結婚相手を探している彰子のような女性事務社員とは違い、佳那は見かけによらず硬派だった。入社してすぐに、一般外務員資格の試験を受けたい、と上司に申し出たという。この資格を取れば、株式・公社債・投資信託等の現物を取り扱えて、窓口業務ができるからと、はっきり言ったそうだ。

進学の希望に燃えていた水矢子は、佳那が人の目を気にせずに、熱意を隠さないところがカッコいいと思った。

しかし、水矢子は、仕事に熱意を感じるどころか、最初から腰が退けている。金融は上り調子だという教師の言葉だけで、何の予備知識もなく証券会社を就職先に選んだのだが、いざ仕事が始まってみると、何よりもその雰囲気に気を呑まれてしまった。

初の出社日、水矢子は午前八時の始業時間より、かなり早めに出社したつもりだった。が、ほとんどの男性社員が、席に着いて仕事をしているのには、正直驚かされた。

朝早くから、フロアが白いワイシャツ姿の男たちで埋められて、煙草の煙がもうもうと立ちこめているのは壮観でもあったが、異様だった。

気後れして、フロアの入り口で立ち竦んでいる水矢子に、モップを持った掃除のおばさんが話しかけてきた。

「あんた、新人さん？」

「はい、そうです」

水矢子は、自分がもっと早く出勤しなくてはならなかったのかと焦っていた。フロアに出て行って、課長に挨拶するのも怖くてできない。

「あのう、私は遅かったんでしょうか？」

小さな声で掃除婦に訊ねると、掃除婦は首を振った。

「よかとよ。あん人たちは、いつも七時から来とっちゃけん」

「そんなに早く?」

「夜も遅かけん、机ば拭く暇もなか」

掃除婦は迷惑そうに、眉を顰めて言った。

確かに、こんな朝から顧客に電話をして、怒鳴るように喋っている者もいれば、書類仕事が溜まっているのか、生真面目な顔でペンを走らせている者もいる。音高く計算機を叩く者もいて、とても中に入って話しかけられる雰囲気ではなかった。

急いで制服に着替えた後、水矢子が手持ち無沙汰に入り口で突っ立っていると、課長の吉永に指を差された。

「おい、そこの彼女、立ってるなら、お茶淹れて」

吉永は四十代の太めの男で、声が大きくて押しが強い。水矢子の苦手なタイプだった。

「はい」と消え入りそうな声で返事をした途端に、「俺も」「俺はコーヒー頼むよ」「氷を入れた水にして」「俺はコーヒーで、砂糖一杯とミルク入れて」などと、勝手な声が飛び交って、水矢子はさらに混乱した。

とりあえず給湯室に避難して、大きなヤカンに水を入れて火にかけたが、湯飲みを見ても、どれが誰のものかもわからない。困ってあたふたしていると、先輩の女性社員が出社してきて、手際よく茶を淹れた。そして、腕が折れそうなほど重い盆を持って、皆に茶を配ってくれた。

「あのう、コーヒーがいいと言う人もいましたが」

戻ってきた先輩におずおずと言ってみると、笑い飛ばされた。

「後でどうせまた言うてくるけん、とりあえずお茶配ればよかよ」

前の晩も午前様に近かったのに、よくもまあ、そんな無理ができるものだと、水矢子は驚いた。独身の営業マンたちは、真夜中に仕事が終わると、近くの独身寮に引き揚げて寝て、朝は朝食も摂らずに出社するのだという。

「じゃ、お腹空きますね。朝ご飯はどうしてるんでしょう」

水矢子の質問に、先輩は黙ってゴミ箱を指差した。そこには、おにぎりや菓子パンなどのゴミが大量に捨ててあった。凄い職場に来たものだ、と水矢子は思った。

しかも、株式相場が始まると、その喧噪たるや朝の比ではなかった。毎朝九時には、午前の取引、つまり前場が始まる。同時に、株式部から株式状況の放送が流れるから、場中のうるささと言ったら、言葉では表せない。

一斉に電話が鳴り響いて、営業マンたちが、がなり声で株の売買をする。さらに、課長の発破をかける声が被さり、電話の話し声など聞きづらいのではないか、と心配になるほどだ。

それは、まるで戦場の興奮状態に近く、誰もが酩酊したように叫び、嘆き、喜んで高笑いしている。

前場は午前十一時で終わる。後場は十三時から十五時までだ。その間、二時間あるとはいえど、まるまる二時間休める社員などいない。

電話しながら、仕出し弁当をかっ込んだり、出前で蕎麦やラーメンを取って席で啜る者もいるから、水矢子は、その世話でもかかりきりになった。慣れるまでの最初の数日間、水矢子は自分で作ってきた弁当など、食べる暇もなかったほどだ。

要するに、証券会社というところは、体育会の部活のような場所だった。徹底した上意下達で、課長には何があっても逆らえない。そして、荒々しくて声の大きな男たちが、ここぞとばかりに吠えまくる。学歴も容姿も実家の資産も何も関係なく、ともかく成績さえ上げれば、男たちの上に立てて威張れる世界だった。

このシンプルかつ粗野な世界に、学校の成績は優秀であろう九大卒のインテリや、坊ちゃん育ちの西南学院卒の男が勤まるはずもなかった。残ったのは、ともかくどんな手を使ってもひと旗上げよう、という上昇志向の強い男たちばかりだった。

このような会社では、女性社員は水矢子のような完全な補助でしかなく、窓口業務の女性たちだけが、いわゆる職場の花だった。そんな男尊女卑的な会社なのに、佳那は男と伍して闘いたいのか、と水矢子は驚いたのだった。

ちなみに、窓口業務に就く女性社員は、「フロントレディ」と呼ばれていた。ほとんどが現地採用、短大卒がメインで、ごく稀に四大卒がいた。

当時の萬三証券・福岡支店には、吉永と田畑という二人の課長を含めて、営業マンが四十二人、フロントレディは十人いた。水矢子のような、事務や雑用を引き受ける高卒の女性社員は、パートの中年女性も含めて四人である。

初日、水矢子に茶の淹れ方を教えてくれた先輩社員は、六月に結婚退職するという話だった。相手はここの営業マンではなく、見合いで会った工務店勤務の男だそうだ。

水矢子はその話を聞いて、ここにいる営業マンたちは頭が高く、女性事務社員は結婚対象にしたくないのだ、と苦く思ったものである。女性事務社員とフロントレディの間には、深い溝があった。

フロントレディになるためには、外務員試験に受からなければならない。外務員試験に受かれば、株や投資信託などの売買ができるので、フロントレディにも当然ノルマは課される。やる気になれば、それなりに報われる仕事ではあったが、会社には別の思惑があった。独身の男性営業マンは、朝の七時から夜遅くまで会社にいて、しかも寮住まいだから、若い女性に会う時間も機会もない。

フロントレディは、そんな男性社員の結婚相手として、雇われているような存在でもあった。だから、フロントレディの勤続年数は、長くて四、五年だ。たった一年で、寿退社ということもあった。

二十五歳を過ぎても、会社に残っているフロントレディは滅多にいなかったが、もちろん例外はあった。それが、古参の浅尾瞳(あさおひとみ)だ。

浅尾は二十九歳。地元では、お嬢さん学校で有名なF女子短大出身だった。萬三証券・福岡支店のフロントレディには代々、F女子短大閥というようなグループがあって、浅尾はそのボス的存在でもあった。

社員の花嫁候補ということで入社させるのだから、会社としては出自の確かな、お嬢さんを選ぶ。従って、F女子短大の卒業生が半分以上はいた。

浅尾瞳は、前髪をすだれのようにして立ち上げる当時流行っていた髪型をして、ブルーのアイシャドウと赤い口紅が目立っていた。灰色のベストスーツに白ブラウス、襟元に赤いリボンを着ける、というフロントレディのユニフォームには、そぐわない化粧だったが、その手の攻撃力が、右肩上がりの証券会社に向いていた。浅尾は顧客も結構摑(つか)んでいる、という話だった。ちなみに、水矢子たち女性事務社員は、裏方らしく紺のベストスーツで、リボンなしだ。

浅尾は一歩会社を出ると、豪奢な女に早変わりした。フープピアスに、ゴールドのネックレス。メレダイヤ入りの指輪とバングルに、ロレックスの時計。スーツもバッグもブランド品で、身に着けているものは、上から下まで百万以上の女と言われていた。

そして、似たような服を着て、そっくりなアクセサリーを身に着けたF女子短大グループの女たちと、福岡の高級レストランに向かうのだ。

フロントレディの当時のボーナスは、父親よりも高い、と言われていた時代である。

入社して数カ月経ってから、水矢子が耳にした噂がある。それは、浅尾が支店長の愛人だ、という内容だった。

真偽のほどはわからなかったが、窓口にいる浅尾の席に電話がかかった時、支店長の席を見ると、必ずや支店長が誰かと電話をしている場合がほとんどだった。互いに、目は絶対に合わせず、外を向いたまま話している。

外線で窓口の女子社員に電話をして、逢い引きの約束をする。それは営業マンが目にかなった女子社員によくやる手だ、と後で知った。

浅尾が、男たちに陰では「お局(つぼね)様」と揶揄(やゆ)されながらも、権勢を誇っていられたのは、支店長の愛人という立場もあったのだろう。

水矢子、彰子、佳那の女性同期組にもう一人、宮園美津子(みやぞのみつこ)という短大出のおとなしい女性社員がいた。美津子はF女子短大出だったので、すぐに浅尾のグループに入れられた。

美津子はあまり覇気のない、どちらかというと結婚相手を見つけに入ったような社員だった。そのせいか、やる気もなく外務員試験には二度落ちた。

だが、実家はスーパーのチェーン店を経営している裕福な家庭だった。美津子が入社できたのは、実家に投資信託を買ってもらうための財力目当てだ、と公然と言われていたほどである。

同期入社で女性の短大卒は二人きりだったので、佳那と美津子はとかく比較された。佳那は市内ではなく、田川の出身で、北九州市にある無名の短大を出ている。だから、浅尾グループから外された上に、やる気のある目立つ存在だったことが、裏目に出た。

浅尾は、美津子を可愛がり、何かというと佳那を除(の)け者にした。だが、佳那はそんなことにまったく気付かない様子だった。

「私、外務員試験受けて、バリバリ働きたいんです」

まっすぐに自分の希望と熱意を周囲に伝えている佳那の姿は、水矢子の憧れではあったが、同時に危なっかしくも見えた。現に、浅尾グループには、睨(にら)まれている。

しかも、美しい佳那は、営業マンたちに人気があった。と言っても、花嫁候補というよりは、単なる付き合いの対象として、だったかもしれず、そこが男性社員の狡いところでもあった。つまり、男性社員たちも、できれば浅尾の派閥から妻を得よう、としていたのだ。

佳那は、同期入社した男性社員たちと一緒に外務員試験を受けて、一発で合格した。美津子だけが落ちたせいか、その時から、佳那に対する辛辣な陰口が始まった。

「ねえ、小島さんのおうちは、ばり貧しかって聞いたばってん、ほんなこつね」

彰子に小声で聞かれた。

「あんまり知らないけど」

実際、知らなかったし、知りたくもなかった。

だが、彰子は滔々と噂話を語る。

「親も親族も、誰も株も投信も買えんかったっちゃ。実家は、ちっちゃな八百屋さんだって」

窓口担当になっても、いきなり客が来て、うまいこと投信が売れるわけではない。だから、最初は家族や親族に頼んで、営業を始めるフロントレディがほとんどだった。佳那の実家はそれもできないのだろう。自分と同じだ、と水矢子は佳那に親近感を持った。

佳那に対しては、陰口だけでなく無視や、わざと情報を伝達しないなどの小さなイジメがあった。だが、佳那は気付かないのか、超然としていた。いや、気付いたとしても、営業成績で勝てば文句は言えないはずだ、と思っていたのだろう。佳那には、そんな気の強さがあった。

水矢子が佳那と仲良くなったのも、フロントレディたちとは一線を画されている高卒社員の水矢子と、仲間はずれになった佳那の立場が近かったせいもある。

昼休み、佳那はいつも一人で手作りの弁当を食べていた。中身は、ご飯とおかずが一品という粗末なものだった。

ある日、佳那の湯飲みが空になっているのを見て、水矢子が急須を持ってきて熱い茶を注いでやったことから、親しく話をするようになった。

「みやちゃん、ありがとう」

「いいえ」

微笑んで行こうとすると、佳那に誘われた。

「みやちゃんも、お弁当やろ？　ここで一緒に食べよう」

躊躇(ちゅうちょ)してると、佳那が笑った。

「よかやろう？　同期なんやけん」

「そうだけど、私、フロントレディさんじゃないし」

「よかよ、そんなの」

佳那は、水矢子の遠慮を笑ったが、水矢子には、佳那に対する負い目があった。何も持たずに懸命に、株や投資信託を売ろうと努力している佳那に比して、自分は学費が貯まったら、すぐに証券会社なんか辞めて、東京で学生生活を送るのだと思っていたからだ。裏切っているような、申し訳ない気持ちがあった。

ガチャガチャと常に騒々しく、猛々(たけだけ)しい男ばかりがいる証券会社は、そもそも水矢子の性に合わなかった。就職担当の先生が勧めてくれなければ、絶対に入社することはなかっただろう。

「じゃ、失礼します」

水矢子は、弁当を持って佳那の前に座った。同期ではあるものの、佳那は二歳上で、しかも綺麗だから、どうしても遠慮してしまう。

そっと弁当箱の蓋(ふた)を開けると、佳那が身を乗り出すようにして覗き込んだ。

「どげなお弁当?」

中身は定番の卵焼きにウィンナー炒め、昨晩のおかずだった野菜の煮物を詰めて、からし高菜漬け。ご飯の上には、ふりかけがかかっている。

「よかったら、どうぞ」

佳那が羨ましそうに言ったので、水矢子は弁当箱の蓋に卵焼きを一切れ載せて、佳那に勧めた。

「卵焼き、美味しそうやね」

「ありがとう」

佳那は悪びれずに箸を伸ばし、卵焼きを口に入れた。

「甘くてうまか。これ、みやちゃん、自分で作ったと?」

水矢子は頷いて、自分もひとくち味見した。いつもより甘く感じられた。

「はい。でも、今日はお砂糖入れ過ぎたかも」

「よかとよ、甘か卵焼き、ばり好いとうけん」

水矢子は、そっと佳那の弁当を見た。白い飯の上に、梅干しがひとつ。おかずは、薄いトンカツが二枚入っているだけだった。

「うちんガスは一穴やけん、料理しにくか。お湯沸かしたら、それでおしまい」

水矢子の驚きの視線を感じた佳那は、少し恥ずかしそうに言い訳した。

佳那が支店の近くに部屋を借りているらしい、とパートの中年女性から聞いたことがあった。パート女性が朝出勤する途中、近くのアパートから佳那が現れて、ゴミを捨てるところを見たのだそうだ。

その話を聞いた時、フロントレディも含めて、ほとんどの女性社員は自宅通勤だから、アパート暮らしの佳那は、人知れず苦労しているのだろう、と水矢子は同情したものである。

「小島さんは一人で福岡に出てきて、ばりばり働いてて、すごく偉いと思います」

水矢子が褒めると、佳那は真面目な顔で頷いた。

「うん、今がチャンスやけん」

「何のチャンスですか？」

佳那は水矢子の顔を見て、どうしてわからないの、という風に笑った。笑うと、小鼻の横に皺(しわ)が寄って、子犬のような可愛らしい顔になる。

「そりゃ、金持ちになるチャンスばい」

ずいぶん率直に言う人だ、と水矢子は驚いた。

「すごい、はっきりしてますね」

「うん。私は単純明快ばい。じゃ、みやちゃんは、どうして萬三証券選んだと？」

進学資金を貯めていることを言ったものかどうか、水矢子は迷って言葉に詰まった。この粗野な実力主義の会社で、これから大学に進学したいなんて言うと、甘いと笑われかねないと警戒したのだ。

水矢子がなかなか言わないものだから、佳那は焦れたのか弁当を食べ始めた。

トンカツは出来合いの総菜らしく、衣が硬そうだ。佳那はひとくちトンカツを囓ってから、社員食堂に備え付けのソースをじゃぶじゃぶかけた。

「味が薄いけん」

その様子を、遠くのテーブルから浅尾のグループが見て、密かに笑っているのにも気付かない。

浅尾たちは、母親の手作りらしい色鮮やかな弁当を互いに見せ合い、笑ったり喋ったり、何とも賑やかだ。時間に余裕のある時は、連れ立って近くのレストランにランチを食べに行くこともある。

「ねえ、みやちゃんは、どうしてこの会社を選んだと？　結婚相手探し？」

佳那は、もう一度訊いた。

結婚相手を探しに来た、と公言しているのは彰子だから、社食に彰子の姿がないことを確かめた後に、水矢子は頭を振った。

「いいえ、そうじゃなくて」

「じゃ、何？」

佳那は、容赦なく追及する。

「証券会社はお給料がいいよって、高校の就職担当の先生が勧めてくれたからです」

「そうやろう？　みんな同じばい」

佳那が、我が意を得たりという風に頷いた。

「じゃ、小島さんも、短大の先生に勧められたんですか？」

佳那はきっぱり言った。

「自分で決めた。今は景気がようなっとうけん、金融以外考えられんかった。みやちゃんのボーナス、高校の時の友達より、ちょっとはよかやろ？」

確かに、入社三カ月では期待していなかったのに、七万円のボーナスが出た。初任給が十五万円だったから、うれしい臨時収入だった。

萬三証券のボーナスは歩合給なので、成績のよい人は給料袋が縦に立つ、と言われていた。

パートの母が、水矢子のボーナス額に驚き、『洗濯機が限界だから、あんたが全自動を買ってね』と、当然のように言われた。

「思ってもいなかったから、びっくりしました。お母さんに、全自動の洗濯機を買わされそうです」

「これまで育ててもらったお礼ばい」

佳那は愉快そうに笑った。

「小島さんは何を買ったんですか？」

「ん？　中(ちゅう)ファン買った」

佳那が当然のように答えるので、水矢子はびっくりした。社員自身も投信を買って投資しているのだ、と初めて知った。

「なし、びっくりしとうと。皆、やっとうやなかと。みやちゃんは投資せんと？」

「してないです。貯金だけ」

「もったいなか、貯金なんかせんで、こんチャンスに株か投信買わな。教えちゃるけん、あんたも買えばよか」

「いや、いいです」

証券会社に勤務しているのに、自分も投資するという発想が水矢子にはなかった。

「へえ、もったいなか。私は持ち金ば多うして、マンション買(こ)うて、海外旅行もする」

それまでは、ガスが一穴しかないアパートで我慢しても構わないし、おかずが一種類しかない弁当を食べても構わない、と思っているのだろう。

現実的で合理的な佳那を、水矢子は自分とは真逆の人だと思ったが、その正直さに惹かれる自分もいる。

「そうそう、年末のボーナスは、この二倍になるって言われとるよ」

佳那が思い出したように言う。

「ほんとですか？」

水矢子は思わず大声を出した。食堂にいる社員が全員、水矢子の方を振り向いたので、水矢子は恥ずかしくなって俯(うつむ)く。

「うん、多分ほんとばい。売り上げが伸びとるけん。私もばり頑張って、たくさんボーナスもらおう思っとう」

これ見よがしに、成績優秀者に分厚い封筒を支給するのも、社員のやる気を促しているのだろう。水矢子は、そのやり方が露骨だと思ったが、佳那は逆に張り切っているようだ。

「じゃ、我慢してでも、ここにいなくちゃ駄目ですね」

水矢子は独り言のように呟いたが、佳那は耳聡く聞きつけたらしく、その理由を知りたそうに顔を上げた。

「そげん我慢するほど辛かと？」

「辛いっていうか、この会社は騒々しいから、落ち着かないんです」

水矢子は消え入るような声で答えた。

水矢子には、場中の社内の狂騒も、課長の怒鳴る声も、フロントレディのきんきん声も耐え難い。必死に我慢しているのに、言われるがままに伝票を届けに走ったり、「お茶」と叫ぶ者に慌てて茶を運んだりして飛び回ることになる。気が付くと、すっかり場の雰囲気に呑まれて、我を忘れているのだった。

「私は好いとうよ。生きとう実感があると」

それは、佳那がフロントレディで、努力すれば報われる仕事に就いているからではないだろうか。

自分が耐えられないのは、お茶汲みや弁当の注文、コピー取り、来客の接待など、雑用しか命ぜられない女性事務社員という立場だからかもしれない。一度など、床にわざと投げ捨てられた紙ゴミを、ゴミ箱を持って拾って歩いたこともある。

では、外務員試験を受けてフロントレディになりたいか、と問われれば、水矢子には、証券会社の営業など到底できない。

いや、できないのではなく、興味がなかった。証券会社の営業マンは口八丁手八丁、客を平気でランク分けして、どうでもよい客には欺しに近いことだって平気でするし、人によっては、客の金で自分の株を買ったりもしていると聞いた。

水矢子は、そういう環境にいること自体が辛いのだ。

「まだよくわからないけど、営業の人って、結構、お客さんを欺したりしてるじゃないですか。損したのに言わなかったり、許可を取らないで勝手に買ったり。それでいいのかな、と思います」

水矢子は思い切って言った。

営業マンによっては、どうでもよいランクの客が訪ねてくると、平気で居留守を使ったり、待たせたりする。挙げ句、売り上げが足りない時は、その客に泣きついて助けてもらったのに、陰では「ゴミ箱」だの「公衆便所」だの、酷い悪口を言っていたりもする。成績がいい営業マンはほとんど、人間的にどうか、と思うような人ばかりだった。

「欺すようなことはなかばってん、お客さんはみんな、儲けたか、儲けたかっていう金の亡者やけん。ある程度は、こっちもドライに対応せなつとまらんのやないかな。長かスパンで見れば儲かるとに、すぐに損した損したって言うやろう。どっこいどっこいの勝負ばい」

佳那は考えながら、真剣に答えようとしている。だが、水矢子は話が平行線になるのを恐れて、話題を変えた。

「そういえば、小島さん、外務員試験受かったんですよね。おめでとうございます」

「ありがとう」

佳那は、箸を置いて微笑んだ。

「勉強、大変だったんですか？」

「そうでもなか。合格率七十パーセントっていうけん、安心しとった」

佳那は自信を感じさせる言い方をした。この自信満々の言い方が、浅尾たちの機嫌を損ねるのだろう。でも、水矢子には自分にない資質であるだけに、爽快に感じられた。

「さすが小島さんですね」

「褒めたっちゃ、何も出らんよ」

佳那は笑い、こう付け足した。

「逆に言えば、あげん簡単な試験ば落ちる人の気が知れん」

水矢子は、浅尾グループの端っこに座っている、美津子の耳に入らないかとはらはらしたが、佳那はそんなことはまったく意に介していないのだった。

その時、二人の横を一人の男性社員が通りかかった。社食の定食を載せたプラスチックの盆を持っている。

「あ、望月さん」

佳那が軽く頭を下げたが、望月と呼ばれた男性社員は、まったく気付いた様子もなかった。望月もまた同期組だが、水矢子はほとんど喋ったことがない。

福岡支店に配属になった七人の男性社員のうち、すでに三人は脱落したから、望月は残り四人のうちの一人だが、一番地味でどことなく野暮ったいから、存在感が薄かった。

熊本出身と聞いているが、市内の出身ではないらしく、訛（なま）りが強い。あまり聞いたことのない、熊本にある私大を出ているとかで、結婚相手を物色している彰子などは、端（はな）から相手にしていない。

しかも、望月は評判が悪かった。五月の新人歓迎会の時、吉永課長らに無理やり酒を飲まされ、トイレに行くと言ったきり、宴席に戻ってこなかった。当然のことながら、望月は具合が悪くなって、どこかで倒れているのではないか、と肝の据わった営業マンたちの間でも騒ぎになった。だが、本人は無断でちゃっかり、寮に帰って寝ていたというので、たちまち顰蹙（ひんしゅく）を買った。

空気を読まない無礼者、というレッテルが貼られ、新人なのだから多少具合が悪くても我慢すべきだ、自分勝手なヤツ、と未だ怒りが収まらない先輩も大勢いると聞いた。なのに、望月はそんなことに気付いているのかいないのか、マイペースで飄々（ひょうひょう）としている。

望月は、水矢子と佳那が座っているテーブルの端に断りもせずに盆を置き、乱暴に腰掛けた。他のテーブルは先輩営業マンたちや、浅尾たちのグループに占領されているので、さすがに行きにくかったのだろうが、そう大きくないテーブルなのだから、ひと言断りがあってもいいのでは案の定、佳那がちょっと硬い表情で、ないかと、水矢子は思った。

そういうところが、無神経で無礼だと思われるのだろう。厭味(いやみ)を言った。

「望月さん、これからお昼と？　うちら、そろそろ終わりなんで、ごゆっくり」

弁当箱の蓋を、音がするほど乱暴に閉めて、水矢子の顔を見たので、水矢子も慌てて弁当の殻をハンカチに包んだ。

「あ、どうも」

望月は一応そう言ったものの、自分が二人の邪魔をしたことに、まったく頓着(とんちゃく)していない様子だった。社食のアジフライ定食を前にして、割り箸を割ったまま、目で何かを探している。ソースが欲しかったらしく、佳那の前に置いてあったソース瓶に腕を伸ばした。

佳那が目の前に突き出された、望月の腕にむっとした顔をした。

「あんね、望月さん、年上やけん言いにくかばってん、そげな時はソース取ってくれんって言うてくれんね。目ん前に腕が出ると、ちょっと嫌な感じばい」

同期だが、望月は大卒だから二十三歳。短大卒の佳那より年上だ。いくらなんでも、佳那の物言いでは、望月が機嫌を損ねるに違いない。水矢子は、佳那の度胸に驚いた。

「あ、ごめん。じゃ、取って」

望月はけろりと言い放った。

「取ってじゃなくて、取ってくれん、やろ」

「ああ、ごちゃごちゃうるせえな」

望月が文句を言ったが、別段怒っている様子ではなかった。

「望月さんのためば思うて、言いようんばい。そうでなかと、お客さんに失礼だって言わるうばい」

佳那は頑固で、まったく譲ろうとしない。

「ああ、はいはい。俺のためを思って言ってくれてんのね、サンキュー。すみません、気を付けます」

望月は、なかば自棄（やけ）っぱちのように謝った。

「ならいいよ。行こ、みやちゃん」

席を立とうとした佳那を、望月が呼び止めた。

「小島さん、田川出身だってね」

佳那は頷いただけで、むっとしたように顎（あご）を上げて座り直す。水矢子も一緒に腰を下ろした。

「田川のどこ？」

「市内。それが？」

「田川って、大分の方だろう？」

「何言うとるの。堂々たる福岡県民ばい」

「だけど、大分に近いんだろう？　なのに、なんで小島さんは変な博多弁を喋ってるんだよ。そら、彰子さんみたいに、生粋の博多の人ならわかるけど、小島さんは違うだろう？　博多仁和加（にわか）

じゃあるまいし、おかしいよ。そんなに博多生まれに見られたいのか」

水矢子は、どきりとした。実は水矢子も、佳那の博多弁には違和を感じていた。福岡市は、福岡地区と博多地区に分かれている。黒田藩の武士の町が福岡で、商人の町が博多、と言われている。

実際、彰子は博多側に住んでいて、実家は商売をしているので、キャラとして好んで使っているところがあるのだ。

だけど、佳那は違う。それに今、彰子のようなこってりした博多弁を喋るのは、ほとんどが中高年だ。若い人はテレビの影響もあってか、標準語に近い。

「練習しとんばい」

佳那は憮然として答えた。

「何の練習だよ」

望月は可笑(おか)しくてたまらないという風に笑いながら、青菜が浮いた味噌汁を音を立てて啜った。

「客ん対応に決まっとうやろ。おじいちゃん、おばあちゃん用ばい」

水矢子は驚いて、佳那の顔を見た。佳那がそこまで考えていることなど、想像もしていなかった。だが、望月は小馬鹿にしたように、肩をそびやかした。

「あのなあ、年金貯めてひと儲け企んでる、しょぼい爺さん婆さんを相手にしてどうするんだよ。もっと太い客摑めよ。やめろよ、そんな似非(えせ)博多弁。カッコ悪いだろ」

そう言って、佳那と同じように、アジフライにソースをじゃぶじゃぶかけた。それをちらりと横目で見た佳那が、不機嫌な声で言った。

「望月さん、失礼やなか」

「全然失礼じゃないよ。親切な助言だよ。小島さん、『博多っ子純情』の読み過ぎじゃないの？　標準語喋れるの？」

望月は標準語を話しているが、ひどい訛りがある。なのに、偉そうに上からものを言うので、佳那の怒りは頂点に達したらしい。

「あんたなんか、いっちょん成績悪かやなか。人に助言しきるような立場と？」

「あんた呼ばわりか。あのなあ、俺はまだ結果が出てないだけだよ。これから一番になるから見てな」

「は？　雑魚(ざこ)が何言いよう」

「雑魚ときたか」

望月は、余裕を感じさせて笑った。

「雑魚に雑魚言うて何が悪か」佳那は激怒している。

だが、水矢子は佳那の気の強さ、口の悪さに啞然とした。これなら望月といい勝負ではないか。

ふと周囲を見ると、二人の口喧嘩が白熱しているので、社食にいる全員が二人を注視していた。営業マンの中には、わざわざ眼鏡を掛け直した者もいるし、無理に首を捻(ひね)って、こちらを凝視する者もいた。

「小島さん」

水矢子は小さな声で注意を呼びかけたが、佳那は興奮しているのか聞こえない様子で、高菜の漬け物で丼飯をかっ込んでいる望月を睨んでいる。望月は、佳那の視線などどこ吹く風で、憎たらしくも平然としているのだった。

「ちょっと、あんたたち、うるさいよ」

浅尾瞳に一喝されて、佳那はようやく我に返ったかのように顔を上げ、自分たちに注意を向けている同僚たちを見回した。

「喧嘩するなら、外でしなさいよ。いい迷惑よ」

「すみません、喧嘩じゃないんです」

すぐに謝ったのは、望月の方だった。愛想よく笑いながら、ぺこぺこと浅尾のテーブルに向かって頭を下げている。

「じゃ、何よ」

浅尾がからかうように言うと、望月はちらりと佳那を見遣った。

「同期の戯れ(たわむ)れです」

「戯れ？　何言ってんだか」

浅尾が失笑すると、同じテーブルにいるフロントレディたちが高い声でどっと笑った。同期の美津子だけは笑わずに、佳那に冷ややかな視線を投げかけている。

とっくに食べ終わった営業マンたちは、煙草を燻(くゆ)らしたり、楊子(ようじ)をくわえて、まるで座興のように二人を眺めていた。後に、酒席でこの話題が出るのは、明らかだった。

だが、佳那は「すみません」と、誰にともなく呟くように言っただけで、弁当箱を掴んで、足音荒く社食を出て行った。水矢子は、佳那の後を追った。廊下でやっと追いついて、声をかける。

「小島さん」

「何?」

振り向いた佳那の目に悔し涙が浮かんでいるのを見て、水矢子はびっくりした。

「大丈夫ですか?」

「大丈夫じゃないよ。頭に来た。あいつ、絶対に許さない」

「望月さん、失礼ですよね」

水矢子が同調するも、佳那は一人でぶつぶつ呟いている。

「何が戯れよね。明らかな侮辱じゃないの。私たちフロントレディなんか、小口客ばっかだと思って、馬鹿にしてんのよ」

「なるほど」

水矢子は、佳那の屈辱の正体にようやく気付いた。浅尾たちのように、実家の助けもない佳那は、自分なりに顧客を摑もうと必死なのだろう。それを「しょぼい爺さん婆さん目当て」と蔑んだ望月は、確かに無神経で無礼だ。

しかし、それは証券会社の営業マンの本音に違いない。自分らに大金を預けて、投資を任せてくれる太い客しか、ここでは存在価値がない。

だから、嫌なのだ、ここにいるのは。萬三証券勤めが辛い水矢子は、溜息を吐いた。

「どうしたの？　今、溜息聞こえたよ」

いつも耳聡い佳那が、水矢子の方を振り返った。

「いや、何でもないです。あの、私なんかが言ったってしょうがないけど、私は絶対に小島さんの味方ですから」

「ありがと、みやちゃん」

佳那が水矢子の手を握った。水矢子は、その手が震えているのに気付いて、衆目の中で貶(おとし)められた佳那は、どれほど傷付いたのだろうと心を痛めたのだった。

昼休みが終わり、営業マンたちはすぐに始まる後場の準備で、慌ただしい動きを見せていた。だが、新人は顧客開拓のために、外回りに出なくてはならない。

水矢子は、外回りに出る望月を捕まえようと、従業員用出入り口で待ち構えていた。やがて、紺のスーツの上着を腕にかけ、黒い鞄を持った望月が早足で現れた。細身で意外に背が高い。ただ、地味なネクタイの柄や、赤みを帯びた茶色の靴などの趣味の悪さは、いかんともしがたかった。

「望月しゃん」

水矢子はわざと博多弁で呼びかけた。望月は、水矢子のことなど興味がないのだろう。名前も知らないのか、立ち止まったまま言葉が出ない様子なので、水矢子は自己紹介した。

「事務社員の伊東です」

「伊東さん」

「はい、同期です」

「そんなの知ってるよ。同期会やったじゃないか」

望月は、苛立(いらだ)ったように言った。

「あの、さっきの社食でのことですけど」

「はあ。それが、何か」

文句があるのか、という風に、望月は水矢子に向き直った。

「みんなの前で、小島さんを馬鹿にするようなことを言ったら、小島さんに失礼ですし、気の毒です。謝ってあげてください」

「あのさ、何でそれを伊東さんが俺に言うの?」

「望月さんが、気が付いていないみたいだからです」

「何を?」

「小島さんが傷付いてることです」

「なるほど。それは小島さんが自分では言えないからか」

「そうです」

「あんた、お節介だね」

望月が鼻先で嗤(わら)って出て行こうとしたので、むっとした水矢子はさらに言った。

「小島さんに謝罪すべきだと思います」

「正義の味方かあ」と、望月は嘆息した。「あのね、俺は、みんなが小島さんの博多弁を陰で笑っているから、ああいう形で注意してあげたんだよ。小島さんも、ちゃんと公に理由が言えてよかったじゃない」

物凄い詭弁（きべん）だと思ったが、水矢子は、「みんなが小島さんの博多弁を陰で笑っている」という言葉に衝撃を受けた。自分はまったく知らなかった。

「笑ってる人がいるんですか？」

望月は外回りに出て行く他の社員たちに、ちらりと目を遣ってから頷いた。

「知らないのは、彼女だけだよ。だって、大袈裟じゃないか。よく和歌山とか奈良のヤツが、まるで大阪出身みたいに、こてこての大阪弁を喋ってることがあるだろう？　ああいう感じで奇異だからさ。早く気が付けよ、と思って、俺が言ってやったんだよ」

逆に、まるで感謝しろ、と言わんばかりの言い方に、水矢子は呆れた。

「でも、それは言い方があるんじゃないですか」

「そうかもしれないけど、俺のやり方はああなの」

「何か、望月さんて嫌な人ですね。捻（ねじ）れてる」

思わず口にすると、望月は笑いを浮かべて、わざとのように博多弁で言った。

「女ん人は、気が強かね。敵わんばい」

水矢子は、自分は気が強いどころか、気弱な人間だと思っていたから驚いた。だが、抗弁しようとした時は、望月は後ろ姿を見せて歩きだしていた。

高校生並みの青い正義感など、望月のような男には歯が立たないということか。敗北感に、水矢子は呆然と突っ立っていた。

「みやちゃん、望月さんと何話してたの？」

背後から佳那の声がしたので、水矢子は驚いて振り向いた。

同じく外回りに出ようとしている佳那が、真後ろに立っていた。その声音に咎(とが)めるような調子があるので、水矢子は答えられなくて、しばらく黙っていた。

「ねえ、何話してたの？」

焦れたように、佳那が再度訊く。

「さっきのことです。望月さんが、あまりにも失礼だから、小島さんに謝るべきだって言ったんです」

「へえ、そしたら？」

佳那は気のない様子で訊いた。黒のスーツに合皮のショルダーバッグという、地味で質素な格好をしている。

「謝る気はないみたいです。お節介だと言われました」

佳那は大きく嘆息した。

「お節介なんかじゃないよね。みやちゃんは、私の味方をしてくれたんだから。ほんとに、あいつは何もわかってないよね」

佳那はもう、無理をしたような博多弁を喋ろうとしない。

そのことに水矢子は気付いたが、痛ましい思いがして、何も言えなかった。佳那なりに張り切っていたのに、何もあんな形で貶められる必要などなかった。

しかし、望月によって封じられたからこそ、佳那は少し自由になれるのかもしれない、とも思うのだった。

「小島さん、営業ですか？」

「うん、一人、脈のあるお爺さんがいてね。投信を買ってやってもいいって、言ってくれてるの。だから、気が変わらないうちに、ちょっと行ってくる」

佳那は気持ちを切り替えたかのように、すっきりした表情をしていた。水矢子は、佳那に契約を取ってきてほしいと、心から願って手を振った。

「頑張ってください」

だが、佳那は振り返りもせずに、早足で会社を出て行った。その後ろ姿を見ると、肩に力が入っているのが容易にわかる。

「伊東ちゃん」

熟れた果物のような香水がふわっと匂った。浅尾と美津子が、背後に立っていた。同じく外に営業に行くところらしい。美津子を引き連れているのは、顧客を紹介したり、外務のやり方を伝授するつもりなのだろう。

水矢子は、「伊東ちゃん」と呼ばれるのが嫌いだ。支店長を始めとする男性社員たちが皆、そう呼ぶからだ。伊東ちゃん、お茶。伊東ちゃん、新聞取って。伊東ちゃん、灰皿取り替えて。自分で何もせずに、まるで便利なロボットであるかのように、水矢子をこき使う。

「伊東ちゃん、小島さんと仲がいいんだ。知らなかったわ」

浅尾が頭を振りながら言う。

「同期ですから」

「あら、宮園さんだって同期でしょう？」

浅尾が不満そうに言うので、水矢子は少し慌てた。美津子の存在を忘れていたわけではないのだが、美津子があまり心を開いてくれないので遠慮があった。

「あ、そうです。でも、宮園さん先輩だし」

「二年先輩は、小島さんも同じやろ。確か、あの子も短大出やろ。なあ？」

浅尾は、水矢子の失言を見逃さない。美津子に同意を求めた。浅尾の後ろに控えている美津子が、淑（しと）やかに頷いた。

「そうです」

「だけど、全然知らん学校やけん、ちょっと、ピンとこん」

浅尾が振り返って再び美津子を見ると、美津子は同調するように小首を傾げた。美津子は色白で痩せており、肩までの髪を内側にカールさせた、いかにもおとなしいお嬢さんという佇まいである。

水矢子は何となく癪（しゃく）に障ったので、こう付け足した。

「同期は、彰子さんもいます」

「ああ、彰ちゃんね。あの子は面白いとね」浅尾が柔らかく笑った。

水矢子は、浅尾が自分たち女性事務職員に対しては、「ちゃん」づけで呼ぶことが気になった。男性社員が、自分たちを呼ぶのと一緒だからだ。

「今年の新人は、バラエティに富んでるとね。私たちの期は、全員短大出だったけん」

浅尾が思い出すように言う。

確かに、その期は四人の短大出の女性を取ったらしいが、今現在、残っているのは浅尾だけである。浅尾自身も、自分でそのことに気付いたのか、肩を竦めてみせた。

「さ、そろそろ行こか、宮園さん」

浅尾が美津子に言うと、美津子は無言で頷いた。

「これから営業に行かれるんですか？」

水矢子の質問に、浅尾は楽しそうに答える。

「うん、ちょっと要領を教えてあげんと、この人、お嬢さん育ちやけん」

「そんなことなかとです」

美津子が羞じらって否定するのを見て、水矢子は馬鹿馬鹿しくなった。本当はそう思われたいくせに、と突っ込みたくなる。

水矢子が中に戻ろうとすると、浅尾が思い出したように引き留めにかかった。

「そうそう、伊東ちゃん、今日の夜、空いてる？」

水矢子は驚いて警戒した。

「夜って、何時頃ですか？」

「いろいろ片付けてからやけん、終わると八時頃かな」

フロントレディや営業マンと違って、事務職員は定時に帰れる。

八時ならば、家で夕飯を食べ終わり、片付けも済んで、テレビに見入りながら晩酌をする母親を横目に、受験勉強をしている頃だろう。

「その時間は家にいますけど」

「家、どこ？」

「西新（にしじん）です」

「近いやないの。あのな、よかったら、天神（てんじん）まで出ておいでよ。明日休みやろ？」

「え、何でですか？」

よほど水矢子の疑問が頓狂だったのか、浅尾と美津子が同時に噴きだした。

「何でって、お酒飲んで遊ぶんばい。女子の歓迎会や、いや、親睦会やね」

「私、未成年ですけど」

浅尾が笑って、美津子と目配せした。

「伊東ちゃんは、くそ真面目やね」

美津子が小さな声で言った。

「浅尾さんが、馴染みのお店に連れてってくれるんやと。その後、ディスコとか行くとね」

「へえ、凄い」

自分には縁のないところだ。思わず、そう言ってしまった。

「彰ちゃんも行くって」

浅尾が誘うように言う。

「いいなあ。でも、私はいいです。家でやることもあるし」

「そう、残念やね。せっかく、女たちだけで遊ぼ思うたとに」

どうせ、その遊びのグループに、佳那は入れてもらえてないだろう。そう思うと、自分だけ参加するのは心苦しく、水矢子はさほど行きたいとも思わなかった。

「じゃ、もうじき後場が始まるんで失礼します」

水矢子は二人に礼をして、社内に戻った。茶を淹れて、殺気立つ男たちに配らなければならない。

給湯室に行くと、彰子がヤカンに水を汲んでいた。

「あ、私やるよ」

声をかけると、彰子が振り向いて盆を指差した。

「ええよ。私がやるけん、そこに湯飲み並べておいて」

「わかった」

水矢子が営業マンの湯飲みを盆に並べていると、彰子が言った。

「なあ、みやちゃん、浅尾さんに誘われたやろ？」

「うん」

彰子が心配そうに訊ねる。

「みやちゃんも行くやろ？」

「いや、いったん帰ると出るのが億劫(おっくう)だから、やめとくわ」

「ええっ、もったいなかばい。だって、最初にバーに行って、それからディスコ行くって。それも、浅尾さんたち先輩が奢(おご)ってくるうたい」

「だけど」

水矢子は言い淀んだ。大学受験をするつもりだと、佳那にはいつか言おうと思っているが、毎晩、受験勉強をしていることは誰も知らないし、言ったこともない。しかし、思ったよりも勤めが辛くて、最近は勉強にも身が入らない。だらしない自分を、何としてでも律したかった。

「じゃ、お店ん名前、教えちゃるけん。だばってん、できたら来んしゃい。先輩方の間で、一人じゃ心細かけん」

彰子はポケットからメモ用紙を取り出して、水矢子にくれた。店の名前と電話番号が横文字で書いてある。

水矢子は制服のスカートのポケットに入れた。どうせ行くつもりなどないから、店名など、ろくに見なかった。

「ねえねえ、小島さん、社食で喧嘩したんやって？」

茶を淹れながら、彰子が訊いた。

「まあね。でも、あれは望月さんが悪いのよ。すごく失礼だった」

「望月さんて、何か垢抜けんけん好かん」

「私も嫌い」

「だばってん、小島さんも気が強かね。あげなはっきり言う人、見たことなか。それに、投信だけじゃなくて、媚びも売っとうて言われとう」

「誰が言うの？」

水矢子が問うと、彰子は肩を竦めた。

「男の人たち。小島さんな、もてるんばい」

佳那が、顔立ちのはっきりした美人だからか。しかし、懸命に仕事をしている佳那に、媚びを売るなんて言い方は無礼だし、そんなことを言う男たちにもてたいとは、佳那も決して思わないだろう。

水矢子の家は、地下鉄の駅から歩いて十分ほど。賑やかな商店街を抜けて、数本の狭い路地を入ったところにある。

新しい木造モルタル塗りのアパートだが、１ＬＤＫで狭い。兄が大阪に出て行って母親と二人暮らしになった時、古い借家を引き払ってここに越してきた。

母親が六畳の寝室を使っているので、部屋のない水矢子は、リビングダイニングの端っこに勉強机を置き、その周囲をハンガーラックで壁のようにして囲っている。夜は、その狭いスペースに布団を敷いて寝ていた。

「ただいま」

水矢子が玄関ドアを開けると、母親が鼻を押さえた。

「臭か」

水矢子はむっとした。

「人が帰るなり、そんな言い方はないでしょ」

「あんたん全身から、煙草んにおいがする」

「しょうがないでしょ、そういう職場なんだから。煙草の煙がもうもうなんだもん」

思わず、唇が尖(とが)った。

「わかってるけん、早くお風呂ば入りんしゃい」

部屋の中は、カレーの香りに満ちていた。母親は、週末になると大量のカレーを作って、休みの間はカレーばかり食べて暮らす。週日は自分の弁当を作るために、総菜を買ったり作ったりしなければならないからだ。

カレーではおかずにならないので、週末だけのメニューになる。もっとも、自分の分の弁当を作る水矢子も、その恩恵に与(あずか)っていた。

しかし、煙草臭い職場で我慢をしているからこそ、入って早々でもボーナスを貰えるのだ。自分はパートでボーナスがないから、そのボーナスで全自動洗濯機を買え、と責める母親は自分勝手ではないか。水矢子は理不尽に思いながら、ユニットバスに浸かった。

風呂から出ると、すでに母親は晩酌を始めていた。夏は缶ビールを一本飲んだ後に、焼酎の水割りを延々と飲む。その横で、パジャマに着替えた水矢子はカレーライスを食べた。

「洗濯機んことだばってん、そこん電器屋が二割引きでよかって言いようけん、頼むつもりばい」

すでに酔った顔をしている母親が、持ちかけた。

「そこの電器屋ってどこの電器屋？」

「商店街のモトヤ商店って、電器屋ばい」

家電商品を扱っている小さな店だ。

「他にもっと大きなところないの？　そこはアフターサービスとか大丈夫なの？」

顔見知りと見えて、詳しい話を聞いていないのだろう。母親は黙り込んだ。

「で、いくらなの？」

「七万ちょっとやって」

「ボーナス全額は嫌だよ。私も少しは貯金したいから、半分なら出すよ」

「そんくらい出ししんしゃい。これまで世話になったんやろう」

「お母さん、私がお金貯めてるの、知ってるでしょう？　だったら、全額なんて勘弁してよ」

「やったら、私の洗濯機、使いなしゃんな」

急に怒るのも幼稚なことを言いだすのも、すべて酒のせいだ。この後は酔い潰れて、食卓にもたれて寝てしまうに決まっていた。

水矢子はうんざりして、立ち上がった。母親が酔い潰れているうちに、二層式の洗濯機で自分の洗濯を済ませてしまおうと思う。明日になると、ボーナスを全額出すと言うまで、洗濯機を使わせない、などと言いだすかもしれない。母親は歳を取るに従って酒量が増え、酒量が増えると同時に狭量になった。

水矢子は、化織の制服も持ち帰って、家でざぶざぶ洗っている。そうしないと、職場で染み込んだ煙草のにおいが取れないからだ。スカートのポケットに手を入れたら、思いがけない紙片が出てきてびっくりした。「ＴＨＥ ＧＯＬＤ」。電話番号が記してあった。

二層式の洗濯機に、自分の洗濯物を入れただけで回さず、そっとリビングダイニングの方を窺った。案の定、母親は大音量でテレビを点けっぱなしにして、うつらうつらと舟を漕いでいる。

これでは、勉強なんかできないし、やったとて能率は悪いだろう。水矢子は、自分の今いる環境がどうにも我慢できなかった。そこから飛び出すための準備期間だとわかっているのに、早くも辛抱が利かなくなってきている。こんな時、佳那はどうするのだろう。

水矢子は自分のコーナーに行って、ハンガーラックに掛かった服を選び始めた。なるべく子供っぽく見えない服を着たかったが、あいにく手持ちはない。高校の時によく着ていたスカートとブラウスにした。

店に着いたのは、すでに九時近かった。店は天神の繁華街のビルの上階にある。金色に塗られたドアをおずおずと開けると、薄暗がりの空間が広がって、お香のようなにおいが漂っていた。

こんな場所に来たのは初めてだったから、戸惑って立ち竦んだ。だが、目が慣れてくると、広い店のあちこちにぼわんとオレンジ色の光が点って、そのテーブルには、若い女のグループがさんざめいていた。

「みやちゃん、こっち、こっち」

彰子がいち早く見つけてくれて、手を振った。ひときわ大人数の女性だけのグループがいる。中心に座っているのは、ボス格の浅尾で、その配下のフロントレディたちが居並んでいた。

「伊東ちゃん、来てくれたと」

黒いワンピースに、太いゴールドチェーンを胸に垂らした浅尾が、立ち上がって手を振った。肩のパッドが大きい。

横に座っている美津子が会釈した。美津子は白のパイピングが施された紺色のワンピースだ。金の縁取りがあるパールのイヤリング。

浅尾と美津子の間に座っていた、見慣れない女性は和装だった。夜会巻きにした髪は豊かで、たいそう美しい。

「いらっしゃい」

しかし、太い男の声だ。驚いて目を瞠ると、浅尾が楽しそうに紹介してくれた。

「こちらは、ママの玲子さん」

どういうことだろう。混乱した水矢子に、隣に座った彰子が囁く。

「ここね、ゲイバーばい」

だから、店にいるほぼ全員が女性の姿をしているのだと、初めて得心がいった。すべてが、水矢子の初めて知る世界だった。

「浅尾さんたち、ここによく来るんだって」

ママと何か話していて、大笑いする浅尾の声が甲高い。

「何を召し上がります？」

隣にいた若い女から、男の声で訊かれて、水矢子は飛び上がりそうになった。わかっていても、自分よりも美しい人が男だという驚きがある。

「あの、ジュースありますか？」

「何ジュースがいいの？」

「じゃ、オレンジジュースをください」

「ウォッカ垂らしてあげようか」

その美しい人が、水矢子の顔を覗き込んだ。

「いえ、いいです」

一応、断ったものの、ウォッカが何だかわからない。

「ウォッカって何ですか？」

「お酒よ」

母親が家で飲むのは、芋焼酎だ。だから芋焼酎の銘柄は知っていても、洋酒の種類は全然知らない。水矢子は恥ずかしくなって、小さな声で言った。

「お酒なら、いいです。ジュースだけにしてください」

「ウォッカ知らないの？」

その人に愉快そうに言われて、水矢子は思わず謝った。

「すみません」

世間知らずな水矢子は、よく会社でも叱られる。

ヘビースモーカーの営業マンに、ハイライトを一カートン買ってくるように言われ、一個だけ買ってきて怒られたことがあった。カートンという単位を知らなかったのだ。

また、社員の昼飯の注文を書き留めている時、「天麩羅（てんぷら）そば、リャン」と言われ、麻雀用語の「リャン」がどういう意味かわからず、書き留められないままに、どんどん注文が殺到して数を間違え、叱られたこともあった。しかし、それを丁寧に教えてくれる先輩もいない職場だった。

「そんな、謝らなくてもいいのよ」

その人は優しく言って、水矢子の手をそっと撫（な）でた。

スカイブルーのドレスは、どんな素材でできているのか、体にぴったりしたボディコンシャスで、胸も尻も水矢子より膨らんでいる。色白で腕も指も細く、女性でも滅多に見ない美人だった。だが、声だけは男のもの、それも太くて低いのだった。

「あのう、失礼ですけど、男の人なんですか」

水矢子は遠慮がちに聞いた。

「ええ。でも、心は女よ。私は美穂（みほ）。中山美穂と一緒。今度いらしたら、指名してね」

確かに、大きな目許や細い鼻梁（びりょう）が、中山美穂に似ている。一人でこの店に来ることはあるまいと思ったが、水矢子は素直に「はい」と頷いた。

「嬉しいわ、よろしくお願いします」

美穂が頰を寄せて、名刺をくれた。店の名前の横に、「美穂」と明朝体で書いてある。

「ねえ、お客さん、名前は何ていうの？」

「伊東水矢子です」

「どんな字？」

「水の矢と書いて、水矢子」

水矢子の名は、亡くなった父親が付けた。

水矢子が生まれた朝、雨が降っていた。その激しく降る雨の様を見て、水の矢のようだと思って名付けた、と聞いたことがある。その話をすると、美穂が褒めた。

「わあ、珍しいわね、詩的なお名前。私もそういう名前にすればよかったわ」

水矢子は照れて俯いた。

「お父さんは、何をされてた方なの？」

「父は製薬会社の社員でした」

水矢子の亡くなった父親は、小さな製薬会社の営業だった。地味なスーツを着て、社用車で病院や医院を走り回っていた。受け持ち地域が広く、佐賀の方まで日帰りで往復していたから、疲労が重なったのだろう。心臓麻痺で、突然亡くなった。

「亡くなられたのは、どれくらい前？」

「五年前です。今は母と二人暮らしです」

父が死んで、すべてが変わってしまった。

兄は大学進学を諦めて大阪に行ってしまったし、母親はパート勤めで苦労し、酒を手放せなくなった。自分も大学に進学するためには、自力で金を貯めなければならない。

美穂が、人差し指を尖った顎に当てて、考え込むように言う。

「あら、私も逆だけど同じよ。母親は早く死んで、父親と二人暮らしだったの。でも、父親は私のこと嫌いだったから、この仕事に入ってから、すぐに家を出たわ」

「どうしてですか?」

水矢子は驚いて、美穂の美しい顔を見た。

「どうしてって、オヤジの思うような男じゃないからよ」そう言ってから、あははと陽気に笑った。

「あら、嫌だ。私ったら、自分のこと語っちゃってるわよね」

その時、浅尾の酔った笑い声が聞こえてきた。ママの玲子と、何か論争になっているらしい。

「今は株がどんどん値上がってるから、買わなきゃ損ばい。みんな買っとうよ。玲子さん、何で株やらんと?」

浅尾が、ブランデーらしき琥珀(こはく)色の液体の入ったグラスを持ったまま、玲子にからむように喋っている。

浅尾の取り巻きのフロントレディたちは、興味深そうに身を乗り出して、玲子の返事を待っている様子だ。

「だってえ、株って絶対に損するもんじゃなあい? だから、手を出しちゃいけないって、おじいちゃんから固く、固く言われてたの。それって、うちの家訓ですもの、守らなきゃ駄目なのよ」

玲子が品を作りながら、誇張された女言葉で言う。

「家訓って言われたっちゃ、困るばいねえ」浅尾が取り巻きを見回して言うと、一同はどっと笑った。「損なんか絶対にしないって。これからずっと値上がりしていくけん、買わん方が損や。な、そうやろ？」

横に侍った美津子が、うんうんと頷いている。酔ったのか、ほんのりと赤い顔をして、目許が潤んでいた。

「そうかしら。何か信用できないのよね、株屋さんて」

玲子が浅尾の方を見て、大仰に睨んでみせる。

「株屋？　玲子さん、うちは証券会社で、株屋やなかとよ。総会屋とか仕手筋とかと間違うとらん？」

浅尾が細い煙草をくわえると、すかさず玲子が袂からライターを出し、両手で囲って浅尾の煙草に火を点けた。玲子の腕も色が白くて華奢だ。

「間違ってなんかないわよ、馬鹿にしないでちょうだい。これでも、私、大卒なんだからね」玲子が自慢げに胸を張ってから、小さな声で付け足した。「嘘、高校中退。それも偏差値四十」

浅尾が煙を吐き出しながら笑う。

「だけど、株屋と証券会社は似たようなもんでしょ？　何で違うって頑張るの？」

玲子が不満そうに言った。

「名前が違うばい」

誰かが合いの手を入れて、また笑いが起きた。

「そうだ、玲子さん。試しに、中国ファンドやったらどげんね。一千万、私に預けて。そしたら、それがばーんと殖やしちゃる。中国ファンドは人気商品やけん」

「何、それ？　中国製？」

「違う。中国のファンドじゃなくて、中期国債ファンド。中期国債ば主に買い付けて、一カ月複利で運用すると」

「嫌だ、そんなの。ちっともわからないじゃない」玲子がきっぱり断った。「それって、元本保証ないんでしょ？　そんなのよか、銀行の方が安全よ。銀行は利子だって付くじゃないの」

「確かに元本保証はできないけど、絶対に損はさせないから大丈夫。銀行に預けたって、金利低いけん、もったいないばい」

「ほんと？　浅尾ちゃんたら、うまいこと言って、私のこと欺す気でしょう？」

玲子ママが横目で睨むと、横に張り付いている浅尾の子分のフロントレディたちが、援護射撃をした。

「ほんと、ほんと」

「絶対、大丈夫ですよ」

「玲子さん、まず百万でいいから、私に預けて。それが五百万、一千万になるかもしれんのよ。

ただ持っとるだけでは、百万の価値しかないけど、株ば買えば確実に儲かるっちゃけん。今は買いの時代ばい。誰でも知っとう事実ばい」

浅尾が言い切ったが、玲子はまだ半信半疑で頷かない。

「この世に、そんな甘い話があるのかしら。私って、こんな辛い商売してるから、にわかに信じがたいわあ」

「どこが辛いの？」

誰かが混ぜっ返すと、玲子が身を捩った。

「いやあん、この男社会でさ、か弱い女が一人で生きるのって、辛くなあい？」

酒に酔った女たちが腹を抱えて笑っている。

玲子はふざけて言ったのだろうが、水矢子はその言葉が身に沁みた。そうだ、その通りだ。証券会社のような男尊女卑の世界にいると、何も開けてはこない。自分はこの世界から出て行かなければならないのに、その道は遠くて険しそうだ。

「ねえ、水矢子さんも株売ってるの？」

なんとはなしに、彼女らの会話に耳を傾けていたように見えた美穂が、突然訊いてきたので、水矢子は驚いた。

「いえ、私は事務だし、免許もないから売れないんです。だけど、中国ファンドって、いい商品だって聞きました」

聞きましたと言っても、単なる請け売りである。何がどういいのか、説明することもできない。

「へえ、それって小口でも買えるの？」

美穂が興味津々という態で、さらに訊ねてきたので、水矢子はびっくりした。

「いくらからでもいいと思いますけど」

「じゃ、お宅に預けようかな。私、ちょっと貯金してるのよ。でも、もっと殖やしたいと思ってるの。いずれ、お店出したいのよ」

美穂は、水矢子に囁くように言う。

「あのう、本気なら、週明けにうちの支店に来てくれませんか。信頼できる人を紹介します」

水矢子の言葉に、美穂はちらりと浅尾の方を見遣った。

瞬時に、浅尾たちに対する水矢子の反感を読み取ったのかもしれない。

「わかった。月曜日の午後に行くわ」

「ありがとうございます」

水矢子は、仲間に知られないように低声で礼を言った。

佳那に美穂を紹介すれば、佳那の売り上げになるだろう。

水矢子は、女性社員の中でたった一人、親睦会に呼ばれなかった佳那に義理立てしている自分に気が付いた。

あと数分で深夜零時になる頃、萬三証券の女性社員グループは、「ＴＨＥ　ＧＯＬＤ」を後にした。

ビルの前の通りは、色とりどりのネオンが煌めき、まるで昼間のような明るさだった。その通りを、大勢の酔客が往来している。

あちこちでタクシーの争奪戦も起きるほど、週末の福岡はたいした賑わいで、水矢子は呆然とその様子を見ていた。ここには、家でつましい夕食を食べ、参考書を開いていた自分の知らない世界がある。

酔客と言っても、中年以上の男たちは別のところで飲んでいるのか、目に付くのは、DCブランドのスーツに身を包んだ、洒落た若い会社員たちだった。会社員たちは、道行く若い女に声をかけたり、数人で輪になって談笑したりして楽しそうだった。

浅尾が「THE GOLD」での会計を全額支払ってくれたと聞いて、財布を出そうとした水矢子は驚いた。

「いいのよ、伊東さん。どうせ経費で落としてもらうっちゃけん」

そう言ったのは、フロントレディの一人だ。

「こういうのも、経費で落とせるんですか？」

「当たり前や。女性社員の親睦会なんやけん」

だったら、佳那も誘ってあげればいいのに。

水矢子は、バッグに入っている美穂にもらった名刺を意識しながら思った。

「ねえ、みやちゃん、さっき名刺もろうたと？」

いつの間にか、横に彰子が立っていた。彰子は未成年ながら、酒を飲んでいた。が、アルコールには強いらしく、ほとんどいつもと変わらぬ様子で立っている。

どうやら、水矢子が美穂と親しげに話していたのを、聞いていたらしい。

「うん、私の横にいた人がくれたの」

「あん綺麗えか人ね」

「そう、すごく感じよかった。今度来たら、指名してって言われたの」

「だばってん、自費でなんか絶対に入れん店ばい」

彰子が、水矢子の世間知らずを笑うように言う。

「そんなのわかってるけど」

水矢子の呟きが聞こえていないかのように、彰子が水矢子の腕を取った。

「これから親不孝通りんディスコに行くったいって。みやちゃんも来るやろう?」

水矢子は一瞬迷い、それからゆっくり頷いた。一度も行ったことのない場所を経験するのも悪くないと思う。ただ、問題は佳那のことだった。

「ねえ、彰ちゃん。小島さんだけ、どうして呼ばれないの？　経費で落とすのなら、不公平じゃないのかな」

嬌声(きようせい)を張り上げて、周囲を睥睨(へいげい)しながら闊歩(かつぽ)する浅尾たちの女性集団は、その派手さもあってやけに目立っていた。

酔った中年男たちが数人、声をかけてきた。

「彼女たち、どこしゃ行くと？　一緒に飲みに行こう」

「おじさんとは行かんばい」

浅尾が元気よく怒鳴り返した。すると、男たちが笑って何か言い返している。

それを遠目に見ながら、彰子が声を潜めた。

「小島さんな、浅尾さんに嫌われとうんばい。何かよう知らんばってん、窓口に来た宮園さんの客ば剝がしたとかって聞いた」

「剝がすって、どういう意味？」

「つまり、取ってしまうことばい」

入社早々、そんな図々しいことができるのだろうか。しかし、やる気満々の佳那ならば、そのくらいのことはしかねない、とも思えるのだった。

「宮園さんから聞いたの？」

「いや、あん人は頭が高かけん、うちなんかと話はしぇんばい。先輩からちらっと聞いた」

彰子は同期で水矢子と同じ女性事務社員なのに、あちこちから情報を得るのがうまいのだった。

「彰ちゃん、早うおいで」

浅尾の甲高い声が、二人を呼んでいる。「早う行こう」と、彰子が引っ張るので、水矢子は首を傾げながら、浅尾たちの方に向かった。

2

誰もが休日を楽しみにしていると言うが、佳那にとっての日曜は、暇を持て余す日でしかない。洗濯と掃除くらいしか、することがないのだ。しかし、下着は毎日こまめに水道で洗っているし、掃除に手をかけるほど部屋は広くない。六畳ひと間に台所付きだから、箒（ほうき）とちり取りで事足りる。

福岡には、一緒に遊びに出かける知り合いや友人もいないし、買い物は必要最小限に留めているから、デパートにも滅多に入ったことがない。

没頭する趣味もないので、日がな一日、部屋でぼんやりテレビを見たり、ぼうっとしていることになる。

だから、日曜に仕事をしないのは、時間がもったいない気がしてならないのだった。でも、何をどうやったらいいのかがわからなくて、いつも気持ちがむずむずした。

佳那の心の中には、常に焦燥がある。誰よりも早く優秀な成績を上げて、誰よりも高い収益を上げたい。そして、支店長に一目置かれるようになりたいし、萬三証券にとって唯一無二の存在になりたい。

だが、そういう願いばかりが先走って、思うようにならないのが現実だった。金曜日、投信を買ってくれそうだった老人には、居留守を使われてしまった。

ふらりと窓口に来た客で、年の頃は七十代。工務店経営で、従業員も十数人雇っている、という話だった。

その老人は佳那を見て、あんたが気に入ったから契約してもいい、と言ってくれたのだが、判子を持参していなかった。契約したいから家まで来てくれ、と言われて、佳那は書類を揃えて嬉々として向かったが、案に相違して家は小さく、とても十数人を雇えるような構えには見えなかった。

すると、玄関先に老人の妻が現れた。老婆と言っていいような老けようだった。妻は、夫は留守をしている、と言う。家の中をそっと窺うと、明らかに誰かが息を潜めて、会話を聞いているような気配がある。

では、また伺います、と帰ろうとすると、今度来る時は男の社員を連れておいで、とはっきり言われた。株の知識も浅そうな二十歳そこそこの小娘に、金を預けるわけにはいかない、と思われたのだろうか。あるいは、佳那が色仕掛けでもすると思ったのか。

確かに客の中には、誘うような素振りを見せる男もたまにいる。関係と引き替えに契約が取れるなんてことが本当にあるのだろうか、と賢い佳那は訝る。客と一線を越えた後で、約束が反故になったり、噂を流されたりしたら自分の方が損ではないか。佳那の判断は、常に現実的である。

そのような理不尽な客に、望月のような図々しい男が食い込むのかと思うと、男というだけで下駄を履かされていること、そして、女というだけで損をすることが死ぬほど悔しかった。

とはいえ、狂騒とも言えるような荒々しい場中の遣り取りや、発破をかける支店長や課長の罵声、男たちに課される厳しいノルマを知ると、自分にはそんな激しい仕事は到底できない、とも思う。つまり、証券業界で女であることは、圧倒的に不利だった。

しかも佳那は、浅尾たちのように、福岡の有名女子短大出ではない。そのことが、実社会でこれほど損だとは思ってもいなかった。

浅尾たちは入社したら、まず親や親族に顧客になってもらって売り上げを上げる。佳那はそれができないがために、最初から負けている。だから、必死に頑張っているのだが、それはまだ空回りに近い。

フロントレディとして、まずまずの成功を収めている先輩は、浅尾と同じく親類縁者から始めて、あとは女性や老人の個人客を摑んで、数百万程度の小商いをしているのがほとんどだ。

未曾有の好景気で株はどんどん値上がりしているというのに、自分がもっと太い客を摑めないことが残念でならなかった。

梅雨明けは少し先だが、薄曇りの今日はすでに蒸し暑い。佳那は、掛け布団を足ではね除けて、布団に仰向けになったまま、部屋の天井を見上げた。

佳那の住むアパートは、木造モルタル塗り、築二十年近く経つ古い建物だ。畳敷きで、壁も天井も、安っぽい石膏ボードで覆われている。天井のボードは黄ばんで、雨の染みが浮き出ているから、眺めていると何とも気が滅入った。しかも、決めた時には午前中で気付かなかったが、この部屋は西陽が射した。

どうせ仕事ばかりで部屋にいる時間などほとんどないと思っていたが、この様子では、夏になる前にクーラーを付けなければ、寝ることもできないくらい室温が上がるに違いない。夏のボーナスは、投信とクーラー代でなくなってしまうだろう。貯金ができない。

証券会社に就職したと言ったら、不動産屋は景気がいい客だと思ったのだろう。高い物件ばかり案内された。その中には、洒落たフローリングの、小ぶりのマンションもあったのだが、家賃は予算の二倍だった。

数年我慢して金を貯めるまでは、身の丈に合った場所で我慢するしかない。金が貯まったら、フローリングの部屋に越す。さらに金が貯まったら、東京に遊びに行くつもりだ。いや、東京で暮らしたい。うるさい親や親戚、すべてを振り捨てて、自分の能力だけで自由に暮らしていけたら、どんなに楽しいだろう。

佳那は、枕元に並べてあるミニーマウスの縫いぐるみを取って、両の腕で抱え込んだ。そのミニーマウスは、赤地に白の水玉模様のドレスを着て、同じ模様のリボンを着けている。靴は黄色のハイヒールだ。もうひとつ、ピンク色のヴァージョンもある。こちらはピンクのドレスに、ピンクのハイヒール。どちらも、自分で購入した。

三年前、千葉に東京ディズニーランドがオープンした。佳那はまず東京のディズニーランドに行ってから、フロリダのディズニーワールドに行きたいと願っている。

佳那がこんな可愛らしい望みを抱いていることは、誰も知らないし、想像もできないだろう。そう思うと、笑えてきた。佳那は、自分がディズニー好きだということを、生涯の秘密にするつもりだった。

電話が鳴った。佳那は、反射的に枕元に置いてある腕時計を取って時刻を見た。午前十時半。佳那の部屋の電話番号を知っているのは、両親と京都にいる姉だけだから、朝から母親の愚痴を聞くのかと、うんざりしながら受話器を取った。

「もしもし」

「佳那ちゃん?」男の声だ。

「そうですけど」

「あのう、ちょっと僕が誰だか当ててみて?」

電話の声はいやに親しげだ。

「誰ですか?」

「え、わかんないの?」

「はい、どちら様?」

電話番号は会社にも知らせているから、営業の誰かのいたずら電話かと思い、声が硬くなった。

「須藤(すどう)です」

「えっ、あの須藤先生ですか?」

「そうだよ、あの須藤先生です」と言って、須藤が笑った。「久しぶりだね」

「はい、お久しぶりですね。お元気でしたか?」

「僕は元気だよ、佳那ちゃん、就職したんだってね」

「ええ」

「おめでとう」

「はあ、ありがとうございます」

佳那はどんな返事をしていいかわからず、語尾が消えそうになった。

須藤保（たもつ）は、佳那の五歳上の姉、美紀（みき）と付き合っていた男だ。姉の美紀は、北九州市の総合病院で事務の仕事をしていた。須藤はそこの内科医師で、美紀よりも八歳上だ。

二人は二年以上も親しく付き合っていたから、もちろん当時高校生だった佳那も、何度も須藤に会っている。一度などは、山口県までドライブに連れて行ってもらったこともあった。費用はすべて須藤が出してくれて、運転も須藤。佳那にまで気を遣う、気前のいい男だったから、美紀は幸せ者だと思ったものだ。

しかし、須藤は八の字眉の、人の好さそうな顔をした男で小太り、背も低い。姉の美紀は派手な顔立ちで長身だから、釣り合いが取れているとは言えないカップルだった。

でも、須藤は好人物だし、何よりも医者だ。経済的には安定している。美紀は須藤と結婚するつもりだろう、と誰もが思っていたのだが、ある日突然、美紀は家族に別れを告げて家を出て行ってしまった。

長女が医者と結婚するものと思い込んで、あちこちに自慢していた母親の落胆は大きく、美紀とは絶縁状態になった。それが一年半前の出来事だ。

その時、短大生だった佳那は、美紀に理由を聞こうとしたが、美紀は頑として言わなかった。

後になってから、山口へのドライブ旅行の際、まだ高校生の佳那を無理矢理同行させたのは、すでに美紀の方に何か須藤に対するわだかまりがあったのだろうと思ったものだが、真相はわからなかった。

美紀は、須藤と別れた理由を言わないままに、田川での係累をすべて振り切るようにして京都の有名着付け教室の受付事務に応募して、行ってしまったのだ。

「須藤さん、どうして、この番号わかったんですか？」

「いや、この間ね、北九州に用事があって行ったんで、お宅に電話してみたんだよ。お母さんたち、お元気かなと思って。そしたら、お母さんが佳那ちゃんが福岡で就職したって言って、この電話番号教えてくれた」

ということは、須藤も北九州市から離れてしまったのだろうか。

「須藤さん、違う病院にいらしたんですか？」

「うん。今、福岡の病院に移ったんだよ。それで電話してみたの。佳那ちゃんも、今日は休みでしょう？　だから、久しぶりに会えないかなと思って」

美紀の情報を知りたいのかもしれない、と警戒する気持ちもあったが、どうせ佳那も知らされていないのだ。退屈していた佳那は、会うことを承知した。

「いいですよ、どこで会います？」

須藤が待ち合わせ場所に指定したのは、渡辺通りにあるシティホテルのロビーだった。そこで十二時に落ち合って昼飯でも食べましょう、と言う。

時間を持て余していた佳那は、思いがけない外出に心が躍ったが、一方では須藤の真意は何だろうと考えてもいる。

十二時少し前に、佳那は約束のホテルのロビーに着いた。ブラウスにジーンズという普段着だ。ホテルで食事をするのだから、もう少し気の張ったものを着たかったが、手持ちの服はあまりないし、姉の元恋人と会うのに洒落た服装をしても、と気持ちが臆した。

「やあ、佳那ちゃん、久しぶり」

薄暗いロビーの隅にある椅子で待っていたらしい須藤が、のっそり立ち上がって手を振った。紺のスーツ姿だが、相変わらず小太りで風采は上がらない。スーツには皺ができていて、眼鏡に付いた指紋が目立った。

「どうもお久しぶりです」

「呼び出しちゃってごめんね。何かこっちに出てきてるって聞いたら、懐かしくてね。二階のレストランを予約したから、そこに行こうか」

須藤はエスカレーターを指差した。佳那はおとなしく後ろから付いて行った。

「須藤さんは、いつから福岡にいらしてるんですか?」

須藤が振り返って答える。

「あの後、すぐだよ。僕のうちは、もともと福岡なんだ」

「そうなんですか」

何も知らなかった佳那は驚いた。北九州市内に住んでいるとばかり思っていた。

須藤は、二階の奥にあるフレンチレストランに佳那を案内した。窓辺の席に座ると、須藤は佳那の顔を正面から眺めてにっこりした。

「いやあ、佳那ちゃん、大人っぽくなったね。どこに勤めてるの？」

「萬三証券です」

「証券会社か、すごいじゃない。今、景気いいんでしょう？」

「はい、景気はいいですね」

向かい合って座っているのが気詰まりで、佳那は外を見た。目の高さに歩道橋があり、人が通り過ぎては、ホテルの中を覗いてゆく。

「名刺あるならくれる？」

佳那が名刺を取り出して渡すと、須藤も自分の名刺をくれた。「福岡中央総合病院　内科部長」とある。

「すごい、須藤さん、内科部長になられたんですか」

須藤は、まだ三十代の前半のはずだ。

「名前は大袈裟だけど、そんなに大きな病院じゃないからだよ」須藤が謙遜してみせる。「佳那ちゃん、コースでいいよね？」

佳那は黙って頷いた。

「佳那ちゃん、ビール飲むかい？」

「いいえ、私は水でいいです」

「そうか。お姉さんはビール好きだったのに、似てないね」

うっかり口が滑ったのだろう。

「すみません、姉のこと。最近連絡ないんで、どうしているのかわからないんです」

「いいんだよ、そんなの。もう過ぎたことだからさ」

須藤は、肉が付いて丸みを帯びた手を振った。指に黒い毛が生えている。その毛を見つめていると、須藤がぽつんと言った。

「美紀さんはね、好きな人がいたんだよ」

「え、ほんとですか?」思わず大きな声が出た。

隣のテーブルに座っていた中年女性が咎めるような目でこちらを振り返った。佳那は小さな声で言い直した。

「全然知りませんでした」

「僕も知らなかった。病院変わったら、急に教えてくれる人がわらわら出てきてね。あれにはびっくりした。もう差し支えないと思ったんだろうね」

須藤が苦笑する。

「それは、何だか、すみません」

自分が謝ることではないのは百も承知だが、姉に裏切られたという須藤と相対していると、そう言わないわけにはいかなかった。

佳那が頭を下げると、案の定、須藤は慌てた風に手を振った。

「いやいや、佳那ちゃんに謝ってもらうようなことじゃないよ。僕も、そういうつもりで言ったのではないし」

「それはそうだけど、ちっとも知らなかったから、びっくりしたんです。あのう、相手の人って、どんな人ですか？　もし、ご存じでしたら、教えてください」佳那は口早に訊いた。

須藤は、少し躊躇(ためら)うような素振りを見せて、なかなか言わない。やがて、白ワインを口に含んだ後、思い切ったように喋った。

「レントゲン技師の人のようです。僕も後で聞いたんだけど、家庭がある人だそうです。だから、誰にも言えなかったんだろうね」

語尾には、同情すら籠(こ)められているように感じられた。

「じゃ、姉はその人と駆け落ちでもしたのですか？」

「さあ、どうだろう。でも、その人も病院を辞めたそうだから、そうかもしれないね」

「じゃ、姉はその人と一緒に住んでるんですか？」

佳那は、姉にそんな度胸があるとは、信じられなかった。この場合の「度胸」というのは、あらかじめ敷かれたレールから外れる勇気である。夜にでも、姉のところに電話してみようと思う。

「そうだと思います」

須藤が遠慮がちに頷く。

「私、全然知りませんでした。本当にすみません」

佳那は須藤に頭を下げた。

「いや、だから、佳那ちゃんが謝るようなことじゃないって」

須藤は苦笑しながら、丸められたバターを皿から取って、フランスパンになすりつけている。

「それは、そうですけど。でも、姉はどうして急に、須藤さんと別れてしまったんだろうと、みんなすごく残念がってたんです。母なんか、がっかりしちゃって、しばらく元気がなかった。これは本当です」

佳那が必死に訴えると、須藤が心配そうに念を押した。

「佳那ちゃん、このこと、お母さんたちにも言わないでね。心配かけるから」

「はい、言わないようにします」

佳那の家は、田川の町外れで、代々青果店を営んでいる。父親に心臓の持病があるので、母親が主に切り盛りをして、いつも忙しがっていた。だから、須藤に言われるまでもなく、余計なことは耳に入れたくなかった。

「さあ、食べましょう」

須藤が話題を切り替えるように言ったので、佳那はナイフとフォークを手に取った。洋食のフルコースを食べたことなど滅多にないから、ナイフとフォークを手にするだけで緊張した。

だが、須藤は慣れた様子で、前菜のテリーヌにナイフを入れた。

「ところで佳那ちゃん、一人暮らしでしょう？　福岡に知り合いとかいるの？」

「いえ、誰もいないです」

「寂しくない？」

「いえ、あんまり」

佳那は首を振った。それは本音だった。田川の住居は青果店の二階で六畳間がふたつしかなく、四人家族には狭い。だから、短大を出たら一人暮らしをするのが、佳那の切なる願いだったのだ。

「そうかい。でも、困ったことがあったら、僕に何でも言って。一時は、佳那ちゃんのお兄さんになるかも、と楽しみにしていたんだから」

須藤が笑ったので、佳那も仕方なく笑った。もしかすると、姉にふられた須藤は、今度は自分と付き合いたいと思っているのではないか、という不安がなくもない。

しかし、須藤は医者だ。結婚相手には事欠かないだろうから、自分のように、何も持たない者には興味がないだろう、と思った。

「佳那ちゃんは、どうして証券会社を選んだの？」

スープを口に運んでいた須藤が、顔を上げて訊いた。

「景気がいいからです」

即答すると、須藤が笑った。

「そうだよなあ。金融はいいよね。株価が上がってるものね」

「はい」

「佳那ちゃんも株やるの？」

「いずれ」と、佳那は言葉を濁した。

「そうか、頼もしいなあ」須藤は好ましげに佳那を見た。「佳那ちゃんは、高校生の時からしっかりしてたものなあ。お金の計算とかも速かったし」

「そんなことないです」

謙遜したが、須藤がちゃんと見ているので驚いた。確かに、佳那は何ごとにも要領がよく、おっとりした美紀よりも常に素早い。

食事が終わろうとする時、須藤が腕時計を覗いて時刻を確かめてから、こう言った。

「いや、今日は楽しかった。よかったら、時々会って美味しいものでも食べましょう。福岡なら、僕が案内するから」

「はい、ありがとうございます」

礼を言うしかなかった。

「夜は何時に終わるの？」

須藤が急に親しげになった、と警戒しながらも、佳那は正直に答えた。

「定時に退けることはないですね。早くて七時で、いつも八時くらいになります」

「僕も似たようなものだから、今度誘いますよ。佳那ちゃん、お酒飲めるでしょう？」

「お酒はあんまり飲めないので、それは結構です」

さすがに断ると、須藤が困った顔をした。

「佳那ちゃん、誤解しないでね。僕は別に下心とかはないよ。一人で暮らす佳那ちゃんが心配なだけなんだよ。妹みたいなもんだからさ。だから、何か困っていることがあったら、遠慮しないだったら、投資信託を買ってもらおうか、とふと思いついた。図々しいだろうか。でも、駄目でもともと、と思うと、待つ間も惜しく、口を衝（つ）いて出る。

「あのう、だったら、お願いしてもいいですか？　ちょっと図々しいんですけど」

思い切って言うと、須藤は嬉しそうに破顔した。

「いいよ、何でも言ってごらん。僕にできることなら、協力するよ」

「投資信託か国債を買われませんか？　実は、私たち女性社員にもノルマがあるんですけど、私はまだ果たせてないんです。他の女性社員は親戚とかに買ってもらったりして成績上げるのに、私だけ実家に頼れなくて困ってるんです。貯蓄と同じなので、損はしないと思います」

須藤が真面目な顔になった。

「ノルマって、どのくらい？」

「女性社員は、ひと月に国債は一千万、投信は五百万売れって、言われてます」

「結構すごいノルマだね。それで、佳那ちゃんは？」

佳那は嘆息した。

「まだ全然です」

須藤はコーヒーカップを口に当てたまま、しばらく動きを止めていた。考えているようだ。

やがて、佳那を見て頷いた。

「いいよ、佳那ちゃんのノルマを少し手助けしてあげよう」

佳那は思わず手を叩いた。

「ありがとうございます。須藤さんは、私の初めてのお客さんです。嬉しいです。本当にありがとうございます」

何度も礼を言うと、須藤が笑った。

「そんなに喜んでくれるなら、僕も嬉しいよ」

「あのう、少しでもいいですから、よろしくお願いします」

「じゃ、貯金を出そう。どうせ使い途(みち)もないんだ。そうだな、三百万でいいかな。投信でも国債でもいいから、それを佳那ちゃん、殖やしてくれる?」

「三百万も。ありがとうございます。だったら、中国ファンドなんかいかがでしょうか。すごく評判がいいんです。株の方でしたら、いい営業マンをご紹介します」

「僕はよく知らないから、佳那ちゃんに任せるよ」

佳那は立ち上がって、最敬礼した。

「ありがとうございます」

レストランの客が驚いてこちらを見たが、まったく気にならなかった。初めて売上を上げたのだ。

その夜、須藤から聞いたことが気になって、美紀から聞いている番号に電話してみた。だが、その電話は、「現在使われておりません」というアナウンスが流れるだけだった。美紀は佳那が就職した時に電話をくれた。あれから、越したのだろうか。佳那は少し不安になった。

月曜の朝、佳那は意気揚々と出社した。

須藤には、契約書類を作って、診療時間後に病院を訪ねると伝えてある。須藤のことだから、工務店の老人のように逃げたりはしないだろう。契約は成立したも同然だ。これでやっと、自分もスタートラインに立てた気がした。

制服に着替えて、トイレで化粧を直しているところに、水矢子が入ってきた。佳那を見つけて、嬉しそうに駆け寄ってきた。

「みやちゃん、おはよう」

「おはようございます」

佳那は、水矢子も明るい顔をしているのに気付いた。

「どうしたの、みやちゃん。何かいいことあった？」

佳那は鏡越しに、水矢子に訊ねた。

「はい、今日の午後、美穂さんていうお客さんが、小島さんを訪ねていらっしゃいます。株に興味があるそうなので、相手をしてあげてください」

「え、どういうこと？　何でみやちゃんが？」

佳那は、水矢子に向き直った。水矢子がにこにこして、ポケットから名刺を差し出した。角の丸い女持ちの名刺である。

「美穂さんて、このお店の人なんです。元は男の人なんだけど、女の格好をしている人です」

「へえ」

佳那は、名刺を見た。「THE GOLD」という店名の下に、「美穂」としか書いていない。

「すごく綺麗な人です。その人が株やってお金を殖やしたいって言うから、小島さんを紹介したんです。多分、今日の午後、いらっしゃると思うので、よろしくお願いします」

須藤に続いて、もう一人客をゲットできそうだ。佳那は浮き浮きして、水矢子に礼を言った。

「ありがとう、みやちゃん。それにしても、どうやってこんなお店を知ったの？」

「実は、金曜に浅尾さんたちに誘われて行ったお店なんです」

「浅尾さんに？　何で、みやちゃんが？」

水矢子が語り始めた内容に、佳那は内心衝撃を受けた。女性社員の親睦会に、自分だけが呼ばれなかったというのだ。しかも、全員で行った店は、自費では到底行けないような高級ゲイバーで、その後、親不孝通りにあるディスコに行き、全員、明け方に帰ったというのだ。

「みやちゃんも？」

咎める色があったのだろう。水矢子は首を竦めて、申し訳なさそうにした。

「すみません、私は午前一時過ぎにタクシーで帰りましたけど、皆さんは遅かったみたいです」

「そのお金は、会費かなんかで？」

会費制なら高いだろうから、貯金をしている自分は行かなくて済んだ、と思える。だが、答えは違っていた。

「いいえ、親睦会だから、経費で落とせるんだそうです」

佳那は、経費で落とせるような会に、どうして自分だけ声がかからなかったの？　とは聞けなかった。言葉にすること自体が屈辱だった。

「すみません、小島さんもいらっしゃると思ってたんですけど」

水矢子が必死に言い訳する。

「別によかばい」

まるで自分の悔しさを覆い隠すように、博多弁が出る。

佳那は、そこまで浅尾たちに嫌われていることに、改めて傷付く思いだった。

「しかし、私の何が気に入らんのか、具体的に言うてくれなわからんばい」

「はい、彰子さんから聞いた話だと、窓口に来た宮園さんのお客さんを小島さんが剝がしたとか、そんなことらしいです。それで、浅尾さんは宮園さんを贔屓（ひいき）しているので、怒ったとか。詳しくはわかりません」

「剝がす？」

「取ることみたいですよ」

「そんなこと、説明してくれなくてもわかるけど」

佳那が苛立つと、水矢子が首を竦めた。

「すみません」

思い当たる節はあった。例の工務店の老人である。

最初、宮園美津子の窓口に行ったものの、美津子がうまく対応できずに、浅尾らにアドバイスを求めるべく席を外した時、『あんた、よか顔しとうね』と、その隣に座っている佳那に目を付けて、窓口を移動して来たのだ。戻ってきた美津子が、佳那が対応している姿を見て、憤慨したのも無理はなかった。

「でも、宮園さんは、まだ外務員試験受かってないのよ。株の売買はできないんだから、その客が私のところに来るのは、仕方ないんじゃないかな。そういうのを、剝がすっていうの？　だったら、席を外さなきゃいいじゃない。ちゃんと勉強して外務員試験に受かればいいじゃないの」

佳那が頭にきて言い募ると、水矢子がこっくりと頷いた。

「そうですよね」

「だよね、みやちゃんもそう思うでしょう？」

水矢子が項垂れてしまったので、佳那は同意を求めすぎたと気が付いた。

「ごめんね。みやちゃんに怒ってるんじゃないのよ」

「わかってます」

「それで、その美穂さんて人は、何時頃になるのかしら？」

佳那は気持ちを切り替えようと、殊更、明るい声で訊いた。

「はい、午後何時かはわかりませんけど、お店があるでしょうから、多分夕方近くではないでしょうか」

「そう、ありがとう」

同僚に嫌われているのなら、せいぜいノルマを果たして見返すしかない、と佳那は思うのだった。

美穂は、宝塚の男役のような格好で窓口に現れた。黒革の細身のパンツに、白いシャツ。胸の膨らみと、分厚い喜平ゴールドのネックレスを見せつけるかのように、ボタンは三つも開けている。

髪は短いが、眉は綺麗に整えられて薄化粧もしていた。その性別不明の美しさに、支店の誰もが目を惹き付けられている。

「あなたが、小島さん？」

美穂が、佳那の胸元のネームプレートを凝視して訊いた。低く豊かな男の声だ。

「はい、私が小島です」

佳那は、ネームプレートを手で持ち上げて、相手に見せながら答えた。

「金曜に、あなたの名前を水矢子さんに聞いたのよ。ほら、水の矢って書く子」

「はい、伺っています。お越し頂き、ありがとうございます」

佳那は、予想以上に美穂が美しいことに驚いていた。骨細で色も白く、声さえ聞かなければ、絶世の美女だ。

「私、ファンドか株でもやろうかな、と思っていたところだったの。それで、水矢子さんにちらっと言ってみたんです」

佳那は身を乗りだして、必死に言った。

「はい、今は絶対にお得です。こんな時は滅多にありませんから、是非なさるべきだと思います」

「実はさっき、お宅に来る前に、村井証券も覗いてみたのよ。どんなものかしらと思って、一応、様子見ね」

村井証券は、業界一の証券会社だ。実は、佳那は村井証券の福岡支店も受験したのだが、悔しいことに書類審査で落ちていた。

「そうですか」

「そしたらね、窓口の男の人が、私を見て腰が引けてるのよ。失礼だと思わない？」

美穂がにやりとして、佳那の目を見た。

「はい、そう思います」

さもありなん、と佳那は思った。証券会社の男性社員は総じて、会社は男の戦場だから、女性社員はそれを陰で支えるものだと思い込んでいる。性別不明の美しい美穂を、どう扱っていいのかわからなかったのだろう。

「それで、株をやってみたいけど、あなた、絶対儲かるって保証してくれますかって聞いてみたの。そしたら、保証はできませんって答えるじゃない。呆れちゃったわ。そのくらいの嘘を吐ける度胸がなかったら、こっちも大事なお金を預けられないわ。そうでしょ？」

たたみかけられるように問われた佳那は、はっきり同意した。

「もちろんです。私は絶対に、損はさせません」

「いいわね、そのくらいの人でなきゃ困るものね」

美穂が微笑んだ。

「でも、嘘じゃないです。私は、本当に損はさせませんから」

佳那はムキになっている自分に気付いた。

嘘ではないが、真実でもない。では、いったい何を根拠に、こんなことを客に言っているのだろう、と思う瞬間がある。が、深く考えるのをやめにすれば、それは簡単なのだ。

「で、水矢子さんて子が、中国ファンドを勧めていたけど、中国ファンドって、国債に投資するやつなのね」

「はい、でも、出し入れは自由にできますし、利回りも五パーセントですから、銀行に預けるよりも、ずっとお得ですよ」

美穂は予備知識をかなり仕入れてきたらしく、何度も頷いた。

「でも、私は株を買いたいと思ってるの。儲けたいのよ」

「儲けたいのなら、その方がお勧めです。百万投資して、時には、その十倍にもなるのが株です」

株を買って儲けたい、とはっきり言う客は、証券会社にとって有難い。特に、売り買いが激しい客はよい客だ。買っても売っても、証券会社には手数料が入る。

「お勧めの銘柄ですが、堅いところで、新日鉄なんかいかがでしょうか？ あるいは、富士通とか」

富士通は、今朝の会議で、支店長から売りまくれ、と言われている銘柄だった。

「悪くないけど、新昭和製薬とかはどうかしら？」

美穂は意外な会社名を挙げた。

佳那は、新昭和製薬の知識がなかったので、首を傾げた。

「それは、どうしてですか？」

「エイズの薬を開発してるって、聞いたことがあるの。それで、応援したいから、投資しようと思って。ね、見上げた根性でしょ？」

美穂はふざけた口調で言ったが、目は笑っていない。

佳那は席を立ち、クイックで株価を調べた。現在、三百二十二円。大きな変動はない。

「今、三百二十二円ですが、様子を見ますか。それとも今、お買いになりますか。失礼ですが、資金はどのくらいで？」

「とりあえず、三百五十万持ってきたわ。一万は買えるでしょ」

美穂は、ルイ・ヴィトンのバッグから、分厚い封筒を取り出した。

手数料を含めても、少しお釣りがくる。

「はい、大丈夫です。ありがとうございます」

佳那は内心、驚いていた。儲けたいと言いながら、美穂の投資が、信念に基づくものであるからだ。しかし、新昭和製薬がエイズ薬の開発に成功したら、大化けする可能性はある。そうなれば、美穂は大儲けもするはずだ。

佳那は課長に報告して、株券を用意した。

「では、お名前と判子をお願いします」

美穂は、売買証明書に「稲田穣太郎（いなだじょうたろう）」という名を書きながら、恥ずかしそうに佳那に言った。

「強そうな名前でしょう？」

「いいお名前だと思います」

「そう？　稲も穣も『のぎへん』でしょう？　だから、源氏名は『のぎへん』を入れて、美穂にしたのよ。だから、別に男の自分を否定しているわけでもないの。あなた、若いみたいだけど、何となくわかってくれるでしょ？」

「はい、何となく」

佳那はそう答えた。これまでの自分を否定するつもりはなく、しかし、新しい自分を作ろうという意識の表れに感じた。美穂の投資の考え方にも、源氏名の付け方にも、意志が感じられる。

株券の預かり証を渡すと、美穂が佳那に笑いかけた。

「また、お金貯めて来るわね。株って、癖になりそう」

「よかったら、投資信託もいかがですか？　こちらでうまく運用させて頂きますが」

我ながら抜け目ないと思ったが、初めての取引がうまくいったことが嬉しくてたまらなかった。

「あなたがやるの？」

「ご心配でしたら、優秀な営業マンを紹介させて頂きます」

「考えておくわ」

美穂が帰った後、いつの間にか浅尾がやってきて、脇に立った。

「小島さん」

「はい、何ですか」

佳那は、親睦会に自分だけ呼ばれなかったのは、浅尾の差し金だと知っているので、つい声が硬くなった。

「今のお客さん、前から知っとうと？」

「いえ、初めてです」

「金曜に、あの人のおる店に行ったけん、なんでかなと思うて」

「そのお店って、どこにあるんですか？」

佳那がとぼけて訊ねると、浅尾は不審な表情になった。

「本当に知らんのね」

「はい」

「じゃ、いいわ。どうせ、あん人には、色仕掛けは通用せんちゃろうし」

「そのことでしたら、誤解ですから。いくら先輩だって、失礼だと思います」

「あんた、はっきり言うんね」

浅尾が不機嫌な顔で自席に戻ったので、佳那は少し溜飲を下げた。

夕方、須藤の病院に行くために、佳那は席を立った。

「外回りに行ってきます」

「ご苦労さん」

営業マンには怒鳴りまくっている課長も、女性社員には優しい声を出す。特に今日は、佳那が女だてらに株を売った、というので機嫌がよかった。

廊下を歩いていると、お茶を配って戻ってきた水矢子と、ばったり出くわした。

「美穂さん、約束通り、見えましたね」

水矢子が、佳那に囁いた。

「うん、綺麗な人なんで驚いた」

「本当に。普通の女の人よっか、綺麗ですよね。お店では、カツラを被ってたみたい。今日は短髪だったから、きりっとして、すごくカッコよかった」

水矢子が憧れるように言った。

「美穂さん、新昭和製薬の株、一万も買うてくれたよ」

「小島さんの売り上げになってよかったです」

水矢子が、空の盆で口許を隠して笑った。

「ありがとう。今日はついてる。みやちゃんに、何か奢らんとね」

「はい、楽しみにしてます」

嬉しそうに笑う水矢子に手を振って、佳那は会社を出た。地下鉄に乗って、薬院(やくいん)にある福岡中央総合病院に向かう。

福岡中央総合病院は、電車通りに面して建つ、六階建ての白いビルだった。隣に立体駐車場が備わっていて、救急車が停まる車回しもある。

その立派な構えに、佳那は少し臆した。須藤は、この大きな総合病院の内科部長だというのだ。北九州市の病院は、美紀が勤めている時に何度か行ったことがあるが、こんなに大きくはなかった。

午後五時に近い時間だったから、診察時間はとうに終わっているようだ。受付で、須藤の名を告げると、待合室で待つように、と言われた。

広い待合室はがらんとして、数人の入院患者らしいパジャマを着た人が、家族や友人と話し込んでいるだけだった。佳那は隅のベンチに腰掛けて、須藤を待った。

「佳那ちゃん、わざわざごめんね」

背後から、須藤の声がした。振り向くと、白衣姿の須藤が手を上げて、こちらに向かってくるところだった。書類袋を携えている。

「いいえ、お忙しいところ、すみません。それから、昨日はご馳走様でした」

「ほう、一人前に挨拶もできるようになったんだね」

須藤がからかうように言う。

「当たり前ですよ。もう入社して三カ月です」

「そうか、三カ月か。しかし、佳那ちゃんのスーツ姿、初めて見るなあ。似合うよ。もう立派な証券レディだね」

須藤がじろじろと見るので、佳那は照れ臭かった。

「いや、まだまだです」

「ここじゃ何だから、ちょっと外の喫茶店に行きましょうか」

須藤は人目を避けたいのだろうか。足早に病院の外へと案内するので、佳那は後ろを付いて行った。

須藤は、病院の隣にある古臭い珈琲店に入った。須藤の行きつけなのか、カウンターの中にいる店主らしき老人が、「先生、どうも」と挨拶する。

「コーヒーでいいですか？　ここは旨いから」

須藤が口早に訊ねるので、佳那は礼を言った。

「はい、すみません」

コーヒーを注文した後、須藤は書類袋を探った。

「可愛い妹のためだからね。ここは、ひとはだ脱がないとね」

中から、帯封の巻かれた札束を三つ取り出した。

「じゃ、これ預けるから。中国ファンドだっけ？　投資信託だっけ？　どっちでもいいから、お願いします」

須藤の思いきりのよさに、佳那はびっくりした。

「ありがとうございます。では、中国ファンドでもいいですか？　国債への投資ですから、安全ですし、利回りもいいですから、銀行に預けるよりもお得です」

すらすらと、営業トークが口を衝いて出る。国債のノルマは、月に一千万である。まだ全然売っていないので、中国ファンドに回したかった。

「いいよ、それで」

須藤は呆気ないほど、磊落に承知した。

「じゃ、今日、現金をお預かりしてもいいですか？」

「いいよ。そのつもりだから」

「では、預かり証を書きます。それで、契約書はまた明日にでもお届けします。須藤さん、すみませんが、明日、判子を持ってきて押して頂けますか」

「いいですよ。僕が出向かなくて済むのなら助かるよ」

須藤は、店主が運んできたコーヒーに口を付けながら言った。

「本当にありがとうございます。助かりました」

佳那は、バッグの中に現金を仕舞った。こんな大金を持ち歩くのは心配だったから、タクシー代を奮発しなければならないだろう。

「現金、持って帰るの大丈夫かい？」

須藤も心配そうだ。

「タクシーで社に帰ります」

「そうだよ、地下鉄なんかに乗っちゃ駄目だよ。ま、佳那ちゃんはしっかり者だから、大丈夫だろうけど」

「気を付けて帰りますから、大丈夫です」

「うん、頼むよ」須藤は、ふと思い付いたように付け加えた。「そうそう、明日、契約書を持っ契約のお祝いだ。だから、六時頃に病院に来てくれるかな。そしたら、すぐに出られるからさ」

さすがに、嫌だとは言えなかった。

「はい、喜んで。私が奢ります」

思い切って言うと、須藤が笑った。

「とんでもない。僕がご馳走するよ。佳那ちゃんのお祝いなんだから。何か食べたいものある？ 昨日はフレンチだったから、今度は、鮨（すし）にしようか」

「何でもいいです」

「じゃ、鮨屋を予約するよ」

「はい、すみません」

「お姉さんは、いわゆる美人だったけど、佳那ちゃんは、可愛い感じの美人だね。そう言われない？」

須藤が相好を崩して言うのを見て、佳那は俯いた。

「言われたことないです」

色仕掛け。浅尾の言葉が蘇って嫌な気分になったが、行きがかり上、どうにも断れなかった。

佳那が会社に戻ると、営業マンのほとんどが残って仕事をしていた。日中と変わらず、客に電話をかける者が多くいて、社内は騒がしかった。

佳那は、課長の吉永に報告に行って、入金を済ませた。

「今日一日で、株と中ファン売ったのか。小島さん、やるねえ。遣り手だねえ」

吉永は上機嫌らしく、大声で褒めちぎった。近くにいる営業マンたちにも聞こえたらしく、数人からぱちぱちと拍手が湧いた。

「窓口は、可愛い子にやらせるに限るな」

吉永が言うと、男たちが大声で笑った。

「俺もやりてえなあ、枕営業」

誰かが叫んで、「無理、無理」と応じる声があったが、さすがに言い過ぎだと思ったのか、後は続かなかった。

佳那は笑って受け流そうとしたが、心がずきりと音を立てたような気がして笑えなかった。浅尾たちには、色仕掛けで客を奪ったと思われている。上司も男の同僚たちも、そう思っているのなら、不当だと思った。

どうして、この成果は自分の実力だ、と認めてくれないのだろう。しかも、美穂は水矢子の紹介で、須藤は姉の元恋人だ。二人とも、自分が新規開拓した客ではない。それなのに、色仕掛けで契約を取ったと思われているのだとしたら、この達成感すらも消えていくような気がした。

水矢子がまだ残っていたら、食事に誘おうと思って探したが、すでに退社した後だった。

女性社員も皆帰ったのか、誰もいない。まるで、成果を上げた佳那に、祝意を告げたくないかのごとく、一人も残っていないのだった。

佳那はすぐに社を出た。なぜか、虚しくてならなかった。じきに雨が来るのか、ねっとりした外気が体に纏（まと）わりつく。排気ガスに混じって、少し玄界灘の潮のにおいがした。

佳那は、安売りスーパーに寄って、売れ残りのキャベツやネギ、豚バラ肉などを買って帰った。インスタントラーメンに入れて、食べるつもりだ。

つましい夕食を終えた後、佳那はもう一度、姉の電話番号にかけてみた。やはり、使用されていない、というアナウンスが流れた。

もしかすると、須藤は自分を使って、姉の行方を捜しているのではないか、と気になった。姉は、須藤の恨みを買ったのだろうか。だったら、どこまでも逃げるしかない。なのに自分は明日、須藤と鮨を食べる約束をしている。今ひとつ気が晴れないのは、そのせいもあった。

翌日、約束の六時前から、佳那は福岡中央総合病院の待合室で待機した。昨日と同じ、隅にあるベンチの端に座っている。

待合室はすでに照明が落とされて、薄暗かった。時々、医師や看護婦、入院患者らが行き来する程度で、人もほとんど通らないから、どことなくうら寂しい。

六時を五分ほど回っても、須藤は現れない。

どうしようか、と腕時計を覗いた時、ぽんと肩を叩かれた。須藤かと思って振り返ると、そこに立っていたのは望月だった。

ひょろひょろと痩せて背が高く、両目が少し離れた愛嬌のある顔をしているが、訛りが強くて、田舎者然としている。紺色のスーツは、高校生の制服のような安物だし、赤系のネクタイは幅が細くて父親のもののようだ。くたびれた鞄は合成皮革で、相変わらず垢抜けない。

「小島さんじゃない。どうしてこんなところにいるの?」

「そっちこそ」

佳那はびっくりして、大声を上げた。よりによって、ここで望月と出会うとは思いもしなかった。

「俺は、外回りだよ。飛び込みで、百軒回れって言われてるからさ」

名刺をひと箱配り終えてこいとか、靴を履き潰すくらい歩き回れとか、営業マンは外回りの際にも、いろいろ無理を言われているらしい。

「望月さん、律儀だね。どうもお疲れ様です」

佳那は形式的に言っただけだが、望月は肩を竦めた。

「まさか。長者番付の上位を回っているだけだよ。ここの病院長に会おうとしたんだけど、全然駄目で、あえなく玉砕したところです。で、小島さんは?」

「私はお客様と待ち合わせ」

佳那は澄まして言った。

「それはそれは、ご活躍」

望月は厭味を言ってから、待合室をじろじろと眺め回した。そのうち、思い出したのだろう。

「そういや、小島さん、昨日すごかったんだってね。中ファンと株を売ったって聞いた」

「偶然です」

「ふたつ合わせて、一千万くらい？」

望月は人差し指を立てた。

「その半分ちょっとくらい」

「それでも金を集めたんだろう？　俺はね、無から有を生むヤツ、つまり金を引っ張ってくるヤツは尊敬するよ」

望月が褒めちぎるので、居心地が悪かった。食堂で、全社員の耳目を集めるような大喧嘩をしたのは、つい先週のことではないか。

「ところで、小島さん。株を売る時は、俺に相談してくれないか。俺の方がプロだから、客も満足する」

「そんなの、私にもできますよ」

望月がふっと真顔になった。

「あんたそう言うけど、株は怖いよ。客がいい人ならいいけど、金が絡めば何が起こるかわからない。せいぜい舐めないことだよ」

「舐めたことなんかないです」

何を偉そうに、知ったかぶって。佳那はやり込めようとしたが、エレベーターから須藤が降りたのが見えたのでやめにした。

「あ、お客様が来た。邪魔しないで、あっちに行って」

佳那は、望月の背中をぐいっと向こうに押しやった。望月は押されたまま、首を捻るようにして須藤を見ている。

「あの人か。ここの医者?」

「望月さんに関係ないでしょ。早く帰ってよ」

「わかったよ」

望月は苦笑しながら、去った。

「佳那ちゃん、ごめん。待たせちゃったね」

入れ替わりに須藤が現れた。白衣は着ておらず、白いワイシャツ、チェックのジャケットに灰色のスラックスという軽装である。須藤はまだ三十代初めのはずだが、おじさんくさい格好に佳那はがっかりした。

「あの、書類をお渡しします」

佳那が契約書や預かり証などを入れた封筒を差し出すと、須藤はせっかちそうに太った指でその封筒を摑んだ。

三百万もの大金なのに、ずいぶん粗末に扱うのだな、と佳那は思った。自分がそれだけの金を貯めるとしたら、五年以上はかかるだろう。そう思うと、金に無頓着な須藤が不愉快に感じられた。

「さっきの人は?」

須藤が笑わずに訊ねる。

「ああ、うちの営業マンです。偶然、会いました」

「へえ、そう」

須藤は何の関心も示さずに、歩きだす。表に出ると、早速タクシーを目で探した。横に控えている佳那に気を遣って、何か言うわけでもない。予約の時間に遅れるのを、ひたすら気にしているようだ。

須藤は拾ったタクシーに乗り込むと、「天神南」と運転手に告げた。そして、言い訳するかのように、やっと佳那に向き直った。

「遅刻すると、うるさい店なんだよ。六時半って言ったから、ぎりぎりかな」

佳那は予約するような鮨屋になど行ったことがないから、黙っていた。

「佳那ちゃん、悪いけど、これ持っててくれる？　俺、なくしそうだ。ついでに三文判押しといて」

さっき渡した書類を面倒臭そうに押し付けるので、佳那は慌てて自分のショルダーバッグに仕舞った。

「はい、大事なものですから、私がお預かりします」

鮨店には、予約時間ちょうどに着いた。須藤はほっとしたような顔で、意気揚々と店に入って行く。

白木のカウンターが美しい、豪華な店だった。従業員も大勢いて、「いらっしゃいませ」と、愛想よく声をかけるが、佳那は値踏みされているような気がして、落ち着かなかった。

須藤は常連らしく、カウンターの右端に案内された。鮨屋のカウンターになど座ったことのない佳那は緊張して、須藤の左隣におずおずと腰掛けた。

早速ビールを注文した後、おしぼりで顔の脂を拭きながら須藤が訊く。

「佳那ちゃんは、どんな鮨ネタが好きなの？」

佳那は言い淀んだ。こんな立派な鮨屋に来たことなど、一度もなかった。もっぱら回転鮨専門である。

「イクラとかウニとか」

適当に答えると、須藤が笑った。

「お姉さんと同じだね、やっぱ姉妹だ。軍艦巻き姉妹だね」

そう言うと、カウンターの中に控えている、見習いの若い衆たちが一斉に笑った。

禿げ頭の店主が、佳那の顔を見ながら言った。

「お嬢さん、白身も食べてくださいよ。ヒラメとか。福岡の白身は日本一なんだから」

素直に頷いたが、何だか馬鹿にされている気がした。逃げた姉の代わりに、大人の男たちを前に、須藤は自分をいたぶろうとしているのか。そんなに自尊心が傷ついたのか。

だったら、中国ファンドの三百万は何なのだろう。バッグの中で嵩張る書類の袋。その存在を意識した時、佳那はやっと気付いた。

須藤にとって、三百万なんて端金なのだ。須藤は自分たち姉妹に、自分を選ばなくて大損をしただろう、と言いたいのだ。悔しかった。だったら、もっと奪ってやろうか、と佳那は思う。

「このお嬢さんはね、何と証券会社のフロントレディなんだよ」

須藤が佳那を指差して、店主に言った。

「ほう、すごい」

店主が大袈裟に驚いてみせた。カウンターに居並ぶ他の客も、ちらりと佳那の方を見遣る。

「すごくなんかないです。入ったばかりだし」

「おいおい、何で遠慮してるの。俺から、金を持ってったじゃない。凄腕だよ、この人」

須藤が露骨に言って、ビールを呷った。佳那も、華奢なビールグラスに注いでもらったが、緊張のためにあまり飲めなかったし、飲んでも味がしなかった。

「すみません」

佳那が謝ると、皆が笑った。

カウンターに座っていた中年男がからかった。

「可愛いから、許しちゃうね」

「そうそう、女は可愛いのが一番だね」と、須藤。

「やっぱ、証券会社の女子社員は顔で取るって本当ですね」

店主が、佳那を見ながら笑った。褒めているつもりらしい。

「そりゃそうだよ。こういう先生みたいなのがいるからさ」

他の客が、須藤を指差すと、須藤は下がり眉をさらに下げて、笑った。

佳那は笑うふりをして俯いた。心は甚だ不快なのに、周りに合わせて顔は笑っている自分。ああ、疲れる。早く帰りたくて仕方がない。鮨も上品過ぎて、自分には荷が重かった。

「もう一軒、付き合ってよ」

鮨屋を出た後、須藤は呑みに行きたがった。

「明日早いので、失礼します」

佳那が帰ろうとすると、須藤は佳那のショルダーバッグを摑んで離さない。

「この中に、俺の中国ファンドが入ってるんだろう？　佳那ちゃんが帰ったら、明日行って、全額引き出しちゃうよ。あの子のせいだって言って。それでもいいなら、帰りなさい」

「それは困ります」

仕方なしに、佳那は須藤と並んで歩いた。いつの間にか、逃げられないようにか、腕をしっかり摑まれている。

「佳那ちゃん、美紀は元気？」

須藤が耳許で囁いた。

「さあ、わかりません。あの後、電話したんですけど、現在使われてないって」

「本当？」

「本当です」

「居場所を教えてくれたら、またファンド買ってやるよ」

ああ、やはりそうだった。佳那は「知らないんです」と、繰り返した。たとえ知っていても、須藤には絶対に言いたくなかった。

夜の歓楽街を、佳那は須藤に引きずられるように歩いた。このままホテルにでも連れ込まれて、何かされたらどうしよう。佳那は怯(おび)えながら、一緒に歩かざるを得なかった。

二軒目は、佳那と同じ年頃のホステスがたくさんいる、バーだった。須藤は、ここでも常連らしく、「先生」と呼ばれてご機嫌だった。

佳那は同じく「証券会社のフロントレディ」と紹介された。若いホステスたちの間に反感が広がるのがわかる。

「株を買いたいなら、この子に頼んで」

酔った須藤が、若いホステスにしなだれかかりながら、佳那を指差した。

「株なんて買わんもん」

「じゃ、俺が買ってやるからさ」

「すらごとやろ？」

「嘘じゃないよ」

須藤が女といちゃついているのを見て、佳那は横に座った若い女に囁いた。

「私、帰ってもいいですか」

佳那と同じ年頃の女は、横目で須藤の酔い方を確認してから、佳那に言った。

「あんた、逃げると？」

「私、こういうの初めてなんで、どうしたらいいかわからなくて」

正直に言うと、顎で出口を示された。

「よかやなかと。どうせ、今に酔い潰るうけん」

「すみません」

するると、女がうんざりしたように言った。

「あんたは、逃げられてよかばい」

佳那は、須藤がトイレに立った隙に店を出た。バッグの中に、須藤の中国ファンドの書類が入っている。これは書留で送ればいいだろう。二度と会いたくなかった。

3

翌朝、前場の始まる直前、佳那は須藤に渡すはずだった取引口座開設書に「須藤」の三文判を押し、水矢子の机に向かった。雑用をこなす水矢子たちの机は、店頭から見えないように間仕切りの奥にある。

社内は、前場の前に客に電話で確認する営業マンたちの声が、わんわんと響いていた。そんな中で、机の上いっぱいに、ＤＭの封筒を広げて作業していた水矢子が、佳那に気付いて、顔を上げた。

「小島さん、おはようございます」

「おはよう。みやちゃん、これ速達書留で送りたいんやけど」

佳那は書類袋を差し出した。

「中身は何ですか」

「中国ファンドの書類と預かり証なの」

水矢子が訊ねる。

「お客さんに持参しなくてもいいんですか？」

「よかばい」

佳那が博多弁で投げやりに言うと、水矢子は一瞬驚いた顔をしたが、すぐに頷いた。

「わかりました。この書類にある宛先でいいんですか？」

書類に書いてある須藤の住所は、病院のすぐ近くになっている。マンションのようだから、自宅なのだろう。

「うん、やってくれる？　忙しいのにごめんね」

「いいですよ、ついでですから」

水矢子は手際よく、引き出しから未使用の封筒を取り出した。

「そうそう、みやちゃん、一昨日、あんたと夕飯食べようて思うて探したら、もう帰っとった。今度、一緒に行こう」

水矢子の顔が輝いた。

「ええ、行きたい。うちで母親と二人で食べるのが苦痛で」

水矢子には、水矢子の屈託があるのだろうと、佳那は思った。

「近くのフォルクスとか、気楽にファミレスでよかよね？」

「もちろんです」

佳那は、姉と須藤のことを水矢子に打ち明けて、相談しようと思った。そうすれば、この間、気持ちの中に巣くっているわだかまりも少しは晴れるだろう。

「小島さーん」

美津子の尖った声が聞こえた。どこで呼んでいるのかと振り返ると、窓口から声を張り上げている。ここまで伝えに来るのも、面倒臭いのだろう。

「何ですか？」

「三番に外線です」

相手が誰かも伝えない。あまりにも素っ気なかった。

「すみません」

佳那は、水矢子のデスクの上にある電話を借りて外線に出た。

「もしもし、小島です。お電話代わりました」

「須藤です」

昨夜の酔態が想像できないほど、冷静な声だった。

「あ、おはようございます。昨日は」

礼を言いかけると、遮（さえぎ）られた。

「佳那ちゃん、書類持っててくれたんだよね？」

いきなり責めるような口調で言われたので、佳那は面喰らった。

「はい、今お送りしようかと思っていたところです」

「送らなくていいから、病院に届けてくれるかな？」

「わかりました、すみません」

「受付に置いておいてくれればいいから」

「でも、大事なものですし」

「いいから、いいから」

電話が切れた。忙しいのか不機嫌なのか、急いでいる様子だったので、昨夜の鮨の礼を言う暇もなかった。しかし、受付に届けるだけならば、会わなくて済む。佳那はほっとした。

「みやちゃん、その書類の人からだった。届けてほしいって」

「そうですか。その方がよかったじゃないですか。紛失したら、大変ですよ」

「まあね。じゃ、夕方届けに行くから、その後、待ち合わせようか。今日、大丈夫？　フォルクスでいい？」

「大丈夫です。私、フォルクスのサラダバーに行ってみたかったんです」

福岡に友達のいない佳那は、水矢子が付き合ってくれると聞いてほっとした。浅尾たちのように高いレストランになど行けないが、水矢子となら、どこでもよかった。

席に戻ってから、美津子に礼を言った。

「さっきありがとう」

「いえ」美津子は目も合わさない。

あの老人がこちらに鞍替えしたことを、よほど根に持っているのだろう。こういう時、佳那は何か言わないと、気が済まない質だ。

「あのね、宮園さん。この間のお客さんのことだけど、誤解だと思う。私は自分から動いたわけじゃないの」

「何の話だか、全然わかりません」

美津子は立ち上がって、どこかに行ってしまった。いくら何でも、こちらが誤解を解こうと話しているのに失礼ではないか。

佳那がぷりぷりと腹を立てていると、自分の机の上の電話が鳴った。外線である。また須藤からか。取るのを躊躇っていると、課長がこちらを睨んでいるのに気付いた。電話は鳴ったら、すぐ取るように言われていた。

「もしもし、萬三証券福岡支店、営業一課の小島でございます」

仕方ないので、気取った声で出た。

「もしもし、小島さんですか?」

どこかで聞いたような声だ。

「はい、私です。どちら様ですか?」

「望月です」

驚いて振り返ると、望月が机の下に蹲り、電話を抱えている背中が見えた。一斉に電話をかけると社内がうるさいので、時折、机の下で電話をかける者がいる。望月はそうやって客にかけるふりをして、外線経由で電話をしてきたのだ。

「お世話様です。あのう、どういったご用件でしょう」

佳那は周囲にばれないよう演技したが、望月がいったい何で電話してきたのか、と不快だった。

「小島さんに話があるんで、今日、昼飯付き合ってくれないかな？」

今日はいつものように貧しい弁当を持参しているが、仕事の電話を装っているので、無下には断りにくかった。

「はあ、まあ、構いませんけど。どちらに伺えばよろしいでしょうか？」

望月は、会社から少し離れた場所にある、うどん屋を指定した。そこで十一時半に会おうと言う。

何の用かわからないが、迷惑な話だと思いながら、佳那は電話を切った。望月を振り返ると、のそのそと机の下から現れて、ちらりとこちらを窺った。目が合ったので、不愉快そうに眉を顰(しか)めてみせると、にやりと笑っている。

昼時、社を出ようとしていたら、水矢子にばったり会った。弁当の包みを抱えているから、社食に向かうところらしい。

「小島さん、今日はお弁当じゃないの？」

「ごめん、ちょっと出てくる」

水矢子にも本当の理由を言えず、佳那は制服姿のまま、そそくさと会社を出た。ひと足先に出て行く望月の後ろ姿を見たから、きっと席を確保して待っているのだろう。

うどん屋に入って行くと、案の定、奥の四人掛けの席から望月が手を振った。

「小島さん、こっち」

「どうも」不機嫌な顔を隠さずに前に座った。「何の用？　お弁当が無駄になったやなか」

「ごめん。手早く済ませるから、注文して」

望月に言われて、佳那は丸天うどんを頼んだ。小皿に稲荷寿司が付いてくる。

「で、何の用？」

茶を飲みながら、もう一度言って望月の顔を見た。

「小島さんが昨日会ってた人、須藤っていう医者だろう？」

「そうよ、何で知ってるの？」

「そんなもん、すぐ調べがつくよ」

望月が平然と言う。書類でも見たのだろう。

「それがどうしたの」

「すげえ大物釣り上げたなと思って。あいつ、福岡中央総合病院の院長の長男だよ。資産だけで五十億はくだらないだろう」

佳那は驚いて、しばらくぼんやりした。内科医だとしか聞いてなかったので、てっきり勤務医だと思っていたのだ。美紀からも聞いたことがないから、二年付き合った美紀も、本当の正体は知らされてなかったのだろう。

「道理で、まだ若いのに内科部長になれたと思った」

独りごちると、望月が低い声で言った。

「小島さん、あいつから十億は引っ張れるよ。なのに、たった三百の中ファン？　あり得ないよ。あいつは絶対に、あちこちで投資している」

「ほんと？」

鮨屋やバーでちやほやされて、当然のようにその接待を享受していた須藤は、ただの内科医ではなかったのだ。確かに、須藤は三百万程度は端金だということを、隠そうとはしなかった。証券会社勤めの自分が、思いきって営業をかけることも、その手に乗ってやることも、すべて計算ずくだったのかもしれない。

「私、欺された。きっと馬鹿にされてたんだ」

佳那がぽつんと言うと、望月は否定しなかった。

「どうせ、正体を明かさなかったんだろう？」

「うん」

敗北感のような感情に苦しめられながら、佳那は頷いた。

「あいつと、どうやって知り合ったんだよ？」

佳那が手短に、姉の美紀と須藤の関係を喋ると、望月は薄笑いを浮かべた。

「あいつは、小島さんのお姉さんと適当に遊ぶつもりだったのに、裏切られて、病院の笑いものにされたから、恨んでるんだよ」

「だけど、結婚しそうやったのに」

「するわけがないよ」望月がはっきり言い切った。「悪いけど、福岡の総合病院の院長の息子が、小島さんのお姉さんと、結婚するわけがない」

「どうして？　酷いこと言うね」

佳那は腹が立ったが、望月は冷酷に言い放った。

「金持ちって、そんなもんだよ。金を殖やすことしか考えてないんだから、結婚相手だって、相応の家からしか選ばないよ」

「じゃ、お姉ちゃんも欺されていたのかな」

「そうだろう。欺していたつもりが、レントゲン技師なんかに裏切られて、医者の面目が潰れたんだ。それで、小島さんに手を出そうとしているのかもしれない」

望月が、同じく丸天うどんを啜りながら言った。

「信じられない」

何と汚い男だろう。軽蔑の念が湧いたが、中国ファンドを買ってもらって、へつらった自分が悔しかった。

「小島さん、悔しいか？　悔しいだろう。だったら一緒にやらないか。うまいこと言って、院長に紹介してもらうんだ。それで、あいつらの一族から十億くらい吐き出させようよ。そしたら、会社でも一目置かれる。あんたも、浅尾さんたちにハブにされてるだろう？　噂じゃ、親睦会に呼ばれなかったらしいじゃない」

「よう知っとるね」

佳那は屈辱を隠せずに、視線を泳がせた。

「社内のみんなが知ってるよ。女は怖いって言ってる」

「だけど、浅尾さんには刃向かえないんでしょう？」

「そうだよ、支店長のこれだもん」

望月は下品に小指を出した。

「何もかもが、悔しい」

佳那は思わず、涙ぐみそうになった。何をどうしても、敵わない連中がいることに、地団駄を踏む思いだ。

「わかるよ。俺だって、あいつらには嫌われてるんだ。飲み屋じゃ靴を隠されて、裸足で帰ったこともあるし、わざと嘘の情報教えられたり、寮の便所に閉じ込められたり、いろんなイジメを受けた。本当に陰険なヤツらだよ。小島さん、社内のヤツらに勝って、ヤツらを見下したいだろう？」

「勝ちたいよ、そりゃ」

『俺もやりてえなあ、枕営業』という、誰かの言葉が蘇った。

そんなことをした覚えはないのに、貶められるのはどうしてか。自分が女だからか。それも、浅尾たちのように、F女子短大出のお嬢さんじゃないからか。

そう思った途端、佳那の目から涙が流れた。うどんを食べるのをやめて、脇に追いやる。

「泣くなよ。俺が泣かせてるみたいじゃないか」

望月に言われて、佳那は頭を振った。

「ごめん」

「謝らなくていいよ。なあ、俺と共闘しようよ。約束だよ」

だが、佳那はまだ信用できなかった。

「ちょっと待って。あんたが私のコネを利用して、うまい汁を吸おうとしているだけじゃないの？」

すると、望月が小馬鹿にしたように言った。

「じゃ、小島さん一人で、あいつから金を引き出せるか？」

それは無理だ。夜の繁華街を引きずり回されただけで恐怖を感じた自分には、そこまでの度胸も知識もない。鮨屋で皆に笑われても、何ひとつ言い返せなかったではないか。

「できないと思う。せいぜいが中ファンの三百万よ」

「だったら、俺がその百倍、抜き取ってやるよ。見てろ」

望月が小皿に載った稲荷寿司を口に放り入れながら言った。

「そして、金持ちになるんだ。金を持っているヤツらを笑うには、自分も金を持つしかない。小島さんも、そう思わないか？」

「思うこともあるけど」

「思わないこともある？」

ううん、と佳那は首を振った。よくわからなかった。お金の前には、何が本当で何が嘘なのか、時々わからなくなる。

「俺に任せてくれよ。勝つからさ」

「お願い」

望月が驚いたように、佳那を見遣った。

「可愛いこと言うなよ。奮（ふる）い立つじゃないか」

望月の目の中に、にわかに何かが宿ったように見えた。燃えてはいるけれども、中心部分が仄（ほの）暗く感じられる焔（ほのお）。それは野心というものか。自分には、そんな激しいものはない。

佳那は思わず望月から視線を逸（そ）らして、気持ちを誤魔化すように呟いた。

「奮い立つなんて、大袈裟やない？」

「大袈裟だって？」望月がにやりと笑った。「俺、何だかやる気になってるんだけど。小島さん、二人で共闘してさ、成り上がろうよ」

「成り上がるって、お金を儲けるってこと？」

「金を儲けるだけじゃない、会社でもどこでも頂点に立つんだよ。皆を見下ろすんだ。それは、ただの金じゃ駄目だ。大金持ちにならなきゃ。ヨーロッパの城みたいな家に住んで、ポルシェに乗るんだよ。クルーザーも買ってさ、地中海を豪遊する。楽しそうだろう？」

望月が夢のようなことを真顔で語り続けるので、佳那は呆れた。

「そんなこと、簡単にできないやろ」

「今はできる。逆に、今しかないんだよ」

望月はきっぱり言い切ってから、どんぶりに直接口を付けて、汁を啜った。

佳那は半信半疑で、うどんの汁を飲み干している男を眺めた。

こんな大風呂敷を広げる男は、地道という言葉を知らないだろうから、大きな欠陥を抱えているのかもしれないと思う。

「あ、並んでる」

突然、望月に言われて、佳那は店の外に目を遣った。うどん屋の前には、行列ができつつあった。食べ終わった者はその行列を意識して、そそくさと店を出てゆく。昼時で混んでいるから、ほとんどが相席なのに、自分たちは四人掛けのテーブルを二人で占領して、喋りながら食べている。

そのせいか、非難するように、ちらちらとこちらを見る者も多かった。だが、望月はそんなことに頓着する様子もなく、煙草をくわえたまま、中年の女性店員に湯飲みを高く掲げた。

「お茶」

店員は茶を注いだ後、やや乱暴に二人の丼を重ねた。

「混んできたけん、出らな」

佳那が言うと、望月は首を振った。

「まだいいよ」

「だって、食べ終わったけん」

「小島さんは、案外、気が小さいんだな。それが欠点だね」

目の前でくさされて、佳那はむっとした。

だが、望月は素知らぬ顔で煙草を吸っている。他人がどう思っているかということなど、まったく気にならない質らしい。その意味では、厚顔無恥な証券マンの素質はおおいにあった。

「そろそろ行かな」

佳那が腕時計を覗いて注意すると、望月はのんびりと煙草の煙を吐いた。うどん屋で、食後の一服などしている者はいないので、佳那は気が揉めて仕方がない。望月が動かないので、やむなく手鏡を覗いて、口紅を引き直していると、望月が低い声で言った。

「小島さん、肝腎の話をしてないよ」

「何のこつ？」

「須藤に俺を紹介してくれよ」

「いいけど」

そう答えたが、内心、躊躇していた。

須藤の真意がわからないのだ。書類を郵送すると言ったら、須藤は受付に届けろと言ってきた。もちろん届ける方が確実だが、不機嫌な口調だったから、昨夜、佳那が先に帰ったことに腹を立てているのかもしれない。

だが、それなら、郵送でも構わないはずだから、届けろということは何か企みでもあるのだろうか。須藤に会わずに済むことを嬉しく思った自分は、甘いのかもしれない。

「小島さん、客に会う機会はこっちから作るんだよ。適当に何か言って紹介してくれよ。そしたら、俺があいつから、億単位で引っ張るから」

「まさか」

望月は大きなことを言うが、佳那は信じられない。

そもそも、須藤は本当に病院長の息子なのだろうか。姉の勤めていた北九州市の病院は、福岡中央総合病院よりもはるかに規模は小さかったし、須藤もただの内科医だった。望月は間違っているのではないか。

「本当に病院長の息子なの？」

望月は、自信たっぷりに断言した。

「本当だよ、昨日あれから調べたんだ。長男だ、間違いない。大学出てから、指導教授の紹介で北九州にいたらしい。お勤めが終わって、やっと帰ってきたんだろう。俺がうまく持ちかけるからさ」

「わかった。大丈夫だよ。今日、書類ば届けに行くけん、一緒に行こう」

「よし、そうこなくっちゃ」

望月が嬉しそうに叫んで、くわえ煙草で立ち上がった。うどんの代金は割り勘だった。

その日、後場が終わってから、佳那は須藤の書類を持って会社を出た。書類は作り直して、判を押す場所もわざと空欄にしてある。先に外回りに出た望月とは、病院で待ち合わせていた。あらかじめ電話で、須藤の診察時間も確かめてある。午後四時には終わっているというので、四時半に受付に着いた。

望月はとうに到着していて、待合室のベンチからこちらを振り返って軽く頷いてみせたが、誰が見ているかわからないので、互いに素知らぬふりをしている。

佳那が受付で名前を告げると、「ちょっとお待ちください」と言われて、すぐに須藤に内線電話がかけられた。書類は受付に置いておいてという話だったのに、と首を捻る。

「須藤先生が、お出になりました」

受付の女性に受話器を手渡された佳那は、丁寧に挨拶した。

「先生、小島です。昨日は、大変ご馳走になりまして、ありがとうございました。書類をお持ちしました。ご捺印（なついん）をお願いします」

「捺印？」

驚いたように、須藤が言う。

「はい、実は会社で先生のお名前の判を押そうとしたら、上司に叱られまして、ちゃんと先生ご自身に押してもらえと言われました。ここでお待ちしますので、判をお願いします。申し訳ありません」

「何だ、そうなのか。普通はそっちでやってくれたりするけどね」

須藤は口を滑らせた。

「すみません、うちはうるさいので」

「てか、佳那ちゃんが、まだトーシロだからだろ」

「はい、すみません」

すみませんという語を、何度繰り返しているのだろう。須藤の口調に、揶揄や軽侮が滲(にじ)んできているように思える。

「まあ、いいや。今行くよ。その辺にいて」

「はい、お待ちしています」

しかし、すぐには下りてこなかった。須藤がエレベーターから姿を現したのは、優に四十分は経ってからだった。

「佳那ちゃん、ごめん」

白衣を着た須藤が、両手を合わせて拝むような仕種をしながら歩いてくる。

「いえ、いいんです」

「急患が出てね、血液検査の結果が出るまで待ってたもんだからさ」

しかし、須藤の体からはコーヒーのにおいが漂っている。自分を焦らしていたのではないかと、佳那は訝ったが一応謝った。

「お忙しいところ、すみません」

須藤が佳那の顔を正面から見て、面白そうに言う。

「何だか、今日は印象が違うね。佳那ちゃんは、酒飲むと、翌日ちょっと瞼(まぶた)が腫(は)れるタイプ？」

「さあ、どうでしょう。少し腫れぼったいとは思いますが」

「俺ね、ちょっと瞼の重い子、好きなのよ。ほら、美紀って、二重がぱっちりしてたでしょう。ああいうの苦手」

姉と二年も付き合っていたくせに、苦手とまで言うのは、含むところがあるからだろう。

「姉に言っておきますね」

冗談で言ったつもりだったが、須藤がぎらりと目を光らせた。

「美紀と連絡取ってるの？」

佳那は慌てて手を振った。

「いいえ、冗談です。あれからまた姉に電話してみましたが、現在使われていない、ということでした」

「ほんと？　お母さんたちも知らないの？」

「誰も知らないです。ほんとです」

佳那はしどろもどろで弁明した。

「だって、娘と連絡取れなくなったら、みんな心配でしょ？　お宅はどうしてるの？」

「うちの両親は、姉は知らせてくれた住所にいると思っています。私も先生に言われるまで、全然知りませんでした。ほんとです、信じてください」

「そうかね」須藤が疑わしげな目で、佳那を見遣った。

その時、突然、望月の声がした。

「小島さん」

振り向くと、鞄を提げた望月が、いつの間にか横に立っていた。

「あら、望月さん。どうしたんですか」

「外回りで偶然。こちら、この病院の先生ですか？　小島さん、すみませんが、紹介して頂けますか」

望月が阿(おもね)るような笑いを浮かべて、内ポケットから名刺入れを出した。佳那は、須藤に紹介した。

「先生、これは、うちの営業マンの望月です。望月さん、内科の須藤先生です」

佳那は望月に紹介して、半歩下がった。

「須藤先生。私、萬三証券営業一課の望月と申します。どうぞよろしくお願いいたします」

望月が、頭を下げて名刺を差し出した。

「ああ、きみ、昨日ここにいたよね」

須藤は記憶力がいい。

「はい、私、このあたりは担当地域でして、よく回っております。こちらもお客様が通院してらっしゃるので、代わりに順番取ったり、お薬を取りに来たりしますよ。こちらの病院はとても評判がいいですよね」

望月が如才なく喋った。

「ほんとかい？　二人で示し合わせたんじゃないの？」

須藤が露骨に嫌な顔をしたので、佳那は慌てて弁明した。

「いいえ、本当に偶然です」

すると、急に望月が間に入った。

「実は昨日、うちの小島と先生がここで話していたのを見ておりました。それで私、さっき小島がいるのを見かけて、もしかすると、先生がいらっしゃるかもしれないと思って、ここでこっそり張ってました。すみません。小島には罪はないんです。私がちゃっかりしてました。転んでもただでは起きない、証券の営業マンの悲しい性(さが)です。先生、すみません。小島さん、すみません」

滔々と喋りまくって二人に謝り、眉を下げた人の好さそうな顔をしてみせる。

「何だ、そういうことか。僕はてっきり佳那ちゃんもそういう人かと思ったよ」

そういう人とは、ちゃっかり者という意味か。枕営業だの、ちゃっかり者だの、人から大金を出してもらう仕事は、自分を損ねないとやっていけないものなのだろうか。だからこそ、「成り上がる」という言葉が身に沁みるのだ。

『金を儲けるだけじゃない、会社でもどこでも頂点に立つんだよ。皆を見下ろすんだ』

望月の言葉が、佳那の身内に蘇った。そうだ、儲かるだけじゃ駄目なのだ。思いっきり引きずり下ろされたのだから、今度はこちらが頂点に立って、こいつらを見下ろさなくては意味がないのだ。それがバランスというものではないだろうか。

佳那はきっと顔を上げて、はっきり否定した。

「先生、私は違います。本当に偶然です」

もう嘘を吐いている、と佳那は思った。バランスを取り始めている、と。まだまだ自分は甘いけれど、これからは望月と一緒に、ちゃっかり者になるし、裏切り者にもなるのだ。佳那の気迫に気圧（けお）されたように、須藤が曖昧に頷いた。

「あ、そう」

「先生、どうぞお見知りおきを。私は先生に損は絶対にさせません。今お持ちの資産を十倍に、百倍にいたします。いえ、これは嘘ではありません。また伺いますので、どうぞよろしくお願いいたします」

望月はそれだけ言って、何度もお辞儀しながら帰って行った。望月の後ろ姿を見送った須藤が嘆息した。

「いや、驚いたね。図々しいもんだね」

「すみません」

「いや、佳那ちゃんが謝ることじゃないよ。証券会社の営業なんて、あんな人ばかりだろうから、佳那ちゃんも大変だね。利用されないように気を付けるんだよ」

「はい、気を付けます」

「佳那ちゃん、ところで、せっかく来てくれたんだから、ちょっとご飯でも食べに行こうか」

佳那は水矢子とフォルクスで待ち合わせをしたのを思い出した。

「今日はちょっと」

言い淀むと、須藤が一瞬、むっとした顔をしたのを、佳那は見逃さなかった。最初からそのつもりで、受付には佳那が来たら引き留めろ、と言ってあったのかもしれない。

須藤がむくれて言う。

「じゃ、いいよ。また今度」

せっかく須藤の機嫌が直ったばかりだ。フォルクスに電話すれば、水矢子は許してくれるだろう。

「いえ、大丈夫です。先生にもお手数をおかけして申し訳ないので、お付き合いさせてください」

佳那が思い切って言うと、須藤が喜んだ。

「じゃ、ちょっと待ってて、着替えてくるから。佳那ちゃん、何が食べたい？ 昼は何だったの？」

バッグの中には、昼に食べ損ねた弁当が入っている。今日の中身は、焼シャケと梅干しだけの貧しい弁当だ。佳那は、須藤の質問には答えず、この弁当は明日の昼まで保(も)つだろうか、そして水矢子は一緒に食べてくれるだろうか、と考えていた。

須藤が着替えに戻っている間、佳那は待合室の公衆電話から会社に電話した。事務社員である、水矢子の終業時間は五時だ。運がよければ会社で捕まえられると思ったが、あいにくちょうど出たところだという。

備え付けの電話帳で、待ち合わせたフォルクスの電話番号を調べた。やっと見つけて、電話をかけたちょうどその時、須藤がこちらに向かって歩いてくるのが見えた。昨夜と同じチェックのジャケットを羽織り、中は地味な色のポロシャツだ。服装のセンスは悪いし、太めなので、はっきり言って須藤の見栄えはよくない。

実は、美しい姉がどうして須藤なんかと付き合っているのだろう、と不思議に思ったこともあった。医者である須藤を、両親がいたく気に入っていたので、姉も仕方なく合わせていたのだろうか。もしそうなら、誰にも言えなかった姉が、哀れに思えてならなかった。

「はい、フォルクスです」

長いコールの果てに、やっと若い女性が電話に出た。

「あのう、伊東さんていう若い女性のお客さんに伝えてほしいことがあるんです。六時に待ち合わせたけど、急用で行けなくなってしまって」

若い女性店員は不慣れらしく、おどおどした声で訊ねた。

「どげんお客さんですか?」

佳那も釣られて博多弁になる。

「今、会社ば出たって聞いたけん、まだ着いとらんて思うんですが」

「服装とかは?」

会社では制服だったので、私服姿は見ていない。

「ちょっとわからんけど」

「すみません。どの人が伊東さんかわからんし、今日はお客さん多かけん、難しかて思います」

「一人で来る、若か女性のお客なんやけど」

「そういう人もたくさんおるし」

相手は言い淀んだ。ただでさえ忙しい夕食時に、面倒を背負い込みたくないのだろう。

「わかりました。じゃ、いいです」

須藤が近付いてくるので気が気でなく、佳那は断ってしまった。また隙を見て電話をする他ないだろう。こんな時、望月ならば「店長に代わって。説明するから」などと言って、もっと粘るのかもしれない。自分はまだ押しが弱いし、諦めが早いし、詰めも甘い。望月の図々しさを持ち合わせないと、この世界では勝てないだろうと反省しながら、須藤が来るのを待つしかなかった。

「どうしたの？」

須藤が横に立って小首を傾げたが、佳那を前にして笑みがこぼれている。

「会社に電話してました。大丈夫です」

佳那は受話器を置いて、何ごともなかったかのように取り繕った。

「佳那ちゃん、今日は大衆的に焼き鳥でもどう？」

「はい、お付き合いします」

仕方なしに頷いたが、佳那は敗北感のようなものを覚えている。自分はたった一本の電話もうまくやれないのに、顔色ひとつ変えずに嘘を吐ける望月は、本当に支店一の売上を上げることができるかもしれない。

自分も望月のようなちゃっかり者になりたい。そして、須藤のような男を欺してやりたい。

佳那は作り笑いをして、須藤の顔を見上げた。佳那の微笑みを見た須藤は、満足そうに頷いている。

「大衆的」と須藤は言ったが、案内されたのは、日曜に行ったシティホテルの中にある高そうな店だった。須藤はここでも「先生」と呼ばれて、下にもおかない扱いをされていた。

「おやじさん、この人はね、証券会社の遣り手女性」

須藤がまた、カウンターの中で串を焼く店主に佳那を紹介した。初老の店主は、佳那の顔を見ずに言う。

「へえ、まだお若かとに、そりゃすごかですねえ。今は、儲かってしょんなかでしょう?」

「いえ、そんなことはないです」

「だばってん、株やった方がよかよね?」

店主が初めて顔を上げて、佳那の顔を見た。そして、さりげなく全身を見る。

昨日の鮨屋と同じように、佳那という小娘を値踏みする視線だ。仕立ての悪い安価なスーツを着て、合皮のバッグを持ち、そして、埃だらけの靴を履いた貧しそうな娘を。

お前などが来られる店ではないのだから、せいぜい媚びを売ってご馳走してもらえ、と思っているような目ではないか。

この男たちの視線をはね除けて、金を搾(しぼ)り取り、成り上がるのだ。そして、金持ちの頂点に立って、逆に見下ろしてやらなければならない。

佳那は心中、そんな荒ぶったことを考えている。が、心が荒ぶれば荒ぶるほど、声は淑やかで、自信なげになるのは発見だった。

「はい、お勧めします」

店主が興味を覚えたように向き直る。

「ほう、どげん銘柄買えばよかね？」

「お答えしますから、窓口に来てください」

「そうきたか。確かに遣り手やなあ」

店主があたかも感心したかのように言うと、須藤が気分よさそうに笑った。店主が須藤の機嫌を取るために、自分を褒めたのは明らかだった。

「佳那ちゃん、頑張れよ。応援してるから」

右手に座っている須藤が、カウンターの上に置かれた佳那の右手に、自分の手を重ねた。その白い指に密生している黒い毛を佳那はちらりと見ながら、礼を言った。

「ありがとうございます」

「うん、頑張って」

今度は、須藤の左手が佳那の肩をぽんぽんと叩いた。手はそのまま置かれて、吸い付くように離れない。次第に重く熱く感じられて、鬱陶（うっとう）しい。

外したいが、思い切ってできないので、少し体をずらそうとした。すると、須藤の左手は佳那の背中まで下がってきて、肩甲骨のあたりを撫で回した。

「美紀と骨の感じが同じだね。解剖するとね、遺伝子が近い人は、みんな骨格が似てるんだよ」

突然、姉の話が出たので、佳那は警戒した。

「そうですか」

「美紀は、京都から大阪にでも行ったかな」

「さあ、どこにいるんでしょう。心配です」

佳那は、心底そう思っている。

「あの頃は、佳那ちゃんも一緒にドライブに行ったりしてさ、楽しかったよね。皆で河豚(ふぐ)料理食べたよな」

須藤は、下関にドライブ旅行をした時のことを言った。

思い返せば、あの時の姉は、あまり楽しそうではなかった。すでにレントゲン技師と付き合っていたのかもしれない。だから、高校生の自分を緩衝(かんしょう)材として連れて行ったのだろう。

「美紀、どうしてるのかなあ」

須藤が低い声で呟いた。あまりにも親しげな言い方なので、佳那は答えようがない。

「今、幸せにしてるのかなあ」と、須藤が心配しているような口調で言う。「それならいいけどさ」

「どうでしょうか」

佳那は慎重に答えた。

「佳那ちゃん。実は俺ね、田川のお母さんに電話して、美紀の連絡先聞いたんだよ」

佳那は驚いて、須藤の顔を見た。須藤が自分に電話してきた時、母から佳那の連絡先を聞いた、と言っていた。その時、美紀の連絡先も聞いていたのだろうか。

「それで、姉には連絡されたんですか？」

「もう引っ越していたね」

須藤が冷や酒を呷りながら答えた。だから、妹の佳那が知っているのではないか、と近付いてきたのか。

「私、本当に知らないんです。先生に聞いて驚いたくらいですから。姉とはそんなにしょっちゅう連絡取るほど仲はよくないし」

「そうなの？　ドライブの時は、仲よく見えたけどね」

須藤の手が、佳那の肩甲骨をなぞる。そっと触っていたのが、大胆に撫でるようになった。

「でも、姉は五歳も上ですから、私から見たら、常にお姉ちゃんなんですよ。大人の世界にいるように見えて、あまり互いのことは話さなかったです」

「美紀はもてたもんね」

須藤の言い方はセクシュアルなことを含んでいるように聞こえて、佳那は耳を塞(ふさ)ぎたくなった。須藤なんかに言い寄られて、姉は困っていたのではないか。

佳那は思い切って聞いた。

「先生は、姉といずれは結婚するつもりだったんですか？」

「それはもちろん、美紀さえよければ、考えていたよ」

ほんの少し、答えるのに躊躇いがあるように感じられた。

「でも、先生はあの病院の息子さんだと支店長から聞きました。そんな偉い先生とうちの姉は結婚できるんですか？　うちは八百屋ですけど、釣り合いますか？」

佳那の声が聞こえたらしく、今度は盛り付けに回っていた店主が、ちらりとこちらを見た。

その視線を意識するように須藤が答える。

「家のことなんか関係ないですよ」須藤は急に丁寧な物言いになった。「僕は好きになった人と結婚します」

「そうですか。だけど、先生だったら、同じお医者さんのお嬢さんと結婚されたりするのではないですか？」

佳那の脳裏に、『総合病院の院長の息子が、小島さんのお姉さんと、結婚するわけがない』と言い切った望月の言葉が蘇る。

「そんなことないよ。じゃ、佳那ちゃん、僕と付き合って、結婚する？」

背中に回された手に力が入り、須藤は佳那を抱き寄せるような仕種をした。

店の男や客は皆、見ないふり聞かないふりをしている。男の吐く嘘を、同じ男たちが面白がっている。首尾か不首尾か。それにしては、相手が小娘過ぎないか、と。

「僕ね、前から、佳那ちゃんのこと、可愛いなと思ってたんだよ。これは本当」

「でも、先生は姉が好きなんでしょう？」

「いや、あなたたち軍艦巻き姉妹が好きなの」

軍艦巻き姉妹。何と下品なことを言うのだろう。

須藤が頰を寄せてきたので、佳那は思わず体を反らした。嫌悪感でいっぱいだった。須藤が超優良客になるとしても、自分は須藤に身を任せることなど、絶対にできない。

佳那の強い嫌悪感が須藤に伝わったのか、須藤が瞬間、驚いた顔をした。

「佳那ちゃん、美紀の居場所を教えてくれたら、もっと中ファンや株買うよ」

須藤がふざけて言う。それも、相手の弱みを知ってわざと言っているようないやらしさがある。

「あのう、先生は姉の居場所を知ったら、どうされるおつもりなんですか?」

佳那は身を固くしたまま、思い切って問うた。

須藤は鶏の軟骨をこりこりと口の中で音をさせて食べている。

「どうしようかな。俺はただ心配だから、聞いてるだけなの。佳那ちゃんは、僕が美紀に何かすると思って、心配してるの?」

「そうではありませんけど、私にしつこく聞くので」

背中から、須藤の手が外された。許されれば執拗に、拒絶されれば冷酷に反応しそうだ。

「しつこい? 嫌だなあ。そんなつもりはないよ。美紀が今、幸せかどうか知りたいだけだよ。一応、関わった男だからね」

笑いながらだけれども、苛立ちが募っているように感じられる。須藤は姉に謝罪させたいのだ、それも徹底的に。そう感じた佳那は、この話をおしまいにした。

「そうですよね。姉の件では、本当に失礼しました。では、何かわかったら、先生にお知らせしますから」

「うん、まあ、気が向いたらでいいよ」

店にいる手前、そう言うしかないのだろう、と佳那は思った。

不意に、フォルクスで水矢子を待たせていることを思い出した。慌てて、椅子から立ち上がる。

「すみません。近くに公衆電話はありますか？」

「トイレん前にありますよ」

店員に教えられて、佳那は須藤に断った。

「ちょっと急ぎの用事を思い出したので、電話してきます」

須藤が不機嫌に頷くのを横目で見て店を出て走る。

公衆電話を見つけて、先ほどのフォルクスに電話をした。約束は六時だったが、すでに八時近い。水矢子はどうしているだろう、と心配だった。

「フォルクスでございます」

今度は落ち着いた男性の声だ。水矢子を探してほしいと言うと、店に女性の一人客はいない、と断られた。約束から二時間近く経っても現れないのだから、さすがに諦めて帰ったのだろう。

佳那は、水矢子に申し訳ないことをしたと思いながら、焼き鳥店に戻った。自分はいったい何をしているのだろうと唇を嚙む。何をしてもうまくいかない。すると、ちょうど店から須藤が出てきたところだった。

「あ、先生」

「先生じゃないよ。何だ、あの営業マンと電話してたのか。何だよ、つるみやがって」

なぜか誤解して、立腹している。

「いえ、違います。友達に連絡が取れないかと思って、電話しに行きました。今日、その子とフォルクスに行く約束してたんです」

佳那は慌てて答えた。

「フォルクス？　何だよ、それ。ファミレスか」

須藤が馬鹿にしたように言う。美紀が失踪したことも、望月が現れたことも、佳那が席を外したことも、須藤はすべて気に入らないのだろう。

「佳那ちゃん、静かなところに行かないか」

「どういう意味ですか？」

「ここに、部屋取ったからさ」

手を引かれたので、佳那は振り切って逃げた。

翌朝、佳那は早めに出勤して、まず水矢子を目で探した。

フロアでは、営業マンたちのほとんどが出勤していて、顧客に電話をかけたり、出前で取ったモーニングセットを食べたりと、日中と変わらぬ喧噪が始まっていた。

だが、水矢子は見当たらない。おそらく茶でも淹れに行っているのだろうと、佳那が給湯室に向かおうとした時、目の前に望月が立ちはだかった。

「小島さん」

ネクタイは昨日と同じだった。髪は寝癖で跳ね、紺色のスーツは皺だらけで、ワイシャツにはアイロンがかかっていない。相変わらず冴えない格好をしているが、目は鋭い。

「あら、おはよう」

佳那は望月に挨拶しただけで、水矢子の方が先だとばかりに踵(きびす)を返そうとした。すると、望月がいきなり佳那の腕を摑んだ。

「ちょっと待って」

「何ばしよっとね」

佳那は、慌てて振り解(ほど)いた。

「何ばしよっとね、じゃないよ。昨日、あれからどうした？」

望月は急いた口調で訊いた。

「別に。食事しただけですぐ帰ってきたけん、別にどうってことなかった」

「本当に大丈夫だった？」

望月は、佳那の本音を汲み取ろうとしているのか、心配そうに佳那の目を覗き込んだ。

「ちょっと誘われたけど、断って帰ったから大丈夫や。それとも何？　そのまま応じればよかったってこつ？　そしたら、私もノルマを達成できた？」

冗談半分で答えると、望月が不機嫌そうな顰め面をした。

「そんなことは言ってないよ」

「じゃ何よ」

「いろいろ調べたら、須藤の素行が悪いことがわかったからだよ」

「何があったの？」

「学生時代に看護学生を妊娠させたことがあるし、インターンの時も、看護婦に手を出すので有名だったらしいよ。それで、ほとぼりが冷めるまで、父親に系列の北九州の病院に出されていたんだ」

看護学生や看護婦。そして、姉のような病院事務職員。

須藤は常に、自分より弱い立場の女に手を出していたのか。不快な話だった。

「それで、姉と付き合ったんだ」

軍艦巻き姉妹。自分も同等に思われている。佳那の脳裏に、須藤に対する嫌悪が蘇った。

「そう、根っからの小物だし、悪党だよ。俺はね、小島さん。あいつの父親の方を狙ってるんだ。いずれ、あいつに渡る資産を、どうにか減らしてやろうと思ってる。どうせあいつら、一億二億の損なんて損だと思ってない」

「どうやって？」

「俺が、須藤家のファンドマネージャーやるんだよ」

「それで損をさせるの？」

「まさか。得もさせるさ。でも、一番いいのは、ヤツらを利用して俺が儲けるってことだ」

「どうやって？」

佳那は思わず、同じ質問を繰り返した。

「いろんなやり方がある。それを今、研究しているところだ」

「研究？」

「うん。俺はいずれ独立するよ。いいかい、小島さん。証券会社では、どんなにノルマ達成しようと頑張ったところで、どうせ上に行けやしないようにできてるんだ。出世の王道は、本社の法人担当になるしかない。企業は、個人投資家なんて、目じゃないような大金が動いている。そっちに手が届かないのなら、俺は本物の金持ちだけを相手に、強か（したた）にやっていこうと思ってる。今に、萬三なんて辞めてやる。それも早いうちに」

望月は何か面白くないことでもあったのか、いつになく荒ぶって、低い声で早口に喋った。

頷きながら聞いているうちに、フロアにいる社員の目が自分たちに集中していることに気付いて、佳那はそっと望月に注意した。

「望月さん、皆が見てる」

望月は、鼻で嗤うような仕種をした。

「言いたいやつには言わせとけ、だよ。俺らはもう、噂になってる」

「噂？　どういうこと？」

だが、望月はその質問には答えず、身を翻して自席に戻っていった。

佳那は、腕組みしてこちらを睨んでいる浅尾の視線を受けて、慌てて給湯室に向かった。果たして給湯室では、ヤカンの湯が沸くのを待って、水矢子が立ったまま朝刊を読んでいた。その横顔は静かで聡明そうだ。

「みやちゃん、おはよう。昨日、ごめんね」

佳那は水矢子に謝った。水矢子が向き直って、ゆっくり新聞を閉じた。

「いいんです、忙しかったんでしょう？　多分、お客さんに誘われて、身動き取れないんだろうと思ってました」

「うん、例のお医者さん。六時前にフォルクスに電話したけど、みやちゃんはまだ来てなかったみたい。伝言頼んだけん、忙しいて断られて。ほんと、ごめんね」

「いいんです。おかげでサラダバーとドリンクバー、堪能しました。楽しかった」

水矢子が笑って言うので、佳那はほっとした。

「それならよかったけん、また一緒に行こうね」

「はい」

「ところで、みやちゃん。さっき望月さんに聞いたけど、私たちが噂になっとうて、ほんなこつね？」

思い切って水矢子に訊ねた。が、水矢子は答えるのに、少し躊躇った様子を見せた。

「気にせんから、言って」

「実は、さっき彰ちゃんから聞きました」

「何て？」

「小島さんと望月さんが、昼時、うどん屋で密会してたって」

「密会？　大袈裟やね。何でも膨らますんだから」佳那は気を悪くした。「他には何て？」

「それだけです」

水矢子は、それ以上言おうとしなかったが、おそらくもっと酷いことを言われているのだろうと、佳那は思った。浅尾や美津子の態度から推し量るとすれば、自分の想像を絶する内容に決まっていた。

「本当に？　気にせんから、何でも言うて」

促されて、水矢子が重い口を開く。

「食堂での喧嘩も、痴話喧嘩だったって」

「付き合ってると思われてるんだ？」

「多分」

「ああ、もう、よかよか。聞きたくない」

耳を塞ぎたくなる。真面目に仕事をしているつもりなのに、どうしてこんな理不尽な目に遭わされるのだろうと、誰彼構わず訴えたくなる。

「小島さんは綺麗だから、嫉妬されちゃうんですよ」

水矢子が気の毒そうに言う。

「何で？　私なんか田川の八百屋の娘で、名もない短大出やし、何の取り柄もなかばい。それなのに、何で嫉妬すると？」

「こういう競争する会社の中にいると、綺麗というだけでも、一歩先んじているように見えるからじゃないですか。それは、男の人も同じなんだなと思いました。綺麗な若い女の人は得してると思うみたいで、やはり同じ嫉妬です」

湯が沸いたので、水矢子はガスの火を止めて、落ち着いた声で答えた。『枕営業』と佳那の頑張りを貶めた男性社員の声音が蘇って、佳那は唇を噛んだ。そうだ、その通りだ。

「みやちゃん、あんた、若いのに頭いいね」

「そうですか?」

水矢子が可笑しそうに、佳那の顔を見た。

「あんたこそ、外務員試験受けて頑張ればいいのに。営業やりたいって言ったら、会社だって断らないでしょう」

「私はいいんです。だって、二年経ったら、会社は辞めることにしているから」

水矢子は思い切って打ち明ける気になったのか、頰を紅潮させた。

「何で二年なの?」

佳那は驚いて、水矢子の顔を見た。水矢子は、大きな盆に、男たちの湯飲みを並べていた。湯飲みは鮨屋で貰ったようなものやマグなど、いずれも重そうなものばかりだった。茶が入った湯飲みを満載した盆はさぞかし重いだろう、と佳那はそんなことを考えている。

「私、受験費用を貯めるために、入社したんです。貯まるには二年はかかると見ているので、二十歳の年に大学受験します」

「福岡で?」

「いいえ、東京の大学を受けます」

「へえ、偉かとね。頑張ってね」

佳那は心底感心して言った。

「受験、成功するかわからないけど、家を出て一人で暮らしたいんです。それも、知らない街で。だから、東京なんです」

「その気持ち、よくわかるよ」

佳那は頷いた。自分もいずれ東京に出たいと思っている。

陰口しか言わない意地悪な同僚たちと縁を切り、自由に仕事をして稼ぎ、誰にも遠慮せずに暮らしたかった。

だって、東京には楽しいことが、たくさんありそうではないか。浦安のディズニーランド、銀座での買い物、六本木のディスコ。新宿、渋谷、池袋。繁華街がたくさんあるそうだから、どこか自分と水が合う街があるはずだ。

不意に、望月と結婚したら、そういう暮らしも夢ではないかもしれない、と思った。いや、望月はもっと大きなことを言っていた。ヨーロッパに暮らして、ポルシェを乗り回し、クルーザーで地中海を豪遊する、と。いくら何でも大言壮語だ。佳那は大きな溜息を吐いた後、少し笑った。

昼前、また望月から外線を装った電話がかかってきた。

「小島さん、俺だけど」

「はい、どういったご用件でしょうか？」

「今日また、うどん屋行ける？」

佳那は誰にも悟られないように、ちらりと望月の席を見遣った。

望月は机の下に入って、電話をかけている。そのワイシャツの背中だけが見えた。その下に透けるランニングシャツ。ああ、ださい男だ。佳那はそう思ったが、須藤について語る今朝の望月には、いつもの傲慢さは影を潜め、必死な感じがあって好感が持てた。

「すみません。あいにくですが、今日は難しいんです。申し訳ありません」

顧客の頼みを断ることは滅多にないだけに、周囲を意識して佳那の声は小さくなる。しかし、昨日持参した弁当は、結局棄てざるを得なかった。つましい生活をしている自分をうどん屋に誘うなら、あらかじめ言っておいてほしい、という思いがある。

「そうか、わかった。じゃ、今度の日曜会える？　作戦会議しようよ」

「はい、それなら大丈夫です」

「よかった。じゃ、あのうどん屋で十二時」

「うどん屋？」

電話が切れた。再び望月の席を見遣ると、受話器を持った望月がこちらを見て、大胆にも微笑んだので、佳那は慌てて目を逸らした。

日曜の昼、佳那は以前も行ったうどん屋で望月を待った。まったくデートらしからぬ場所で会おうというのだから、佳那も気楽なTシャツとジーンズだ。

やがて、望月が姿を現した。ラフな服装で来るかと思ったら、相変わらず紺のスーツ姿だった。

「日曜に何でそんな格好しとると。今日も仕事？」

佳那はメニューを見ながら、目を上げずに望月に聞いた。

「いや、何となく。小島さんに会うから」

いつになく照れた様子なので、佳那はずけずけと言った。

「だけど、あんたのその格好、あまりようなかとよ」

「そうかな？　スーツなのに？」

望月が不思議そうに、自分の服装を見る。

「あのね、そのスーツ、いつも同じ服やろ。皺だらけだし、汗染みもあるよ。それでよう営業に行くね。お客さんに驚かれない？」

思い切って言うと、望月が初めて不安そうな表情になった。

「歩き回ってると、汗をかくからどうにも仕方ないよ。クリーニングに出す暇もないし、洗濯もできない」

「だったら、もう一着買うしかないでしょう。あと、下着にランニング着るのすごくださいよ。透けてるじゃない。おっさんみたい。それから、髪も寝癖が付いたままだとだらしなく見えるよ。どうして気がつかないの。あんたの部屋に鏡はないの？」

「辛辣だなあ」

望月が珍しく悄気(しょげ)るのが面白くて、佳那は調子に乗った。

「誰もあんたにそんなこと言わんやろ。だから、私が言うてあげる。でないと、あんたは嫌われるだけや。服装は大事よ、特に営業マンなんやから」

「だけど、今は外回りばかり行かされるから洗濯する時間もないし、無理だよ」

望月が怒ったように抗議した。

「それなら仕方なかね。好きにするといいよ」

佳那が見捨てるような言い方をすると、望月が頼み込んできた。

「小島さん、頼むよ。俺と組んでくれよ。一緒に頑張るために、俺のコンサルやって」

「コンサルって何？」

「相談役だよ。今みたいに服装とかも注意してくれよ。小島さんは頭いいから、絶対に俺たち成功するよ」

「ご注文は？」

注文もしないでずっと喋っていたので、店員が怒ったように注文を促した。日曜とはいえども昼時なので、店は混んでいる。相変わらず周囲を見ない自分たちは、さぞかし浮いていることだろう、と佳那は思った。

しかし、望月はそんなことにも気付かないのだ。

「あ、並んでる」

まるで自分とは関わりのないことのように、店の外にできた行列を見て独りごちる望月を、佳那はぼんやり眺めた。

望月は、これまで会ったことのない男だった。もちろん、佳那に豊富な男性経験があるわけではない。高校生の時に、同級生とキスを交わした程度だ。でも、こんな変な男には会ったことがない。佳那は、望月の曲がったネクタイを直してやりたい衝動を堪(こら)えた。

4

望月昭平は、向かい側に座っている小島佳那に圧倒されて、さっきからろくな受け答えができなかった。

佳那が萬三証券の制服ではなく、また、いつも着ている野暮ったいスーツ姿でもなく、Tシャツにジーンズという、くだけた格好をしてきたからだ。

化粧もしていないので、まるで初めて会う女子高校生のように見える。そのせいで、望月は佳那を正視できずに、どぎまぎしていた。そんな望月の変化が面白いのか、佳那はここぞとばかりに、望月の服装をこきおろしてくるのだが、不思議と腹は立たなかった。

むしろ、心地よいというか、率直に意見を言う佳那が頼もしく感じられた。気が付いたことをもっと言ってほしいし、自分を練り上げて、より強力な男にしてほしい、と望月は願った。

年下の女に対して、いや他人に対して、こんな感情を持ったのは生まれて初めてだった。須藤に勝つ、と言ったら、「お願(ねが)い」と佳那に懇願されてからというもの、望月が奮い立ったのは事実だ。が、同時に、佳那を怖じるようにもなった。なぜかと言えば、佳那の機嫌を損じたくないからだ。もっと言えば、嫌われたくないからだった。

「望月さん、早う注文しよう」

佳那が焦れた様子で、メニューを押し付けてきた。ふと見ると、中年の女性店員がさっきから脇に立っている。

望月は、またやっちまったか、と思った。望月はすべてにおいて、周囲の動向に気付かない。というか、注意を払えない。そのせいで、幼い頃から摩擦ばかり起こしてきた。友達を押し退けて一番いい場所を取ってしまい、欲しいものには真っ先に手を伸ばしてしまう。だから、狡いとか、自分勝手だとか、我が儘などと言われてきた。自分でも不思議なのだが、これはやり過ぎで周囲から浮いている、と気付いた時はすでに遅く、ことは終わって望月の評価は地に落ちているのだった。

落ちるだけならまだしも、嫌われたり、憎まれたりした。それは小学校でも中学でも高校でも同じだった。利己的で思い遣りのない男。礼儀知らずの無礼なヤツ。

『おい、礼くらい言えよ』

『そういう時は、すみません、だろ』

『横入りするな』

『おまえ、せこいな』

望月の行くところには、必ず文句を言う人が現れる。なのに、自分が他人に迷惑をかけているという事実に、どうしても気が回らない。

会社に入ってから、同期に嫌われたのも、先輩の大勢いる寮でいじめの標的になったのも、すべて自分が他人に気を遣えない性分のせいらしい。だったら、これからは他人に気を遣おうと決意しても、どうでもいい相手には注意を払うことすらできなかった。

望月には、他人が見えていない。そして、望月のいる世界は、そういう見えない他人、つまりどうでもいい人しか存在しなかった。

「ご注文、お願いします」

望月がぼんやりとそんなことを考えていると、待ち構えた店員が尖った声で促した。

「じゃ、丸天うどん」

望月は、メニューを閉じた。

「また丸天？」

佳那が、呆れたような声を上げた。

「俺、好きだから」

「私は肉とじにする。毎回同じじゃ、つまらんやろ」

佳那がきっぱりと言い切ったので、望月には、佳那を怖じる例の気持ちが湧き上がってきたが、何とか言い募って誤魔化した。

「好きなものはいつも食べたいんだから、仕方ないだろ」

佳那は、鼻先でふんと笑うような仕種をした。これが生意気に見えるのだろう、と望月は思った。

同僚たちは夜遅く寮に帰ると、食堂でビールを飲みながら上司や顧客の悪口を言い、最後には必ず女性社員の品定めをする。佳那は、その美しさから男たちに興味は持たれているものの、人気はいまひとつだった。その理由は、お高くとまっているし、気が強すぎる、というものだった。同僚たちは、おとなしく親しみやすい女を好む。そして結婚相手は、なるべく家柄がよく、金のある家に育った女を選ぶのだった。それは会社の意向でもあった。

佳那はどちらにも当てはまらない。佳那と遊んでみたい男はいても、結婚までしようとは思っていないようだし、遊ぶにしても、気の強い佳那は何かと面倒を起こしそうだから、社内でも積極的に手を出す男はいない。

それは、自分にとってチャンスではないか。望月はそう思って、佳那をちらりと見た。後先顧みずに、欲しいものにはすぐに手を出してしまう性癖が、頭をもたげている。

望月は、熊本県の山間にある、人口数万の小さな町で育った。もともとは長崎県の生まれだが、父親が失業したために父の生家のある熊本に戻ってきた。

父の生家は代々、その地で荒物屋を営んでいる。しかし、店にあるのは、何年も売れずにうっすらと埃を被った農機具やちり取りや箒、植木鉢にじょうろ、行平鍋やステンレスの玉杓子などだ。スリッパなんか、陽に焼けて色も変わってしまっていた。売れないから、商品の入れ替わりはほとんどなく、売り物はどんどん古びていく。

それほどまでに儲からない商売だった。だから、裏庭の畑では自家用の野菜を作っているし、母親は近くの漬け物工場にパートに出て、現金収入を担っていた。

父親は日がな一日、店の奥の居間で客を待ちながら、テレビを見て過ごしていた。だが、客など滅多に来ないのだった。荒物が欲しい客は皆、街道沿いにできた新しいスーパーに買いに行ってしまうからだ。

望月は、今どき大学くらい出ていないと自分の将来はない、と母親を説き伏せ、借金して学費を出させた。大学は熊本市内の私大で、バスで一時間以上かけて通った。金がないので、自宅から通える大学を選ぶしかなかったのだ。

望月は、自分の家も家族も大嫌いだった。商品に埃を積もらせたまま、何もしようとせずに惚けたようにテレビを見ている父親を軽蔑していたし、がみがみと口喧しい母親も嫌いだった。高校生の弟は、無免許で軽自動車を乗り回す近所のヤンキーたちとつるんで遊んでいるらしく、不良の道をまっしぐらだ。

そして何よりも、望月は貧乏が嫌だった。親に金がないせいで、惨めな暮らしをさせられてきたが、自分はこんなところで生きるべき人間ではないはずだ、と内心思っていた。

母親からはたまに、寮の方に電話がかかってくる。母親はひとしきり父親の悪口を喋った後、自分が借金してやったおかげで、大学に入れて、立派な会社に就職できたのだから、金を返せ、と言うのだった。

なので、望月は実家とは連絡を取らないことにした。あの家、あの両親に生んでくれと頼んだ覚えはないのだ。だから、自分の稼いだ金は、自分だけのものにするのは当然ではないか。

佳那の実家が八百屋で、あまり裕福ではなさそうなことも、実は気に入っていた。佳那の気の強さや、やる気も、自分と同じく、その出自にあると思うからだ。これからは、二人で稼いで、二人で自由に生きればいいと思う。望月の中で、すでに佳那は同志になっていた。

「で、作戦会議って何するの？」

突然、佳那がちらりと腕時計を見ながら、催促するように言った。早く帰りたそうな口ぶりだ。

「うん、窓口のことなんだけど、電話がかかってきたら、俺に有利になるように、少し便宜を図ってくれないかな」

望月は思い切って言った。

「便宜？」

佳那が真っ正面から、望月の目を覗き込むようにした。少し吊り上がった目の、白い部分が澄んでいる。綺麗な目だと思うと、また怖じる気持ちが湧いてくる。

「最近知ったことなんだけど」と、前置きする。

「ん？」

佳那が運ばれてきた茶をひとくち飲んで、熱かったのか眉を顰めた。

「営業マンはみんな、窓口のレディさんと懇意にして、自分のために便宜を図ってもらうんだよ」

「つまり、お客さんを回してあげるってこつ？」

「それもあるし、俺の客には愛想よく応対してくれってこと。その代わり、他の営業のヤツの顧客からかかってきたら、愛想悪く応対して、あまり有利にしないでほしいってことなんだ」

佳那が驚いた顔をした。

「呆れた」

「いや、大事なことだよ。例えば、浅尾さんは支店長のこれだろ?」望月はそっと小指を出す。

「例えば、支店長宛に電話がかかってきて、小島さんが取ったとするよ。その時、支店長は席にいない。そんな時、どうする?」

佳那が小首を傾げて、一瞬考えた後に答えた。

「用件をメモしておいて、後で支店長に渡す」

「不正解」望月は首を振る。

「何で?」

「正解は浅尾さんに回すんだよ。浅尾さんは、支店長に有利になるように、うまく客の意向に沿った答えをして、決して支店長に損はさせないんだ。他にもいる」

望月は数人の営業マンの名前を出して、それぞれ懇意にしている女性社員の名を告げた。

「それって、付き合うてるってこつ?」

「支店長と浅尾さんは付き合ってるよ。他は、付き合ってるかどうかはわからないけど、皆、貢ぎ物はしてるようだ。時々、メシを奢ったり、飲みに行ったり、スカーフとか贈ったり」

「へえ、だけど望月さんは、そげん貢ぎ物なんかはできんやろ」

佳那がからかうので、望月は素直に頷いた。

「できない。だから、小島さんに頼むんだよ。その見返りは、須藤一家を顧客にして、甘い汁を吸い取ることだ」

「わかった、それならやってみる」

意外に素直に引き受けてくれたので、望月はほっとした。

「お待たせしました」

注文したうどんが運ばれてきた。佳那が割り箸を取って、望月に手渡してくれた。黙って受け取ると、佳那にすかさず言われる。

「望月さん、そういう時は、ありがとうって言うんやろ。あんた、須藤先生の前じゃぺこぺこしとるのに、客じゃない人には無礼やね」

「ありがとう」

望月は、滅多に言ったことのない言葉を口にした。

「それでいいのよ」佳那が笑った。「何でそんな簡単なこと言えないの。望月さん、それで相当損してると思うよ。だから、苛められるんだよ」

望月は黙って、うどんを啜った。その通りだと思ったが、自分には周囲の空気を読む、感度のいいレーダーがない。それは佳那に補ってもらうしかないのではないか。そう思うと、佳那が必要不可欠な存在に思えてきた。

「ねえ、小島さん、俺の服装、やっぱりよくない？」

「うん、不潔に見えるし、ちょっと汗臭い」

佳那は手厳しい。

「靴は？」

「汚い。形が崩れとる」

「外回りさせられるから、磨り減ってるしな」

「必需品なんだから、もうひと組買えば？」

佳那の小さな口が、うどんをつるつると器用に吸い込む。望月はその口を見つめながら、佳那に頼んだ。

「じゃ、今日、もう一着買うよ。付き合ってくれないか」

「うん」と、佳那は頷いた。「新しか服を着とう間に、古い方をクリーニングに出しとけばよかよ。そうすれば、ふたつとも傷まない」

佳那が買い物に付き合ってくれる。望月は心底ほっとして、柔らかなうどんを勢いよく啜った。

うどん屋の後、望月は佳那と一緒に天神のデパートに行って、吊しの安いスーツと黒い革靴を購入した。佳那の意見に従って、スーツのジャケットの袖は少し長くしてもらい、ズボンの裾は少しカットした。裄(ゆき)や丈を直したスーツは、一週間後の日曜にできあがるという。

「望月さん、ネクタイも買うた方がよくない？　あんた、何本持ってると？」

「二本かな」

望月は、いつも締めている赤系と、黒の葬祭用の二本しか持っていなかった。案の定、佳那が呆れ顔をした。

「あと二本くらい、買うといたらどげん？」

佳那がネクタイ売り場を指差すので、望月は仕方なく佳那の後をついて行った。佳那の言う通り、紺系と明るい水色のネクタイを二本買った。

服に金をかけたり、気を配ったりしたことのない望月には、痛い出費ではあったが、服装を整えないと、客に好かれないと佳那に忠告された以上、致し方なかった。

「夏は外回りするけん、汗だくやろう。絶対に、スーツはもう一着必要になるばい。同じ服ば着とっても、ネクタイで印象が変わるんやけん、ネクタイは必要や」

そんなことは考えたこともなかった望月は、佳那の意見に感心した。

「小島さん、お礼に夕飯奢るよ」

人にご馳走したことなど一度もない望月は、思い切って佳那を誘ってみた。

「何を奢ってくれるの？」

佳那は、試すように望月の顔を見上げる。

「わからない。俺、ファミレスくらいしか知らないし、思いつかない。だから、小島さんが決めて」

「そげな主体性のない男は嫌われるよ」

佳那にからかわれた。

「店が決められないくらいで嫌われるのか」

「だって、あんたがご馳走してくれるのやったら、予算とかいろいろあるやろ。そこは口出しできないでしょうが」

その通りだ。望月は、完全に負けている気分だった。

「じゃ、はっきり言うよ。金がなくなったから、高いところには行けない。それでよかったら、ご馳走するよ。ロイヤルホストとかでどう？」

「ロイヤルホスト？　高かとね」

佳那が呆れた風に目を剝いた。

「高いのか」

実は、望月はこの北九州発祥のファミレスに、入ったことがない。でも、そこなら佳那も喜んでくれるだろうと思って、口にしたのだった。まさか、佳那がロイヤルホストが高いと反対するとは、夢にも思わなかった。

「望月さん、今日はお金たくさん遣うたでしょう。無理せんでよかよ。だったら、地下でお弁当とビール買うて、うちで食べよう」

「小島さんのところで？」

望月は驚いて繰り返した。佳那が部屋に入れてくれるとは思っていなかった。

「うん、うちのアパート狭くて古いけど、どうぞ」

佳那が思ったより気のいい女であることに、望月は感激していた。気が利かないくせに、見栄っ張りな自分には、想像もできない台詞だった。

二人は地下の食料品売り場に行って、弁当と缶ビールを買った。佳那のアパートは、博多駅の南側にあるという。博多駅の西側にある支店までは、二十五分ほどかけて徒歩で通っていると聞いて、望月は佳那の予想以上に質素な生活を思った。

そんな佳那が、金持ちの須藤にいいようにされるのではないかと思うと、不安を通り越して腹が立って仕方がない。

バスで博多駅に向かう途中、望月は弁当の包みを膝に抱えて、隣席に座っている佳那に、思い切って須藤の話をした。

「須藤のヤツが女たらしなんで、俺、あの日の夜、どうしたかと、すごく心配したんだよ」

「わかってるよ。望月さんは私のことを心配してるんだな、と思った」

佳那が神妙な顔で言うので、望月は肩すかしを喰らった気がした。あの朝は、けんもほろろで、すげない返事だったからだ。どうやら自分は、場の空気が読めないだけでなく、相手の気持ちも読めないらしい。

望月は、佳那の姉が勤めていた北九州の病院の事務の者や、福岡中央総合病院の看護婦らに話を聞いていた。皆が皆、口を揃えて言うのは、須藤の素行の悪さだった。誰も悪口を言うことを躊躇しないので、須藤の人望のなさは嫌というほど伝わってきた。

「いや、本当に心配してたんだ。ああいうヤツは契約を盾に何をするかわからないと思って」

佳那が少し躊躇った後、小さな声で言った。

「実は、ホテルで部屋を取ったからって腕を引っ張られたけん、慌てて逃げた」

「やはりそうか。最低なヤツだな」

望月は吐き捨てた。想像した通りだった。

「ありがとう。会社で私のこと心配してくれるの、あんただけやね。みんな枕営業しとるとか、想像してるんだと思うと悔しくて」

佳那が感謝してくれていることがわかって、心が通じているのは自分たち二人だけだと思って、望月は嬉しかった。入社してからというもの、望月を痛めつけていたのは、誰にも心を許せないし、そんな自分を気にかけてくれる者も一人もいない、という孤独感だった。

望月が証券会社の営業マンになって三カ月。いちいち思い出すのも嫌なくらい、辛い日々が続いていた。

入社してから、きっかり二週間、箱根で新人研修があった。萬三証券の新入社員二百人弱が集められ、取引のノウハウから始まって、電話の取り方から名刺の受け渡し法、お辞儀の仕方や書類の書き方まで、朝の八時から夕方の六時まで徹底的に教え込まれた。

夕食の後は、「自分の夢について書け」などという愚にもつかないレポートを書かねばならないから、寝る間もないほどだった。

しかも望月の場合、極端な礼儀知らずで、気も利かないため、愚図で馬鹿な野郎だ、とほとんどの場合は、怒鳴られっぱなしだった。そこで落第点を付けられたのだろう。福岡支店に配属されてからも、常に一段下に置かれ、上司の当たりもきつい、というよりも無視に近い待遇だった。

寮の先輩に、態度が悪い、反省が感じられない、と殴られたことも数回ある。早く辞めろと言わんばかりに厳しいノルマを課されて、寮でも苛められるとあっては、さすがの望月も身が保たない。

会社でそんな辛い目に遭っているのに、さらにこたえたのは、営業に出た先でのあしらわれ方だった。こちらは、名刺を百枚使い果たせとか、日に最低でも社長に十人は会って名刺をもらってこいとか、上司から無茶な要求をされている。

相手もそれを知ってか、意地悪な仕打ちをしてくることが多かった。人を人とも思わない横柄な口調はまだ我慢しても、何度通っても会ってくれないどころか、「帰れ」と花瓶の水を掛けられたり、机の上にあったホチキスを投げつけられたこともあった。

そのたびに望月が思うのは、こいつらから金を巻き上げて、自分が潤って見返してやる、という強烈な復讐心だった。

『ほんとかい？　二人で示し合わせたんじゃないの？』

疑いを隠そうとしない須藤の顔を思い出して、望月は「畜生」と呟いた。須藤に対する強烈な反感と憎悪は、佳那を取られるかもしれない、という嫉妬に端を発していた。

博多駅終点でバスを降り、小さな飲み屋が集まった狭い路地を歩くこと十五分。

「ここや」

佳那が指差したアパートを見て、望月は驚いた。二階建てモルタル塗りの古いアパートだった。

「風呂はあるの？」

思わず発した質問は、さすがに無礼だっただろうか。佳那が顔色を変えたのを見て、望月は自分の口を塞ぎたくなった。

「何よ、あんた、うちでお風呂に入りたかと？」

佳那が不機嫌に言って、望月の脇腹を肘で小突いた。

「そういう意味じゃないよ」

「じゃ、どういう意味よ。絶対にお断りだからね」

佳那が「絶対」に力を籠めて言う。

「入りたくて言ったんじゃない」

「じゃ、どういう意味で言ったの？」

佳那は容赦なく、徹底的に追及しようとする。

「いや、たいした意味じゃないから」

望月は言い淀んだが、佳那にずけずけ言われるのは嫌ではなかった。佳那の言葉によって、こんなにも自分の周囲がクリアになってゆくことに、驚く自分がいる。

「ちょっと待ってて」

佳那が靴を脱いで、先に上がった。部屋は西陽で熱せられて、異様に暑い。佳那は建て付けの悪い窓を開けて、台所の換気扇を回し、扇風機を点けた。扇風機がゆっくりと首を振って回り始め、熱い空気が攪拌（かくはん）されるが、温度は少しも下がらない。

望月は額に汗を浮かべて、部屋の中を見回した。質素でよく片付いていた。壁際に白木の洋だんすがあって、デコラ張りのテーブルが畳んで隅に立てかけてあった。ベッドがないところを見ると、布団で寝ているのだろう。

「暑いね」

思わず言うと、佳那が少し恥ずかしそうに答えた。

「うん、この部屋、西陽が当たるんよ。だから、ボーナスで、クーラーを買うことにしとる」

「寮は嫌だけど、冷暖房完備だからな」

畳は新しいものの、西陽といい、飲み屋街の路地という場所といい、明らかに若い娘が住むには似合わない物件だった。

佳那はこんなところに住んで頑張っているのか、と望月の胸が少し痛んだ。それは、浅尾たちのような女性社員が見せびらかす贅沢さとは、雲泥の差の環境だった。なのに、佳那は仲間に入れてもらえず、意地悪もされている。支店長の女である浅尾が、佳那を仲間外れにするから、結局、男性社員も佳那には冷たく接している。

だから俺だけだ、と望月は思った。俺だけが佳那を大事にして、幸せにするのだと思うと、またも奮い立つのだった。

「ビールを冷蔵庫に入れて」

佳那に命令されて、望月は玩具のような小さな冷蔵庫を開けた。中には、味噌のパックとりんご、萎(しな)びたほうれん草が入っているだけだった。白飯とおかず一品だけの、佳那の貧しい弁当を思い出す。

「今日は何を食べるつもりだった？」

缶ビールを入れて、冷蔵庫のドアを閉めながら、望月は佳那を見た。佳那はＴシャツの襟元を引っ張って、団扇（うちわ）で胸元に風を入れている。

「ん？　適当。ご飯と何か」

佳那はそう言って、炊飯器を指差した。

「いつも自炊なんだね」

「お金がもったいないなか」

佳那が、デコラ張りテーブルの脚を出し始めた。テーブルは丸い形で、ピンクやオレンジの花柄が可愛らしい。洋だんすの上に、ミニーマウスが二体並べて置いてある。望月は、その縫いぐるみを指差した。

「小島さん、ミニーマウス好きなのか？」

佳那が、少し照れたような表情を浮かべた。

「うん、いつか浦安のディズニーランドに行きたかて思うとうと」

「行けるよ、すぐに」

「そうやね」と、言ったものの、迷っているかのように中途半端に頷いた。「もう少し、お金貯めてからね。まず、クーラー買わんといけんし」

「ディズニーランド、俺も行ったことないから、夏休みに一緒に行こうか」

望月は思い切って誘ってみた。

「えっ」佳那は驚いたように息を呑んだ。「そんなに早く？」

「一度、見に行こう」

望月は、佳那が喜ぶ顔を見たかった。

「いや、それじゃ早過ぎる。お盆休みなんて、すぐそこやなか。それよりも、私は」

佳那が言葉を切ったので、望月は気になった。

「何だよ、どうしたいの」

「二年後に会社辞めて、東京に行く。そう決めたの。だから、それまではお金を貯めることにした」

二年後と言えば、自分の決めた年限と同じだ。萬三証券の福岡支店で二年頑張って顧客を摑み、その後は本社の国際部に行く。でなければ、プライベートバンカーになる。

「俺も二年と決めてるんだよ」

「ほんと？　みやちゃんも二年経ったら辞めるって」

「みやちゃん？」

「伊東水矢子さんのことや。みやちゃんは、進学費用を貯めとるとよ。二年かけて貯めて、東京で大学受験するって」

「へえ、見かけによらず偉いね」

「あの子、いい子よ」

「まあね」

望月が素直に認めようとしないと思ったのだろう。佳那がムキになった。

「まあねじゃなくて、あの子は真面目でいい子」

「わかったよ」

佳那の強引さに負ける形で、望月は認めた。

「二年後には、みんなで福岡を脱出するけんね」

佳那が丸テーブルの上に弁当を置き、流しの上にある扉から、グラスをふたつ出す。

「望月さん、飲もうか」

佳那が冷蔵庫から、入れたばかりの缶ビールを一本取り出した。まずは、ひと缶を二人で分けて乾杯する。

「小島さん、同盟よろしく」

佳那は黙って、グラスをかちんと合わせてくれた。

日曜の夕方、佳那と二人で飲むビールは旨かった。

「二年なんてすぐだな」

望月が言うと、佳那が頷いた。

「うん、年限を区切れば、頑張れるね。三人で東京で会えたら、嬉しか」

洋だんすの上に置いてある、白い電話が鳴った。

「珍しか」佳那が独りごとを呟いてから、立ち上がった。「電話なんか滅多にかからんのに」

「もしもし」と、電話に出る。やがて、「お姉ちゃん？」と、驚いた声になった。

どうやら、音信不通だった姉から連絡があったらしい。

望月は胡座(あぐら)をかいたまま、こちらに背を向けて、姉と話す佳那の後ろ姿を見つめた。

「今、どこにおると？」佳那が心配そうに訊ねている。「ちょっと待って。今、書き留めるけん」

近くに置いてあったメモ用紙に住所か電話番号を書き付けている気配がした。

「お母さんも知らないんやろ？　私んとこに、須藤さんから電話あったよ。それでちょっと前に会った」

その後は、姉の話を聞いているらしく、うんうんと頷くばかりになった。そして、「え、ほんと？　何て名前？」と嬉しそうに訊ねている。やがて、電話を切ってから、こちらを振り向いた。

「お姉さんから連絡あったの？」

佳那が頷いてから、笑った。

「驚いた。彼氏と一緒に神戸に住んでいるんやて。女の赤ちゃん産まれたって言ってた。私、叔母(おば)さんになったんやね」

彼氏とは、例のレントゲン技師のことか。

「へえ、連絡があってよかった」

「絶対に須藤さんに言わないでって言われた」

「だけど、もうその人と一緒になったのなら、誰も文句は言えないだろう。須藤だって、これ以上近付けないよ」

「確かに、そうだけど」

佳那は望月の言葉に頷きかけたが、まだ不安そうでもある。

「だって、お姉さんは結婚しちゃったんだろ？」

「子供が生まれたんだから、多分そうやないかな」

はっきりとは聞いていなかったらしく、佳那が首を傾げた。

「何で聞かないの？」

「いくら姉妹でも、あっちが言いだすまで聞きにくいやろ」

佳那は、自分には何でもずけずけと言うくせに、姉にはどうして遠慮するのか、望月にその感覚はわからない。

自分なら、弟に単刀直入に聞けるはずだ。しかし、髪をリーゼントにして、眉に剃り込みを入れた弟の剣呑（けんのん）な表情を思い出して、首を横に振った。確かに、もう何年も口を利いていない。

「そんなものかもな」

望月は、佳那に少し妥協することにした。

「でも、まあ、お姉ちゃん、結婚したんやろね」

佳那が自分に言い聞かせるように言った。

「だとしたら、もう人妻なんだから、いくら須藤でも手出しはできないよ。あいつは女好きだから、次に移ってるさ」

「次」というのは佳那のことだ。口に出さなかったが、望月の心配はその点にしかない。

「そうやね」

佳那は、やっと安心したように頷いた。

「望月さん、お弁当、食べよ」

佳那がデパートの袋から、弁当をふたつ取り出した。

「うん」

「冷たくてもいい？　うち、電子レンジないんや」

佳那が恥ずかしそうに言う。

「いいよ。クーラーか電子レンジか、どっちか選ぶんだったら、クーラーが先だな。この部屋、暑いからさ」

望月は弁当を受け取りながら、佳那の貧しい部屋を見回した。西陽が真横から射し込んで、外はまだ明るい。

「そうやね」

佳那はおとなしく同意して、割り箸を割った。

「しかし、小島さんのお姉さんも遣り手だね。そのレントゲン技師の人と駆け落ちしたのかな？」

「私も知らんかったけど、そうかもしれんね」

佳那が、遠くを見るような目付きをした。それから、部屋の蒸し暑さにようやく気付いたのか、箸を置いて、扇風機を「強」にした。

「望月さん、暑いやろ？　風、強くするけん」

「いいよ、『中』で。強いと鬱陶しい」

「鬱陶しい？」

佳那が聞き捨てならないという風に、じろりと望月を見遣った。

「うん、扇風機の風が顔に当たるの、嫌いなんだよ」

佳那が口を尖らせた。

「あのさ、そげな言い方、ちょっと感じ悪かよ。人が親切にしとるんやから、鬱陶しいというのは、ひと言余計やない？　もっとうまい言い方あるやろ」

ああ、やってしまったと思う。望月はこんな具合に、悪気のないひと言が余計だったことが多く、相手に突然、むっとされることがあった。なのに、鈍い望月は、相手がどうして急に不機嫌になったのかわからず、戸惑ってばかりだった。

その点、佳那はきちんと言葉にしてくれるから楽ではある。しかし、怒らせたのではあるまいか。望月は、佳那の顔色を窺いながら謝った。

「ごめん。ひと言、余計だったかな」

佳那が泡の消えかけたビールを飲んでから、辛辣に答えた。

「うん、余計やし、無神経や。それでよく、営業やっとるね。てか、よく社会人やっとると思う」

「気を付けるよ」

ぼろくそに言われた望月は、慌てて話を変えた。

「ところで、赤ん坊の名前、何ていうの？」

「リリカちゃんやて。可愛いやろ？」

「リリカ？　どんな字？」

望月は呆れて、素っ頓狂な声を出してしまった。いったいどんな神経をしているのか、自分の考えの範疇にはない名前だった。

「こうや」

佳那はデコラ張りのテーブルの上に、指で漢字を書いた。梨々花。

「名前負けすんじゃないの」

呟いただけなのに、佳那の耳に入ったらしく睨まれた。

「そんな言い方ないやろ」

「名字は？　小島じゃないんだろ？」

「うん、気になるけん、電話して聞いてみる」

望月が止める間もなく、佳那は素早く立ち上がって、受話器を取った。佳那の姉は、すぐに出たようだ。

「あ、お姉ちゃん？　さっき聞くの忘れた。梨々花ちゃん、名字は何ていうの？　お姉ちゃん、その人と結婚したんやろ？」

直接聞くのは遠慮していたが、姪をダシにすることにして成功したのだろう。佳那は、またメモを取りながら、うんうん、と楽しそうに相槌を打っている。

「ありがとう。ダンナさんによろしく。うん、日曜ならおるけん、また電話して」

電話を切った後、佳那は嬉しそうに望月に向き直った。

「やっぱ結婚したって。だから、加賀梨々花ちゃんや。お姉ちゃんは、加賀美紀になってた。名字が変わるって、何か不思議やね。お母さんたちには、自分から話すから、ちょっと待っててって言われた」

佳那は楽しそうに笑った。

「じゃ、その技師の人は無事に離婚できたんだね」

「詳しく言わなかったけど、そうみたいや」

佳那が少し真顔になったのは、不倫だと聞いているからだろう。

「いい気なもんだな」

これも失言だったと気付き、望月は、たちまち顔色を変えた佳那から目を背けた。望月の感覚からすると、家庭があるのに不倫して妻と離婚するなど、愚の骨頂だった。そんな面倒なことは絶対にしたくなかった。

もし、佳那と結婚できたら、浮気などしないし、佳那がすることも許さない。どころか、佳那が浮気したら殺す、とまで思う。それも、自分の「持ち物」に対する執着が、人一倍強いからなのだろうか。そのことも友達から嫌われた理由のひとつだったことを思い出して、望月は苦い気持ちになった。

弁当を食べ終えた佳那が、玄関脇にあるトイレに入った時、望月は立ち上がって洋だんすの上にあるメモ用紙を覗いて見た。

佳那の綺麗な字で、「神戸市長田区」から始まる住所と電話番号が書いてあった。水洗の音がしたので、望月はまた扇風機の前に座って、弁当殻にへばりついた飯粒を、割り箸で剝がして誤魔化した。

「小島さん、俺、そろそろ帰るわ」

望月は佳那が座るのを待って暇(いとま)を告げた。唐突に感じたのか、佳那が驚いたような顔をする。

「あら、お茶を淹れようかと思ったのに」

「寮長がうるさいからさ」

「お弁当、ご馳走さん」

「いいよ、そんなの」

「だって、今日は物入りだったやろ」佳那が気の毒そうに言う。

確かに、望月の有り金は残り少なくなっていた。貯金もないから、次の給料日までは、寮の飯以外、外で食べることはできなそうだ。それでも、外回りをすれば喉も渇くし、ひと休みしたくなる。望月は、水筒でも持ち歩いて公園で休むか、と真剣に思った。

「小島さん、来週スーツ取りに行くからさ。その後、またここに来ていい?」

望月は、畳の上に無造作に置いた、汗染みのあるジャケットを摑んで訊ねた。佳那は何も答えなかったが、望月はまた、この部屋に寄るつもりだ。日曜に寮にいても、洗濯物を隠されたり、いびられたりするだけだから、佳那の部屋が、唯一の安息場所に思えてならない。

月曜日、望月は午前七時に寮を出た。会社まで地下鉄で二駅なので、同じ車両のあちこちには、同じ頃に寮を出た同僚たちが、眠気の取れない仏頂面で、吊革に摑まっていた。

望月は、ガラス窓に映った自分の姿を見た。スーツは塩の吹き出た一張羅だが、佳那と選んだ、空色の新しいネクタイを締めている。それだけで、くたびれた服が少し息を吹き返した気がした。

とはいえ、今週のノルマを思うと、気が塞いだ。証券会社は、株の売買手数料で稼ぐ。つまり、顧客が株を買えば儲かり、その株を売れば儲かるシステムである。

しかし、儲かるとはいえども、一千万の株を売って十万円入る程度だ。それなのに、望月たちには、一日に百万の手数料を稼げ、というノルマが課されていた。

一億の売り買いが発生すれば達成できる額だが、まだ入社して三カ月で、特別な顧客もいないのだから、到底できそうにない。となれば、外回りで名刺交換した相手に電話攻勢をかけて、何とか株を買ってもらうしかない。

「無理だ」

望月は、鞄の中に入っている十数枚の名刺を思い出して溜息を吐いた。

足を棒のようにして歩いて、会社を回っても、社長に会わせてくれる社など皆無だった。それでも通っていると、「ご苦労さん」と、お茶を出してくれる優しい女性社員もいるが、社長まではまったく行き着かない。名刺さえも貰えないのだから、電話したところで、社長に繋いでもらえるわけがないのはわかっていた。

佳那に病院でばったり会った時、「長者番付の上位を回っている」などと見栄を張ったが、まだ、その誰にも会えていなかった。

いけ図々しい無神経なヤツ、と言われている望月も、さすがに意気消沈せざるを得ない。だから、女だてらに株を三百五十万、中国ファンド三百万の契約を取った佳那はすごい、と思ってしまうのだ。しかし、その客を、佳那から奪い取らなければならないと、望月は決心していた。

そうしなければ、福岡支店で一番の営業成績を上げて、本社の国際部に異動する野望は潰えてしまう。野望が潰えれば、佳那も失うことになるのだった。

望月の狙いは、大金持ちの顧客を摑んでから、萬三証券など辞めて、その顧客のファンドマネージャーか、プライベートバンカーになることだ。大金持ちと知り合い、その信用を得ることだけで、その富の余剰に与れるはずだ。

貧乏臭い日本など飛び出して、海外の美しい街に住む。その時、自分の傍らにいるのは、海外にあっても恥ずかしくない美貌の妻、佳那だ。

「おはよう」

その佳那が、望月に笑いかけた。

「おはよう。昨日はどうも」

フロア中の目が、自分たちに注がれているのを意識しながら、望月は佳那の目を見た。

「あら、いいじゃない。そのネクタイ、爽やかや」

佳那が褒めたのは、自分で選んだからだろう。

「小島さんの趣味がいいからだよ」

自分では珍しく世辞が出た。その台詞が聞こえたのか、近くを通りかかった先輩の営業マンがにやりとして、望月を振り返った。

昼休みには、このことが噂になっているだろう。既成事実を積み上げるのも大事だ、と望月は思った。既成事実という石垣に閉じ込められた佳那は、やがて自分のものになる。

「大きな声で言わんで」

佳那がふくれっ面をしたが、かまわず大きな声で礼を言った。

「ネクタイ、ありがとう」

「ちょっと、まるで私がプレゼントしたかのごたる。やめて」

佳那が周囲を見ながら小さな声で抗議したが、望月は素知らぬ顔で自分のデスクに戻った。

「何だよ、おまえら、できてんのか」

先輩が、陶器の灰皿を投げて寄越した。望月に当たりはせずに、横を掠めただけだったが、吸い殻が入っていたために、灰があちこちに四散した。

「汚えな。望月、片付けろ」

課長の吉永が不機嫌な声で、怒鳴った。何で投げられた俺が始末しなければならないんだ、と当然のことながら思ったが、言い返せば、鉄拳を受けることはわかっていたから、望月は素手で吸い殻や灰を拾い集めた。

「おい、ここにもあるぞ」

もう一人の先輩が、自分のデスクの下を指差す。どう考えても、今、自分の吸っている煙草の灰をわざと落としたとしか思えなかった。

この理不尽さはまるで軍隊だ、と思う。あと二年。二年経ったら、ここを脱出する。見てろよ、てめえら。そう決意して、望月は床に膝を突いて、先輩の落とした灰を手で掻き集めた。洗面所で手を洗って廊下に出ると、佳那が待っていた。

「見てた。酷い目に遭うたね」

目に心配そうな色があるのを認めて、望月はほっとした。

「たいしたことないよ。手なんか洗えば済む」

「そうやけど、あの人たち、酷い」

佳那は、自分が寮でどんな目に遭っているのか知らないのだ。仕事が終わって寮に帰ると十一時。それから、寮長の言う反省会が始まる。そこでは竹刀を持つ寮長の前で、全員が正座させられて、その日一日の反省点を大声で報告しなければならない。それが約一時間。場合によっては、二時間にも及ぶことがある。うっかり居眠りでもしようものなら、連帯責任で全員が居残りである。

反省会の後、風呂に入り、洗濯でもすれば、寝るのは午前三時過ぎ。六時には起きなければならないから、睡眠時間は連日三時間だった。それが入社以来、ずっと続いている。新人がすでに三人辞めたのは、仕事がきついだけではなく、寮のいじめも酷いからだった。

「小島さん、あと二年頑張るから、一緒に辞めよう」

佳那が頷いたのが嬉しかった。

5

冷房の効いた社を一歩出ると、たちまち汗が噴き出した。

望月は、塩を吹いている、と佳那に指摘された個所を隠すようにして上着を手で持ち、シャツの袖をまくり上げてから歩きだした。

特に、今日は暑い。摂氏三十五度はあるかもしれない。だが、スーツなどを買ったせいで金欠になった望月は、どんなに喉が渇いても、公園の温(ぬる)い水道水で我慢するしかないのだった。

自販機の冷たいコーラやジュースは、ものすごい誘惑だ。しかし、それを一本でも飲み始めればきりがなく、たちまち昼飯代にも事欠くことになるだろう。そうなれば体力が奪われて、社内の戦いに負けてしまう羽目になる。ともかく、頑張るしかない。

望月はそう自分に言い聞かせて、炎天下の大通りを歩いた。それでも、なるべく日陰を選び、銀行や商店の自動ドアの際を歩いた。そうするとドアが勝手に開いて、一瞬でも冷たい空気を浴びることができる。

目の前を、萬三証券の制服を着た女が歩いているのに気付いた。胸の前で書類か何かをしっかり抱えているらしく、やや背中が丸くなっている。

女は、佳那たちフロントレディが着る、赤いリボンが付いた、グレイのベストスーツとは違う、味も素っ気もない濃紺のベストとスカートを着ていた。しかも、学生のような白いソックスにサンダル履きで、髪を黒いゴムで結わいている。

水矢子だ、と望月は気が付いた。水矢子は髪にパーマもかけていないし、化粧もしていないから、どこか女子高生然としている。細い目が少し吊った、つるりとした顔も歳より若く見える。

独身寮の男たちによる品定め会でも、水矢子は処女だ、と断定する者が多かった。しかし、水矢子も佳那同様、男性社員の人気は今ひとつである。理由は、融通が利かなそうだから、というのだ。

『伊東のようなクソ真面目な女は、案外情がこわいぞ。ああいうのに追いかけられると苦労する』と、いかにも訳知り顔で喋る先輩の顔を思い出して、おまえなんか女を知らないくせに何を言う、と望月は鼻で嗤った。

日曜に、佳那に部屋に入れてもらったことと、佳那との噂が立っていることで、密かに同僚たちに優越感を持っているのだった。

「伊東さん」

望月は歩幅を大きくして近付き、後ろから声をかけた。

「あ、望月さん」

振り向いた水矢子の顔に、一瞬、怖じるような表情が浮かんだ。望月はそれでようやく、先日の出来事を思い出した。

社員食堂での佳那との小さな諍い(いさか)の直後に、水矢子に注意されたのだった。望月が適当に返事をすると、『何か、望月さんて嫌な人ですね。捻れてる』と、水矢子は言い放ったのだ。

望月はそのことを何とも思っていないが、水矢子は気にしていたのだろう。くるりとこちらに向き直って、望月に頭を下げた。

「こないだは、すみませんでした」

「何のこと？」と、とぼける。

「私が暴言を吐いたことです」

「暴言？　ああ、あれか」と、思い出すふりをする。「いいよ、そんなの。気にしてないからさ」

水矢子は、明らかにほっとした顔をした。

「いえ、つい感情的になってしまって、すみませんでした」

素直に謝るので、望月はいい気になった。

「いいよ、気にしなくて。同期じゃないの、フランクにいきましょうよ。みやちゃんはいつまで経っても、俺のこと、先輩扱いだな」

みやちゃんと気安く呼ばれた水矢子が、少し身じろぎをした。

「だって、望月さん、同期だけど年上だから」

確かに同期でも、望月は大卒で、佳那は短大卒、水矢子は高卒なのだ。年齢は二歳ずつ違う。

「ところで、こんな暑い中、どこ行くの？」

「そこの郵便局に、お使いです」

水矢子は硬い表情で、角に見える郵便局を指差した。

胸の前で抱えた書類袋には、大事な書留などがたくさん入っているのだろう。

「望月さんは、外回りですか？」

「うん、今のところ、それしかすることがないんだ」

「お疲れ様です」

そう言って、さっさと行こうとしたので、望月は呼び止めた。

「ところで、みやちゃんのこと聞いたよ」

水矢子は一瞬、強張(こわば)ったように俯きかけたが、きっと顔を上げた。

「何をですか」

「二年後には会社辞めて、大学受験するんだってね」

水矢子の顔に、戸惑いがある。

「それ、どうして？」

「いや、佳那から聞いたんだ」

囁くように言うと、いかにも秘密っぽく聞こえる。水矢子は、胡乱(うろん)な目で望月を見た。

「小島さんが」

望月が「佳那」と呼び捨てにしたことに、驚いているようだ。

「うん、小島佳那」と、フルネームで言って肯定する。

「小島さんがそう言ったんですか？」

「そう、日曜に会ったんだけど、その時、聞いたよ」

ことさら、日曜を強調すれば、二人がプライベートで会っていたことがわかるだろう。

「みやちゃん、偉いね。いや、俺、ほんとに偉いと思ったんだ。だって、普通の女の子だったら、証券会社に受かったら、後はもう結婚相手を探すだけでしょう。そして結婚して、上がり。それが普通なのに、わざわざ進学資金を貯めるために就職するなんてね」

水矢子が慌てたように手を振って否定する。

「でも、受かるかどうかわかんないし。受かっても、バイトしないと学費もないんだから、大変だと思います。考えてみたら、夢のような話だなって思います。そんな偉い、なんて思ったこともないです」

「そんな謙遜すんなよ。みやちゃんは、優等生だったんだろ？」

望月が肩を気安く叩いたので、水矢子はびくっとした。

「そんなことないです」

望月はその言葉を最後まで聞かずに、自分の話に持っていった。

「あのさ、佳那に聞いてるかもしれないけど、佳那も俺も、二年後には東京に行くつもりなんだ。ここだけの話だけどね」

「そうなんですか」

「このこと、誰にも言わないでね」

「もちろん、誰にも言いません」

水矢子は書類袋をしっかりと抱きながら、首を振った。

郵便局に着いたので、水矢子が一礼した。

「あのう、ここに用事があるので、失礼します」

「俺も行こう」

少しでも冷風に当たりたい望月は、水矢子と一緒に郵便局に入った。昔風の石造りの郵便局は薄暗く、天井が高い。ひんやりしていたが、さらに客のために冷房を強く効かせていた。

望月は、ほっとひと息吐いて、額の汗を拭った。水矢子が窓口に書留を出している間に、望月は隅に置いてあるウォータークーラーで、冷たい水を大量に飲んだ。そんな望月を横目で見ながら、用を終えた水矢子がお辞儀した。

「じゃ、私、社に戻りますので」

「ちょっと話そうよ」

望月は、水矢子を隅にある、シートに茶色のビニールを張ったベンチに誘った。

「はあ、今ですか?」

水矢子は立ったまま腕時計を見て、躊躇している。

「大丈夫だよ、時間なんか誰も気にしない。ちょうど後場が始まったところだから、今頃、大騒ぎだ」

望月は、郵便局の壁に掛けられた、丸い電気時計を眺めて言った。午後一時。これから午後三時まで、狂騒状態だ。

水矢子はまるですぐ逃げることを第一に考えているかのように、端っこに浅く腰掛けた。

「何ですか」

「みやちゃんが佳那と親しいみたいだから言うけど、実は、俺は佳那との結婚を考えてるんだよね」

水矢子は驚いたように、望月の顔を見た。

「佳那にはまだ申し込んでないけど、いずれプロポーズするつもりなんだ。彼女も受けてくれると思う」

望月は、水矢子にも既成事実を積み上げようとしていた。

「そうですか」

水矢子は軽く首を傾げたが、あまり信じていない様子だった。

「俺は本気だよ。それでみやちゃんに提案ていうか、相談したいことがあってさ」

望月は、水矢子の生真面目そうな顔を見た。

「はい」

「進学の費用を貯めてるのなら、俺たちと一緒に投資しないか？　俺が十倍にしてやるよ」

「何で私が？」

水矢子が、芯の強そうな目を望月に向けた。

「俺たちも結婚費用を貯めるために、投資をするからだよ。それで、みやちゃんも一緒にどうかと思っただけだ。どうせ二年で辞めるんだろう？　だったら、その間に儲けなくちゃ」

「あのう、株を買うんですか？」

水矢子の強い目が、今度は困ったように泳いでいる。

「そうだよ。三人で金を集めて買うんだ。社員が買うと、三カ月は売り買いできないルールがあるそうだから、他人名義で口座を作ろうと思ってる。俺が何とか十倍にするよ」

たった今、思いついたことだった。金のない望月は、株を買うにも資金がない。まずはあるところから借りて、やるしかないのだ。

「お二人でやればいいんじゃないですか？」

水矢子が、用のなくなった書類袋を丁寧に畳みながら言う。

「やるよ、もちろん。ただ、みやちゃんも金を貯めてるっていうし、同じ二年頑張る組だから、一緒にやれたらいいな、と思っただけだよ。佳那も、東京でみやちゃんと会うのを楽しみにしてるみたいだし」

「でも、私もまだそんなに貯まってないんです」

「ボーナスあるだろう？」

「私、事務だからそんなにないし、母に全自動洗濯機を買わなきゃならないんです」

「お人好しだな」

図星だったのか、水矢子が俯いてしまった。

「俺なんか、親にしてもらったことなんか、ほとんどないからさ。俺の稼いだ金は、全部俺のものにするよ。でないと次に行けないだろう？」

次に行く。これが自分のキーワードだ、と望月は思った。

次の段階に行く。その段階とは、以前よりもさらによくなること、グレードアップすることだ。エコノミークラスでなく、ビジネスクラス、ビジネスクラスでなく、ファーストクラス。そして、スイスかフランスに家を買い、次はニースやカンヌ、ハワイに別荘を買う。

常にグレードアップすべく頑張れば、想像したこともない場所に行けるかもしれない。その景色はどんなだろうと、心底夢見る自分がいる。

「あ、もう行かなきゃ。二時にお茶を配るんで」

水矢子がそう言って立ち上がったので、望月は頷いた。

「そっか。じゃ、このこと、考えておいてね」

望月は、水矢子の硬い背に呼びかけたが、水矢子はそのまま郵便局を出てしまった。もちろん、結婚しよう、と佳那に申し込んだことも、こんな投資話もしたことはない。水矢子の口から直接この話を聞いたら、佳那は怒るだろうか？　それとも乗ってくれるか？

望月は、乗ってくれるような気がした。あれこれ手を打たないと、この会社から、この街から、脱出できないのは、佳那もよくわかっているはずだから。

望月は郵便局を出ると、バスに乗って福岡中央総合病院に向かった。受付に行く前に上着を羽織って汗を拭き、ネクタイの曲がりを直す。

受付で、須藤に用があることを伝え、診察時間と診察室に入る時間を尋ねた。午後は一時半からで、診察室に入るのは、いつも診察時間を少し過ぎてかららしい。患者を少し待たせるのが、いかにも尊大な須藤らしいと思った。

望月は礼を言い、二階の内科に向かった。すでに、内科の前には、そこそこの患者がベンチに座って診察を待っていた。その多くは高齢者だ。

内科の診察室のブースは、第一から第三まで三つあり、須藤は第一だった。須藤以外の医師は早くに現れてブースに消え、診察時間の始まりと同時に患者の名を呼んだ。だが、須藤はなかなか来ない。

望月は待合室の隅に立って、須藤が現れるのを待った。やがて、一時四十分頃に、エレベーターホールから、白衣を纏った小太りの姿が現れた。左手をポケットに入れ、伏し目がちで、せかせかと診察室に向かって行くところを呼び止める。

「須藤先生」

須藤は立ち止まり、怪訝（けげん）な顔で望月を見た。

「きみは？」

「私は、萬三証券営業部の望月というものです。以前、下でお会いしましたが」

ああ、と須藤が思い出したらしいが、売り込みだと思ったらしく、不快な表情だった。

「このたびは、小島がお世話になりましてありがとうございます」

佳那の名が出たので、須藤は警戒する顔になった。

「何かご用ですかね」

須藤はそう言って、診察室の方を指差した。自分は診察があるから急いでいる、という意味らしい。現に、須藤に気付いた患者たちが、こちらを見ている。だから無下にもできないらしく、態度は丁重だった。

「はあ、先生にお話がありますが、何時にどちらでお待ちしていればよろしいでしょう」

「きみが？」

須藤が初めて苛立ちを露（あら）わにした。それなら佳那だろう、と言いたげだ。

「はあ。実はですね、小島が私を、先生の担当に推薦してくれまして」

望月は神妙に言った。

「推薦？」

どきりとしたのか、須藤の声が大きくなった。先日の佳那との出来事を、思い出したのだろう。佳那によれば、須藤にホテルで部屋を取ったからと、腕を引っ張られたというのだ。幸い逃げられたからいいものを、部屋に引きずり込まれたりしたら危なかった。

姉に逃げられたら次は妹、という魂胆が透けて見える上に、佳那に対する強引かつ高慢な態度が不快だった。望月の不快さが伝わるのか、須藤は落ち着かない様子になった。

「何で、そんなことを」

須藤が首をひねったので、望月はすかさず訊いた。

「先生。小島が何か先生に失礼なことをしたのではないですか？　あの子は気が強いですから、何か心当たりがあったら仰ってくださいよ。見当外れなことを言ったり、したりしませんでしたか。小島にはその辺は言いませんので、どうぞ率直に仰ってください」

「いや、別に。そんなことはないよ」

思いがけなかったのか、須藤がぎょっとしたように望月を見た。

「そうですか、それならいいのですが。何せ、まだ新人ですし、女性ですから、先生のような特別な方を任せるのは、ちょっと荷が重いだろう、という支店長の判断です。それで、営業マンを付けることになりました。私は若輩者ですし、まだ経験も浅いですが、小島と支店長が私を推薦してくれたのですから、一生懸命、先生に尽くします。どうぞ、よろしくお願いいたします」

望月は、須藤に向かって最敬礼をした。待合室の長椅子で待っている患者たちが興味深そうに二人を見つめているので、須藤が慌てているのがわかった。

「いや、そんなことを、急に言われてもね」

「すみません、こんなところで」

またしても、ぺこりとお辞儀をする。慇懃(いんぎん)無礼とは自分のためにある言葉だ、と望月は思う。

「そうだよ」

須藤が迷惑そうに腕時計を見る仕種をしたので、望月はすかさず言い募った。

「申し訳ありません。なにせ、お忙しい先生を摑まえるのは至難の業ですから」

望月には、嘘を吐いているという自覚はもちろんある。支店長の判断も、佳那の推薦もすべて嘘だ。だが、喋っているうちに、それが真実のような気がしてくるから不思議だ。自分にはペテン師の才能がある、と望月は思う。

「これから診察なんでね」

須藤がちらりと患者たちの方を見てから、望月を責めるように言った。

「あ、気が付きませんで、申し訳ありません」望月は、大仰に腰を屈(かが)めてお辞儀をした。「後でゆっくりご挨拶を、と思いましたが、ちょうど先生がいらっしゃるのが見えたので、思わず駆け寄ってしまいました。お時間を取らせてしまって、申し訳ありません。私はここで待たせて頂きます」

「診察が終わるのは、ずいぶん後だよ」

須藤ははっきりと終わる時間を言わない。

「では、適当に、またこちらに伺います。お時間取らせてしまって、すみませんでした」

須藤は何も言わず、ことさら気難しい顔をして診察室に入ろうとした。その時、須藤が現れるのが遅いので、様子を見に来た看護婦とぶつかりそうになり、慌ててのけぞっている。

望月はそれを見て、密かに笑いそうになった。須藤は気取っているくせに、軽々しいところがある。

待合室には長椅子が五列並んでいる。だが、診察を待つ患者は、そう多くはない。しかも、そのほとんどが老人だった。望月は一番後ろの列に、腰掛けた。手帳を取り出して、予定を見た。予定は何も入っていない。

いつもなら、様々な会社のある雑居ビルに入って、エレベーターで最上階に行き、上から順に手当たり次第に営業をかけるのだ。ほとんどの場合、迷惑そうな顔をした社員に追い払われることが多かった。一度など、暴力団の事務所らしきところに入ってしまい、間違えたふりをして、慌てて逃げたこともある。

だから、こんな酷暑の中を、屈辱的で実りのない外回りを続けるより、粘って須藤を落とす方が断然いい。望月は病院内で時間をつぶすつもりで、そっとネクタイを緩めた。佳那が選んだ空色のネクタイは、ゲンがよさそうだ。

「あんたは薬屋さんですか?」

隣に座っている老女に、いきなり話しかけられた。年の頃は、七十代後半だろうか。陽に灼けた膚をして、室内なのに帽子を被ったままだ。

「いえ、違います」

製薬会社のプロパーに間違われたのだろう。望月は、証券会社の者だと明かしそうになった。万が一、興味を持つ者もいるかもしれないからだ。

しかし、こんな婆さんは株なんかやらないだろうし、やったとしても、たいした手数料は稼げまいと思い、やめにする。

証券会社がどこか肌に合う人間は、人を値踏みすることだけに長けている。それも、金を持っていそうな人間に対する勘だけが冴えているのだ。大金持ちか、小金持ちか。どれだけ金を遣えるか、遣えないか。投資する勇気があるか、ないか。大雑把か、吝嗇か。

見極めた後は、その客に合わせた夢を見させるのだ。自分にはその才能がある、と望月は自惚れていた。だから、それを実践してみたくてうずうずしているのに、客だけがまだいない。

道を歩く人たちに、どうして自分に投資を任せないのだ、なぜ儲ける機会を逸する、と叫んでやりたいと思ったことさえあった。

「あ、そう。病院にあんたみたいな人がよくいるけん、てっきり薬屋さんかと思った」

老女が、望月の顔を見て言う。

「失礼ですが、あの須藤先生の診察を待っていらっしゃるんですか？」

老女は、激しく頭を振った。

「いや、うちは、あの二番の先生よ。須藤先生は、真心が見えんってみんな言っとる。ぱぱっと診るだけで、ろくに話もできんし、評判悪かけんね。ここで待っとう人は、みんな他の先生よ。須藤先生に当たると、みんながっかりする」

老女は退屈していたのか、話に乗ってきた。

「そうですか。知らなかったな」

真心が見えない、とは酷評ではないか。望月はにやりと笑った。

「お父さんの方の須藤先生は、よか先生なのにね」

「お父さんは、まだ現役でやっておられるんですか？」

「そう、そこに書いてあるやろう。おお先生は、水曜しか来ん。おお先生は呼吸器外来やけん」

老女が、壁に掛けられた医師の外来担当表を指差した。

おお先生とは、須藤の父のことらしい。確かに、水曜の午後に「須藤清治郎（せいじろう）」とある。

「ほう、須藤先生のお父さんは、呼吸器の専門ですか」

「そう、昔、九大で結核の研究ばしてらしたとね。有名な先生らしかよ」

「そうですか、知らなかったな。ところで、息子さんの須藤先生ですけど、そんなに評判悪いんですか？」

望月は、はっきり訊いてみた。他で小耳に挟んだように、女癖が悪いとか、そんな具体的なことを喋ってくれるのではないか、という期待がある。

「さっき言うたやろう。あまり患者の話ば聞こうとせんって。特に、うちら年寄りに冷たいって誰かが言いよったわね。やけん、薬なんか出すのも適当で、他の飲み薬との相性とか調べもせんで出すって」

「それはいけませんね」

「私ら年寄りはたくさん薬飲むけん、危なかねってみんな言っとう」

「それは基本だな」

望月が頷くと、老女が乗ってきた。

「だからね、この病院は二代目で潰れると言われとるの」

「そこまで言われてるんですか」

望月は驚くふりをしたが、待合室の患者の数や、ロビーに行き交う入院患者の数をよく見れば、自ずとわかることでもあった。福岡中央総合病院は儲かっていない、と。

「さあ、知らん」

「ところで、須藤先生はゴルフとかしないんですかね」

「独身ですか？」

「結婚しとるという噂は聞いたことないなあ」

老女は首を傾げた。須藤は、女遊びしか興味がないのだろう。だとしたら、当分、佳那を名目にして金を引き出すしかない。

「あ、呼ばれた」

老女が呟いて立ち上がり、二番の診察室に消えていった。望月もそれを潮に、待合室を後にした。人に訊いて、地下にあるという売店を目指した。売店で菓子パンをふたつ買い、パジャマ姿の暇そうな入院患者に混じって、売店横にあるベンチに腰掛けて食べた。

会社に戻ってからは、ずっと営業の電話をかけ続けなければならないし、課長や支店長に叱責されたり、先輩のしごきがあるので、寮の夕食を食べられるのは深夜になる。腹は到底保たない。望月は惜しむように菓子パンをちびちびと囓って、またもウォータークーラーの水で喉を潤した。

粗末な昼食を食べた後は、ロビーの隅っこで少し眠り、三時半に起きて、再び内科の診察室前で陣取った。

四時を少し過ぎた時、須藤が診察室から出てきた。

「まだいたのか」

望月の姿を見て顔を曇らせたが、望月は駆け寄った。

「先生、お待ちしてましたよ」

望月は、両手を白衣のポケットに入れて、せかせかと急ぎ足で歩く須藤に並んで歩いた。

「今日は用事があるから、時間ないよ」

「そうですか、では、明日出直しましょうか？」

「おい、いい加減にしてくれないか」

急に須藤が立ち止まって、怒鳴った。

すでに診察時間が終わって、誰もいなくなった待合室に須藤の怒声が響き渡った。たまたま通りかかった事務職員らしい若い女性が、驚いた顔で振り返った。その顔にはっきりと嫌悪が浮かんでいるのを、望月は見て取った。皆、須藤が嫌いなのだ。このことは、明日には、噂になっているだろう。

「はあ、すみません」

望月が謝ると、須藤はわけがわからないという顔をした。

「すみませんじゃないよ。別に僕はきみに担当になってくれなんて、頼んでないからね。何だよ、その支店長の判断とかって。勝手なことを言わないでくれ」

ポケットから出された須藤の太った指が震えている。

「先生、私はこんなことを言いたくなかったんですが、それでは、はっきり言います」

望月は須藤に向き直った。須藤は望月より、頭ひとつ小さい。

「何だよ」

須藤が腕組みをして、大きく見せようと頭を反らした。

「私は、小島佳那と婚約しています」

「ほう、それはおめでとう。ちっとも知らなかったよ」

須藤がふっと笑ってみせたが、笑顔は硬い。

「先生が、小島に酒を飲ませて、部屋に誘ったと聞いています。それも、強引に腕を引っ張ったと。本当ですか？」

望月は須藤の目を覗き込んで訊いた。

「そんな事実はありませんよ」

須藤がとぼけた。

「いいえ、事実です。小島は、自分が仕事の経験の浅いフロントレディだから、須藤先生はああいうことをするのかと言って、自信を喪失しています。そして、あの日はずっと泣いていました。私は婚約者としても、萬三証券社員としても、憤ってるんですよ」

須藤が黙ったので、望月は調子に乗った。

「なので、私が小島の代わりに来ました。先生、私をファンドマネージャーにしてください。これが先生の罪滅ぼしだと思っています」

「何だよ、婚約者の代わりに来て、営業するのか」

「私は警察にも言いませんし、噂も流しません。ですから、試しに一億どうですか？　先生の男気を見込んでお願いします」

「断ったら？」

「病院に張り紙します」

「それは脅迫だよ」

須藤の声が裏返った。

「脅迫でも何でもいいです。どのみち、先生は評判が悪い。次期病院長として、それは不利ではないですか。そこに張り紙でもされたら、先生の代になる前に、この病院は終わりでしょう。借金はないんですか？　こんな立派な病院を建てたのなら、絶対に融資を受けてますよね。患者さんの間で評判が悪くなったら、とてもじゃないけど、その借金も返せませんよ」

「酷いこと言うね、あんたも」

須藤が口を歪（ゆが）めた。

「いいえ、酷いことを言っているのではありません。酷いことをしたのは、先生です。私は小島佳那の婚約者として、先生に対価を払ってもらいたいだけです。それが一億の投資。どうです？　先生は必ず儲かります。私がやれば、先生の一億は十億になります」

「誰が保証するのだ。きみは私の敵なんだから、私に損をさせることしか考えないだろう」

須藤の口から唾が飛んだ。

「いえ、とんでもない。先生は金を出した時点で、もう敵ではありません。同志です。出さないのならば、永遠に敵です。私は先生を貶めるために、何でもしますから」

「きみはメチャクチャだ」

須藤が大きな溜息を吐いた。

「先生、ところで、お父上を紹介して頂けませんか？」

望月が頼むと、須藤が露骨に嫌な顔をした。

「何でだよ」

「わかりませんか？　おそらく、お父上は資金繰りに悩まれているのではないですかね。私なら、お助けできるのですが」

当てずっぽうで言ってみたところ、須藤は黙ってしまった。

須藤の病院から、まっすぐ社に戻った望月は、まず洗面所で顔を洗った。それから、鏡に映った自分の顔をしばらく眺めていた。今日のこの日を境に、世界が変わったような気がしてならない。

「自分の顔をうっとり眺めとる。この暑さで気が狂ったか」

用を足しにきた寮の先輩に、背中をどんと小突かれた。だが、今日だけは、涼しい社内にずっといる連中が羨ましいとは、毛ほども思わなかった。

フロアは、いつもより騒がしかった。後場が終わっても、営業マンは顧客リストをめくり、名刺の束を解いては、営業の電話をかけまくっている。その騒音たるや、ものすごい。

今日は、ある製薬会社の株を一人五万株売れ、というノルマが出ているのだ。ひと株六百六十円だから、何としても一日で三千万円以上の売り上げを上げろ、ということだ。

顧客のつかない新人には、到底無理な額である。それが証拠に、誰もが必死に受話器にかじりついているが、聞こえてくるのは、ほとんどが泣き落としである。

『これが達成できないと、クビになります』

『男を立てると思って、そこを何とか』

『死ねと言われたら死にますから、ともかく買ってください』

望月は薄ら笑いを浮かべた。自分には、須藤から約束を取り付けた一億円がある。あっという間のノルマ達成どころか、一カ月、いやしばらくは涼しい顔ができるし、自分を馬鹿にしていた上司も同僚も、自分を見直すことだろう。

「おい、望月。こっち来い」

望月が帰ってきたことを認めた課長の吉永が、仏頂面で手招きした。吉永は短軀の太り肉で、煙草の煙で燻したかのような、色黒のヘビースモーカーだ。見るからに暑苦しく、望月は目を背けながら近付いた。

吉永の灰皿は吸い殻の山で、机の上は灰が撒き散らされていた。

「誰か、ここ拭いて」

吉永が、衝立の裏にいる事務職の女性たちに向かって叫んだ後、誰にともなく「早く気が付いてくれよ、まったく」と、ぶつくさ言っている。自分で灰を撒き散らしているのだから、気が付いてくれ、もないのだが、吉永は自分が中心にいなければ気が済まない人間だ。そもそも、証券会社で生き抜いて出世していくのは、概ね吉永のような人間だった。

雑巾を持って飛んできたのは、水矢子だ。望月と目が合うと、水矢子は軽く頭を下げた後、そっと視線を外した。郵便局で話したことを、気にしているのだろう。果たして、クソ真面目な水矢子が投資話に乗ってくるかどうか、望月は賭けをするような気分になった。

しかし、水矢子は案外、剛胆に貯金を全部差し出してくるのではないか、とも思う。もし、それならば、何としても殖やしてやるつもりだ。

望月の意気込みが伝わったのか、水矢子は自分の心を隠すように、机の上をさっさと拭いて逃げるように去って行った。金なんか欲しくない、という人間はこの世にいない。いたらお目にかかりたい、と望月は思う。

「おまえが今日会ってきた社長の名刺、出してみろよ」

吉永が首筋を掻きながら、顎で指図した。

「一枚もないです」

吉永の目がにわかに血走ったように見えた。

「おまえ、何してたんだ」と、怒鳴る。「遊んでたのか？　暑いからって、どっかで涼んでたんじゃねえだろな。見ろよ、みんな営業の電話かけまくってんだぞ」

フロアの男たちの視線が一斉に刺さったが、望月は平然と言った。

「いえ、私も営業してました」

「どんな営業だか」

吉永が小馬鹿にしたように嗤った。

「課長、一億の契約取りました」

「一億？」

吉永の声が届いたのか、周囲の連中がぎょっとしたように望月を見た。

「そうです。福岡中央総合病院の息子の医者と契約しました」

「本当か？　入金はいつだよ。わかってるだろうけど、入金させて初めて契約成立だ」

吉永が焦ったように叫ぶ。

「夕方だったんで、まだです。口約束ではありますが、絶対に大丈夫だと思います」

「おお」と、吉永が破顔した。「おまえのこと、愚図でノロマだと思っていたけど、やるじゃねえか」

「はい」

望月は悪びれずに頷いた。

「明日、必ず入金させろ」

「もちろんです」

周囲が静まり返った。誰もが息を詰めて、吉永と望月の会話に耳を澄ましている。今まで何も成果を上げられなかった望月が、突然、一億の契約を取ったのだ。

証券会社は、完全な成果主義だ。頭が悪くても、性格に難があっても、契約を取ってきた者が一番偉い。それも金額順、という露骨なヒエラルキーがある。望月は、いきなりナンバーワンになったのだ。

「こないだ小島が取ってきたと思ったら、今度は望月か。どんな手を使ったんだか、知りたいもんだ。おまえ、どうしようもねえ阿呆に見えたけど、結構な遣り手だったんだな」

吉永は、急に望月を持ち上げた。

「課長、ちょっと聞きたいことがあります」

「おう、何だ。言ってみろ」と、機嫌がいい。

「福岡中央総合病院の経営状態とかを知りたいんですけど、どうしたらいいですかね」

望月は周囲に聞こえないように、小声で訊いた。

「あそこは悪い噂聞かないけどな。何で知りたいんだ？」

「いや、二代目の評判がよくないらしいので、どんなものかと」

「へえ、面白いな」

吉永が引き出しを開けて名刺ホルダーを取り出し、一枚の名刺を抜き取って望月に放り投げた。

「こいつは銀行屋だ。知り合いだから、相談してみろ」

名刺には、地銀の名と「営業課長　佐々木陽一（よういち）」とある。

「ありがとうございます」

望月は、名刺を胸ポケットに仕舞った。席に戻りかけてから、吉永の方に振り返って訊いた。

「すみません、課長。佐々木さんに会う時は、情報をもらうわけだから、こっちが奢らなきゃならないんですよね？　俺、全然、金がないんですが」

望月が正直に言うと、吉永は、わかりきっていることを、と言わんばかりのうんざり顔で返した。

「もらうばかりじゃねえよ。持ちつ持たれつだ。経費で落とせ」

なるほど、こういう場合に経費とやらを使えばいいのか。初めて合点がいった。

だが、カードは作っていないし、現金がない。

「あのう、立て替える金もないいんですが」

「仮払いすればいいんだよ」

そういう仕組みがあるとは、知っているようで知らなかった。望月は、営業マンとして、やっと一人前になった気がした。

「おまえ、早くカード作れ。証券会社だって言ったら、あっちが泣いて喜ぶぞ。そうだ、佐々木のところで作ってもらえ」

七時過ぎ、望月は、帰宅するために私服姿になった佳那を、やっと廊下で捕まえることができた。同じ社内にいても用事がない限り、近寄ったり、話しかける機会はなかなかない。前のように社内から外線で電話をしたかったが、今日の望月は皆に注目されているから、それもできなかった。

今日の佳那の私服は、ノースリーブの白いブラウスに黒いパンツだ。連れ立って、どこかで食事して帰る浅尾たちのグループがきらびやかで派手なのに対し、地味過ぎる姿だった。

しかし、ブラウスから出た二の腕が、滑らかで美しかった。

「小島さん」

佳那を呼び止めると、佳那は振り向いてにっこり笑った。

「望月さん、先生から一億ぶんどったんやろ？　おめでとう。ネクタイの成果やね」

佳那が、望月のネクタイを指差した。

「うん、何とか漕ぎ着けたけど、まだ入金させてないから、確定ではないよ」

「でも、すごかね。あの須藤さんが、ぽんと出したとね？　どうやってやったと？」

佳那が不思議そうに訊ねたが、まさか佳那が婚約者だと嘘を吐いて、脅迫紛(まが)いだったとは言えない。

望月は曖昧に頷いた。

「丁寧に説得しただけだよ」

「信じられんとよ」

佳那が目を丸くした。

「それで、あの病院の経営状態なんかを銀行の人に聞いてみようと思うんだけど、一緒に行かないか？」

望月の誘いに佳那は喜んだ。

「えっ、私も行っていいの？」

「小島さんも、先生の担当じゃないか」

「そりゃそうだけど、私なんか、たったの三百万の中ファンやもの」そう言ってから、佳那が噴き出した。「私もよく言うばいね。たったの三百万だって。そんな額の貯金だってなかとに」

「みんなそうだよ」

自分の生活は慎ましいのに、扱う金額が大きいので、金銭感覚が麻痺してゆく。百万単位は端金で、千万単位は普通、億単位は誰にも文句は言わせない額だ。それが客のランクにもなる。望月は、いきなりAランクの客を得たことになる。

「俺さ、小島さん。考えてることがあるんだけど」

望月は思いきって、口にした。

「何？」佳那が首を傾げる。

「俺、必死に結婚資金貯めるからさ。応援してくれよ」

結婚相手は佳那だと、はっきり言わなかったが、ここまで仄めかしておけば、自分が佳那の婚約者だと自称していることも、佳那は許してくれるだろう。

「それって、私とってこつ？」

「そうだよ、二年後に一緒に東京に行くって決めたじゃないか」

「そんなあ」

佳那は冗談を聞いたように笑ったが、否定はしなかった。

佳那にも既成事実を積み上げた、と思った望月は、佳那の二の腕にそっと触れた。肌理(きめ)の細かい白い膚は、これまで触ったことのない柔らかな感触だった。

「じゃ、また明日」

望月は、このまま西陽の射す佳那の部屋について行きたかったが、かろうじて踏みとどまり、騒々しいフロアに踵を返した。

これから、望月も電話帳を見ながらの電話外交をしなければならない。それが形だけだったとしても、できる営業マンとして、目立つ振る舞いをするには、まだ早いのだった。

その夜は、先輩の訓示もなく、十二時前には部屋に戻ることができたが、望月は興奮して、なかなか寝付けなかった。とうとうやったという達成感に酔い、今後の計画を考えだすと、ああしてこうして、と思惑が止まらなくなったのだ。やっと寝付いた時は、明るくなっていた。六時には起床するから、睡眠時間は二時間足らずだ。

朝、七時に出勤した望月は、銀行の始業時間まで待ってから、佐々木に電話をした。

「もしもし、私、萬三証券福岡支店の望月と申します。佐々木さんでいらっしゃいますか？」

「はい、私が佐々木です」

相手は、腰の低そうな柔らかな声だ。

「突然すみません。課長の吉永から紹介されて、お電話しました。ちょっとご相談したいことがあるものですから、お時間を頂けないかと思いまして」

「いいですよ、何でしょう」

吉永の名を出すと、佐々木はすぐに承知してくれた。

「薬院に福岡中央総合病院という名の総合病院があるのを、ご存じですか？」

「はい、行ったことはないけど、知ってますよ。新しい白い建物ですよね」

「そうです。実はそこの経営状態を知りたいのですが」

「わかりました。できる範囲ではありますが、お会いするまでに調べておきます」

「ありがとうございます」

結局、佐々木とは、土曜の夜に会うことになった。

店は、吉永がよく使うという小料理屋を紹介してもらった。世間知らずの望月は、「おまかせ」や「小上がり」という言葉も知らなかったから、予約の時に恥を掻いたが、そんなことも気にならないほど、銀行の人間と知り合いになれたことが嬉しかった。

その後、萬三の総合口座に振り込んでほしい、と須藤に電話すると、正午に応接室に来てくれ、と言う。

望月は、前場の後に急いで福岡中央総合病院に向かった。一階の事務室の隣にある応接室に通された。そこは、ソファセットの他は、壁に絵が一枚掛かっているだけの殺風景な部屋だった。

望月がソファに浅く腰掛けて待っていると、正午ちょうどに須藤が現れた。白衣を着ているが、前のボタンを留めていないので、少し突き出た腹が目立った。こんな男が佳那を誘って、あの柔らかな腕を摑んだのかと思うと腹立たしかったが、そんな気持ちはおくびにも出さずに礼を言う。

「先生、昨日はどうもありがとうございました。先生のご厚情に感謝します」

望月は立ち上がって、礼を言った。

「ちょっと待て。先走らないでくれよ。何だかきみに脅されたみたいで、こっちも釈然としなくてね」

須藤は、望月と目を合わそうとせず、怒った顔で言った。

「何を仰います。私は脅してなんかいません。私も男ですから、小島のことは反省して頂きたいと思って、敢えて言いました。それも駄目ですか？」

「いや、それは」

分が悪いと思ったのか、須藤は目を泳がせた。

「先生、すみません。私が言い過ぎました。小島のことは、水に流しますので、一切申しません。お気になさらないでください」

あまりに強引に出ると、須藤は巣に籠もる小動物のようになってしまうかもしれない。望月は少し手を緩めることにした。

「小島さんが婚約してたなんて、全然知らなかったよ」

須藤が弁解がましく言って、ソファに腰を下ろした。

「そうですよね。そんなプライベートなことは、お客様の前では普通、自分から言い触らしたりしませんよね」と、望月は同調する。

「そうだよな」

須藤が納得したように頷いた。この話はこれで終わった、と安堵したような表情だ。

「で、先生。入金の方はいかがでしょうか？」

望月が話を元に戻すと、須藤は困ったように頭を掻いた。

「実は、僕にはそんな現金がないんだよ」

「先生、いくらならあるんですか？」

望月は、直截に訊いた。体裁なんか、構っていられなかった。

「預金はあまりない。マンション買っちゃったし、小島さんに三百万遣ったしな」

須藤が愉快そうに言う。三百万とは、中国ファンドの件らしい。

「マンションは現金で買われたんですか？　すごいですね」

「ま、そのくらいはね」

「先生、だったら、マンションを担保に金を借りましょう」

望月は、すぐに佐々木のことを思い出した。佐々木に相談すれば、融資してくれるかもしれない。何が何でも、今日中に入金させたくてうずうずしている。

「何で借金までして、株やらなきゃならんのだ」

須藤が怒ったように呟いたので、望月は舌打ちしたくなった。

金を用意できるのに、なぜ投資をしないのか。その怖じる気持ちが、まったくわからない。弱虫とさえ、思う。

「須藤先生、男らしくないですね」

思わず言ってのけると、須藤がさすがに声を荒らげた。

「何言ってるんだ。男らしいとか、らしくないとか、そんなことは関係ないだろう。あんたも乱暴だね」

だが、望月は気にせずに滔々とぶった。

「いいですか、先生。余裕のある人が、この時期に株をやらないのは、あまりにもったいないです。今は、どこの企業も株を買っていますよ。もちろん、萬三証券も調査しながら稼いでいます。こう言ったら、大袈裟に聞こえるかもしれませんが、若い会社員から家庭の主婦まで、誰もが株を買う時代です。なぜか？　儲かるからです。契約を頂けたら、私は先生の元手を何倍にもして差し上げるつもりですよ。現に昨日、川田薬品株が六百六十円で売りに出てましたが、今日は七百二十円ですから、昨日の時点で十万株買えば、いきなり六百万の儲けでした。先生、今、株は絶対に買いです。どんどん値上がりしてますから、金があるのに買わない人は本当に馬鹿です。私はその旗振り役をさせて頂きたい、と思っているんです。ですから、ここは借金してでも、買うべきです」

目を閉じて聞いていた須藤が、目を開けた。

「そんなこと言うけどね、きみ。元本保証できるのか？」

「できますとも、しますよ」

証券会社が元本保証をする義務などまったくないが、望月は言い切った。嘘を吐いているという意識もなく、今この場を凌(しの)いで、何とか入金させることに全神経を注いでいる。

「しかし、一億だよ。大金だ」

「先生、今に一億なんて端金だって、思うようになりますよ、それもすぐに」

「僕はね、こう見えても、地道な二代目なんだよ」

未だ決心のつかない須藤が、気弱に言う。

「先生、地道だなんて、気の弱いこと仰らないでください。この時代、打って出ないと、すぐに潰されますよ。ある意味、弱肉強食なんですから。病院だって、胡座をかいてたら、すぐに寝首を掻かれますよ」

望月が脅すと、須藤が拗ねたように横を向く。

「先生、昨日は一億出して株やるって、大見得切ってらしたじゃないですか。どうして、そう簡単に気が変わるんですか」

須藤は禿げ気味の額に太った指を置いて、考えるふりをしている。

「気が進まないんだ」

「私が担当だから、ですか？」

「それもある。昨日のきみの言い方は脅迫的で、犯罪者紛いだったよ。最初、何て言ったか覚えてるか？　覚えてないなら、教えてやろうか」

須藤は踏ん切りがつかないことを、望月のせいにしようとしている。

「気に障られたのなら、謝ります。でも、先生も強引でしたよ。部屋を取ってあると言って、小島の腕を摑んで引っ張ったと聞いてます。すごく怖かったそうです」

須藤が黙り込んだので、望月は内心焦っていた。このまま断られたら、せっかく開けたと思った自分の道はどうなる。社内での評価、佳那との結婚、東京への進出、プライベートバンカーになる夢、すべてが潰えそうだ。

「べつに、小島さんの気を引こうと思ったわけじゃないよ」須藤が憮然として言う。「僕は小島さんのお姉さんと付き合ってたんだからね。美紀の行方を知りたくて、小島さんと何度かご飯食べただけなんだよ」

「ああ、そうだ、先生」望月は今思い付いたように言った。「佳那の姉の居場所を教えましょうか。お知りになりたいんでしょう？　だったら、お教えしますよ。その代わり、一億、やりましょうよ。現金は、銀行で何とかしますから」

須藤が驚いて、眼鏡の奥の目を見開いた。

「美紀がどこにいるって？」

「住所をお教えしますから、一億いきましょう。いいですね？」

佳那を裏切ったとは思わなかった。望月にとって、美紀は、佳那の姉というだけの記号的な存在でしかない。

それに、不倫の果ての、妊娠したがゆえの結婚ではないか。保守的な望月は、佳那の姉を、無意識に否定していた。

「いいの？　小島さんのお姉さんだろ？」

須藤がにやりとした。

「私には関係ないので」

「きみ、後で小島さんに恨まれるんじゃないの」

須藤の目に共犯者めいた色が浮かんだが、望月は無視した。

「いえ、信頼してますから」

「強引だな。でも、いつまで保つかな」

保つとは、何のことか。この仕事か。佳那との関係か。

須藤が嘲ったような気がしたが、気にならなかった。須藤がこのことを佳那に喋りさえしなければ、ばれるはずはなかった。須藤と佳那の接点は、自分が断ち切ったのだから。

「ところで先生、マンションの他に動産とか不動産ありますか？」

望月は冷静に訊ねた。

「病院裏の第二駐車場は、僕の名義だよ」

「わかりました。すぐに調べて、ご連絡します」

呆れ顔の須藤と別れた望月は、病院のロビーで佐々木に電話した。すぐに会いたいと言うと、佐々木は驚いたような声で訊いた。

「どうしましたか？」

「土曜にお会いする約束でしたが、急いでお願いしたいことがあります」

「お急ぎなら、今でしたら少しですが何とか時間を作れます。当行までいらして頂けますか？」

「お忙しいところ、すみません。これから向かいます」

望月は気が急いていたが、病院を出る時、須藤の名義だという第二駐車場を見てくることも忘れなかった。かなり広い敷地で、三十台は停めることができる。

今は銀行も融資したくてたまらないらしいから何とかなるだろう、と楽観的に考えながら、博多銀行天神支店に向かった。

用件を言うと、窓口の奥にある衝立で囲まれたコーナーに案内された。

そこで汗を拭き拭き、女子行員に出された冷茶を飲んでいるところに、佐々木が現れた。ワイシャツ姿で、腕まくりしている。

「どうも、私が佐々木陽一です」

佐々木は、年齢のわからない若禿の男だった。膚の張りは三十代でもあるかのように艶があってピンクだが、話し方は如才なくて、四十代後半にも見える。

望月が名刺を差し出すと、佐々木はそれをちらりと眺めながら、椅子を勧めた。

「どうぞ、お座りください」

「お忙しいところ、すみません」

「いえいえ、御社の吉永課長とは飲み友達なんですよ。あの後、吉永課長から電話もらいました。あなたのこと、フォローしてやってくれと言われましたよ」

吉永がそんな親切な男だったか、と望月は驚いたが、一億を売り上げるためには、何でもする、ということだろう。結局、部下の成績は、おのれの成績なのだ。

「ありがとうございます」

「いいんですよ。ご存じでしょうけど、日本の金融制度は欧米と違う。証券会社は預金のような決済機能を持つ商品は販売できないし、銀行は株や投資信託を売れないのです。お互いに参入できないのだから、相互補完的に助け合わなきゃいけんだろうと思ってます。特に銀行はね、手数料収入で何とか生き延びないとならないんです。だから、積極的に融資をしております。何でも言ってください。こっちもビジネスチャンスですから、持ちつ持たれつ、です」

持ちつ持たれつ。吉永と同じことを言う。

「実は、福岡中央総合病院の須藤先生、息子さんの方ですが、昨日は一億の契約をすると言ってたのに、今日になって、現金がないと言いだしたものですから、慌てました。それで融資を受けられないかと思いまして、ご相談にあがりました」

望月が、須藤の話をすると、佐々木はふっと笑った。

「それは、私どもで何とか、お助けできると思いますよ」

「本当ですか。具体的には？」

望月が膝を乗り出すと、佐々木が頷いた。

「あれから、私が調べたところ、息子さんの先生は、当行に預金がありました。残高は一千万に少し欠けるくらい。確かに三年前、ぽんと現金で、今お住まいのマンションを買われましたね。他行に預金があるかどうかはわかりませんが、まあ、そんな資産状況ではないかと思います」

「そのマンションは、いくらなんですか？」

「薬院で、八千五百万です」

「あと、病院裏の駐車場が須藤先生名義だそうです。二十五メートルプールくらいありましたね」

「ああ、それはいいですね。結構、広いですからね。ふたつ合わせて、一億は融資できるでしょう。支店長の決裁が必要ですが、多分、通ると思います」

やった、と望月は内心で快哉を叫んだ。

「じゃ、それをうちの総合口座に振り込んでもらいたいのですが」

須藤の了解は、さきほどの会話だけなのに、話がどんどん進んでゆく。しかし、望月は一億のたちに、ひと泡吹かせてやりたいと思う。須藤のことなど、まったく考えが及ばなかった。

「わかりました。いつになるか、ご連絡しますよ」

「よろしくお願いします」

ほっとして冷茶を飲み干すと、佐々木がにやりとした。

「福岡中央総合病院とは、なかなかいいところに目を付けられましたね。私もいろいろ調べてみました。あの病院の売りは、病院長の呼吸器外来だけです。他はあまり評判はよくない。そもそも、須藤病院長は九大の研究者だった人ですから、理想家であまり商才がないのです。実家は赤坂で代々、内科の医院をやってまして、両親とも医者です。奥さんは亡くなられてますが、こちらも医者の娘で、本当の医者一家です。息子の須藤さんが医者になるのも、当然だったのでしょう。だから、総合病院を開いて、息子に譲りたいという強い希望があったんだと思いますよ。二十五年前に、赤坂の医院を潰して建てたのは、三階建ての内科と外科だけの病院でした。それが、五年前薬院にやっと白亜の総合病院を建てることができた。でも、いまひとつ収入が伸びないので、借り入れ金を返すだけで、新たな設備投資とかはできていないようです」

望月は手帳を出して、メモを取った。その様子を見ながら、佐々木はゆっくり喋る。

「これから病院長の方に食い込んで、相続税対策とかを提案した方がいいと思いますね。銀行も、顧客のニーズを汲んで、あれこれ提案しながら仕事を作るようになりました。例えば、息子さんはまだ独身ですよね。だったら、嫁さんを紹介するとかね。そのくらいのことは、どこの銀行もやるから、こっちも負けずに提案しないと。証券だって、同じですよ。ちなみに、お父さんの方は、警固の山の上に家があって、九住高原に別荘があります。それらは皆、まっさらですから、融資し放題です」

まっさらとは、担保に入っていないという意味だろう。それにしても、嫁の世話までするとは驚いた。美紀の住所を教えようとしている自分は、そう間違っていないと、望月は自己を正当化した。

「望月さん、一緒にやりましょう」

「私なんかでいいんですか」

望月は、遠慮がちに訊いた。口八丁手八丁で客を欺す自信はあるが、佐々木の経験には敵わない。

「もちろん。望月さんは、若いのに頼もしい」

「ありがとうございます」

佐々木ならば、まだ業界のやり方に疎い自分のよき師匠になりそうだと、望月は嬉しかった。

「融資の決定は今日できると思いますが、振込は明後日になります」

「ありがとうございます」

自分は汗を垂らして、福岡の街を歩き回っているのに、一億なんて見たこともない金を、こうしていとも簡単に動かせている。望月は、現実と金の動きとの乖離に酩酊した。

「では、土曜日は土曜日で、よろしくお願いします」

「はい、望月さんとの出陣式ですね」

地銀の営業課長に同等に扱われて、望月は天にも昇るような心地だった。

急なことだったので、地銀の佐々木と会って話せたのはわずか三十分だったが、望月は数時間にも及んだような満足を感じていた。自分がいっぱしの証券マンになった気がする。

須藤には、融資の決定が出てから告げることにして、まずは吉永に報告しようと、望月は社に飛んで帰った。

後場の真っ最中だったが、望月が意気込んで入って行くと、吉永は今か今かと待っていたらしく、すぐに手招きした。

「おい、望月。こっちに来い」

「ただ今、戻りました」

意気揚々と吉永の前に行くと、吉永は煙草を箱から抜き取って火を点け、うまそうに煙を吐いた。

「望月、よくやった。佐々木から電話があったよ。決裁が下りたそうだ」

「そうですか、よかったです」

「あっちも喜んでる。おまえ、いい話持ってってったな」

「はい」

こんなに首尾よく捗(はかど)るとは、思ってもいなかったから、望月は嬉しくて仕方がない。

「明後日、入金されることになりそうだ。先生から、ひと言だけでいいから許可もらえよ。後で揉めると面倒だからな」

「わかってます」

望月は張り切って答えた。

須藤の不動産を担保にすることに決め、佐々木との間で勝手に融資の話をまとめた。須藤など抜きにして、とんとんと物事が進んでゆく。望月は、このことに何の痛痒（つうよう）も感じなかった。むしろ、動きと決断の鈍い須藤を侮り、おのれの力を誇りたい気持ちの方が強いのだった。

「先生みたいな客をもっと摑め」

「わかってます」

ちらちらと羨望の眼差しでこちらを見る営業マンたちの視線を跳ね返しながら、望月はフロアを堂々と歩いた。興奮しているのか、喉が渇いて仕方がない。望月は給湯室に行き、盆の上に並んでいる湯飲みをひとつ取って、水道水を汲んで飲んだ。温いと覚悟していたのに、水道水は思いの外、冷たくて旨かった。

「それ、支店長の湯飲みですけど」

非難するような声に振り返ると、水矢子が立っていた。適当に取ったつもりだったが、よく見れば確かに、支店長席にいつも置いてある有田焼の湯飲みだ。柿右衛門窯の逸品とかで、顧客にもらったという自慢を聞いたことがあった。

「あ、ごめん」

望月は謝って、湯飲みを盆に戻した。

だが、自分がこの支店で一番偉い支店長の湯飲みを、無意識に選んだことが、今日の成功の証のような気がして、自然に笑っていた。

「洗いますから、シンクに置いといてください」

言われた通りにシンクに戻すと、水矢子が固い声で言う。

「望月さん、人の湯飲み使って、そのままお盆に戻すって、ちょっと信じられないんですけど。私たち、気付かずにお茶淹れて、運んじゃうかもしれませんよ」

「うっかりしてた、ごめん」

わからなきゃ、どうってことないだろう。そう思ったが、望月は我慢して謝った。水矢子の潔癖さにうんざりしていた。自分は仕事ができるのだから、そんな些細(ささい)なことに構っちゃおれない、という気持ちの方が強い。それが伝わったのか、水矢子が我慢ならないという風に呟いた。

「望月さんて」

小さな声だったが、水矢子が言葉を切ったので気になった。

「何だよ、続けて言えよ。同期だろ」

「じゃ、言います」

水矢子が毅然(きぜん)とした顔で向き直る。望月は、水矢子など高校生にも等しい、取るに足らない存在だと、端から馬鹿にしていたから、その態度に少したじろいだ。

「望月さんて、ちょっと無神経じゃないですか。だから、嫌われるんだと思います。でも、小島さんが皆から距離を置かれているのは、小島さんが綺麗で有能だからです。群れないからです。一緒だなんて、思わないでください」

「何だよ、それ」

望月は笑って誤魔化そうとしたが、水矢子は生真面目な顔でなおも言い募った。

「小島さんと結婚するつもりだって、言ってたじゃないですか。でも、お願いだから、小島さんを引きずり込まないでください。小島さんの運が悪くなる気がする」

「それって、余計なお世話じゃないか。俺は運がいい方だよ」

望月はにやにやしながら冗談めかして言い返したが、水矢子は心配そうな顔をして、目を伏せた。

「そうですか、すみません。だったら、もういいです」

佳那にも、無神経だと注意されたことがあった。その時は気を付けようと自省もしたが、今の望月は成功感が巨大過ぎて、誰に何を言われても腹は立たないし、直そうと思う気もない。まして、水矢子なんかに軽蔑されたところで、どうということはなかった。

「あのう、昨日の投資のお話は、私は結構ですから」

「了解、了解」

水矢子の拒絶など、まったく気にならなかった。

望月は、須藤との契約のことを佳那に報告したくてたまらないのだが、なかなか話すチャンスがない。もうじき後場が終わるところだから、フロアは最後の突っ込みで、さらにうるさくなっていた。二人の課長の怒鳴り声や、電話をかける声などで、喧噪はピークに達している。

目で探すと、佳那は窓口で、白髪の老人に一生懸命、何かを説明しているところだった。老人は、つましい生活ぶりがわかるような貧相な身なりだった。デスクの上に痩せた肘を突き、佳那の顔を見て頷いている。

やめろよ、そんな下等物件。儲かりゃしないよ。そんな客は誰かに任せて、俺の話を聞けよ、と言いたくなる。

望月は、机の下に潜り込んで受話器を握った。前にしたように、外線から社にかけて、佳那を呼び出すつもりだ。

「もしもし、萬三証券福岡支店、営業一課の浅尾でございます」

まずい、浅尾が出た。望月は後場のざわめきが聞こえないように手で受話器を覆いながら、

「小島さん、お願いします」と籠もり声で話した。

浅尾は立ち上がって佳那の方を見遣り、受話器に向かってはきはきと答える。

「申し訳ありません。小島は今、接客中です。お急ぎでなければ、こちらから、かけ直しますので、お電話番号を頂けますか」

その間、望月は送話口を手で押さえていた。

「いや、またかけ直します」

わざと低い声で言って切ろうとした時、「おい」と誰かを呼ぶ吉永の怒鳴り声が響き渡った。慌てて切ったが、すでに遅かった。呆れ顔でこちらを凝視している浅尾と目が合った。だが、望

月は何食わぬ顔で、別の電話をかけるふりをした。

浅尾が支店長とできているのならば、自分の働きは、支店の売り上げを上げたことになる。だったら、浅尾にとっても喜ぶべきことではないか。そうだろう？　違うか？　望月は、浅尾にもそう言ってやりたかった。

七時過ぎ、フロントレディたちが私服に着替えて、連れだって帰ってゆく。廊下の先に佳那の後ろ姿が見えたので、望月は慌てて席を離れた。

「佳那ちゃん、待って」

会社で馴れ馴れしく名を呼ばれたことにむっとしたのか、佳那が真顔で振り向いた。

「はい？　何か」

あまり、機嫌はよくなさそうだ。

「土曜の夜だけど、博多銀行の佐々木さんと会う件、大丈夫だよね？」

本当は佳那抜きで、佐々木と今後の相談などを詰めたかったが、解放感のある土曜の夜に佳那と飲んで、親しくなりたいという下心を消すことができない。

翌日の日曜は、スーツを取りに行く用事もあるのだから、できれば、佳那の部屋から二人で行きたいと思っていた。

「うん、わかっとる。現地集合やろ？」

佳那は、腕時計をちらりと見ながら言った。

「それから、今日ね、須藤先生が一億の入金、承知してくれたよ」

「ほんとに？」

「うん、現金がないっていうんで、佐々木さんに土地を担保に融資してもらったんだ。薬院のマンションと、裏の駐車場を担保にした」

話がどうなっているのか、よくわからない佳那が混乱した顔をする。

「佐々木さんが？　担保にした？　どういうこつ？」

「今度ゆっくり話すよ。今日は戻らなきゃならないから、無理だ」

望月は、吉永の視線を気にして言った。

「でも、須藤さん、よう決心したね？」

美紀のことは、口が裂けても言えないから、望月は適当に答えた。

「もともと資産家だから、金が余ってるし、儲け話が好きなんだろ」

「だけど、融資受けてまで、なんて信じられんわ」

「とんでもない。それが普通の感覚だと思わなきゃ、証券会社は勤まらないよ。顧客にも、そのくらいやってやんなきゃ駄目だ」

「そら、そうやろうけど」

佳那が怯(ひる)んだのをいいことに、望月は話を打ち切ろうとした。

「その件、また報告するよ」

「それはそうと、望月さん。あんた、みやちゃんに、うちと結婚するって言うたんやって？」

「言った。するだろ？」

望月は、佳那の半袖ブラウスから出ている二の腕を摑んだ。

触ったことはあるが、佳那の二の腕を摑んだのは、生まれて初めてだった。細いはずなのに、肉がむっちりついていて柔らかい。細い骨の在処(ありか)が感じられると、愛おしくなって離したくなかった。

「まだ、返事しとらんよ」

佳那の不機嫌の理由はこれだったのか、と望月は焦った。

「どうして」望月は強引に言った。「俺のこと、嫌いか？」

「何か一方的や」

佳那はそれだけ言って腕をもぎ取るようにして踵を返した。望月は慌てて後を追った。

「俺の何が気に入らない？」

「だって、須藤さんて、もともとは私の顧客だよ」

意外な答えが返ってきたので、望月は驚いた。佳那よりも自分の方が仕事ができるし、社員として優秀だと思っている。

「俺に任せるって、言ったじゃないか。あれで俺、奮い立ったんだぜ」

「そうだけど」

何が気に入らないのか、わからない。佳那が拗ねたように横を向いているので、望月は混乱した。

「俺が、あいつに復讐をしてやるんだよ。そうだろ？　あいつごときが、佳那を誘ったなんて、絶対に許せないんだ。金をむしり取ってやる」

言葉にすると、興奮してくる。この大胆さも、成功感のなせるわざのひとつかもしれない、と望月は思った。

「おい、ここで痴話喧嘩するな」

寮の先輩が、後ろから怒鳴った。新入社員を集めては、夜中まで竹刀片手に説教する、剣道部出身とやらの嫌な男だった。今は手に竹刀こそないが、その目付きは、説教のための粗探しをする時と同じだった。

「すみません、痴話喧嘩じゃないんです」

「じゃ、何だよ」

「仕事の話です」

佳那が口答えをして、さっさとタイムカードを押して出て行ってしまった。残された望月は、後を追うべきかどうしようか、廊下で迷っていた。

「あれ、行っちゃったな」

先輩が笑った。

「おい、おまえ、一億取ったって本当か」

「入金までですけど、一応」

「そうか。だったら、あんな女やめろよ。面倒くせえからさ」

望月は突然、佳那が面倒くさい女だから好きなのだ、と気付いた。これは仕事と同じなのだ。

策を弄して、落とさねばならない相手なのだから。

ふと今日、佳那が相手をしていた老人を思い出した。金もないのに、佳那が目当てで小遣い程度の金で株をやろうという老人。佳那は、あの老人のような雑魚ではないのだ。にわかに、佳那への愛情が増した気がして、望月は溜息を吐いた。

翌朝、気が逸(はや)って、七時に出勤した望月は八時まで待ち、須藤に電話した。須藤はすでに病院に来ていて、不機嫌そうな声で電話に出た。

「おい、あれ、どうなってんの」

いきなり訊いてきたので、望月は慇懃な声で答える。

「先生、おはようございます。ご安心ください。先生のご自宅マンションと、駐車場を担保にさせて頂いて、博多銀行で一億の融資を受けられることに決まりました。明日の朝、私どもの方に振込がありますので、早速、活用させて頂きます」

「ずいぶん勝手だな」

「先生、これは預金と同じですから、ご心配は要りません。出し入れは先生の自由です。早速、活用させて頂きますが、どの銘柄を買うかについては、その都度、先生のご判断を仰ぎますので、よろしくお願いします」

「ちょっと。あっちはどうなった」

須藤が声を低めた。

「あっち、と申しますと？」

知ってて、忘れたふりをする。

「ほら、美紀の居場所」

須藤の声はさらに低くなり、囁くようだった。

「そうでしたね、先生。その方は今、神戸にいらっしゃいます」

「神戸か」驚いたようだ。「いくら探してもわからないはずだ」

おそらく、京都を探したことがあったのだろう。ずいぶん粘着質の男だと思ったが、自分だとて、佳那が黙って逃げたら、とことん追いかけてしまいそうだ。

「詳しい住所は、月曜以降にわかりますので、すぐにお知らせいたします」

「よし。それが条件だからな。わかってるんだろうな」

わかってるよ、この下司野郎めが。望月は心の中で罵倒した。

土曜の夜、望月と佳那は、吉永に教えてもらった小料理屋の近くで待ち合わせた。佳那が同席することは、佐々木の承諾を得ている。

佳那は、見たことのない紺色のワンピースを着て現れた。襟元の白い縁取りが爽やかだったが、望月は短めの袖から伸びる、佳那の白い腕ばかり見つめていた。

「半ドンやけん、いったん部屋に帰って、掃除と洗濯してきた」

佳那がのんびりと言った。夕方は蒸し風呂のようになる部屋で扇風機を強にして、あちこち掃いたり拭いたりしてきたのだろうか。望月は、あの部屋で佳那が立ち働く様を見たいと思った。

今日の夜は、その部屋にどうしても寄るつもりだ。そのまま泊まって、明日は新しく買ったスーツを一緒に取りに行く。それが、望月の算段だった。その算段を成功させる鍵は、土曜の夜の解放感にある。が、果たして、それが佳那にもあるのかは、皆目見当がつかなかった。

「佐々木さんて、どげな人？」

佳那が好奇心を募らせて訊いた。そんな時の佳那は、大きな目に生き生きした力が宿って、少女のようだ。気圧される思いで、望月は目を背けながら答えた。

「四十くらいじゃないかと思うけど、よくわからない。俺は、人の年齢を当てるのが不得手だから」

佳那がくすりと笑った。

「そうやろね。望月さんは、想像力とかなさそうやけん」

貶されたくせに、何となく嬉しいのだから不思議だ。

「でも、すごい遣り手みたいで、何かと俺とは気が合うんだよ」と、自慢しておく。

気が合う理由は、利害が一致しているからに他ならない。須藤への融資は予定通り行われて、萬三証券には一億の入金があった。もちろん、萬三証券にとっては大きな売り上げであり、地銀は手数料で儲けたはずだ。

「俺たちは、ウィンウィンって関係だよ」

「てことは、痛か目に遭うたんは須藤さんだけ？」

佳那が小さな声で訊くので、望月は憤然とした。

「痛い目になんか遭ってないよ。これから、俺が儲けさせてやるんだからさ」

「でも、ウィンウィンの関係に、須藤さんは入っとらん」

「まあな」と、望月も認めざるを得ない。須藤はすでに、A級という仕分けに入った顧客の一人に過ぎなかった。しかも、超A級ではない。

「今、銀行も規制がきついけん、大変なんやろね。忙しいんでしょう?」

「ああ、それに銀行は村社会みたいなものらしいから、厳しいって」

吉永からの受け売りだが、自分の知識のようにひけらかした。

「どういうこつ?」

「俺たち証券マンは、目端が利けば一人でもやっていける仕事じゃないか。でも、銀行員は銀行にしがみついて、出世していくしかないんだ。だから、村八分にならないように気を遣うし、仲間も追い落とそうとするって。競争が激しいんだよ」

「他の銀行に移ることはできんの?」

「聞いたことないな」

「アメリカとかはできるはずって聞いたけど、不便やね」

そんなことを話しながら、ぶらぶら歩いているうちに、ふと話が途切れた。

望月は、今夜、佳那の部屋に寄ってもいいか、と切り出すタイミングをはかりかねて黙ってしまった。

「何か、今日はぼんやりしとるね」

佳那が心配そうに、顔を覗き込む。

「そんなことないよ」内心を知られたくない望月は、誤魔化した。「そういや、みやちゃんは、全自動洗濯機買うのかな？」

水矢子との会話を思い出して言うと、佳那が驚いた顔をした。

「何で、そのこと知っとうや？」

「この間、郵便局の前でばったり会ったんだ。その時、ボーナスで買うかもしれないという話が出たんだよ」

「お母さんに買ってあげるんやと」

「それも聞いたから、お人好しだって言ってやった」

「酷い。そんなこと言ったの？　あの子は真面目ないい子やのに」

「まあね。わかっているけど、稼いだ金は自分のために遣わないといけない。これが俺の哲学なんだ」

「そんなの、人によるけんね」

佳那がむっとしたように低い声で言ったので、望月は慌てた。今夜、佳那の機嫌だけは損ねたくない。

「その時、うちと結婚するって言うたんね」

さらに佳那が不快そうに付け加えたので、望月は店を指差して誤魔化した。

「あ、ここだ。着いたよ」

佳那は、店の構えを見て喜んだ。

「素敵なお店やないの」

あの脂臭い吉永が馴染みとは思えない、洒落た白木造りの店だった。望月は小料理屋になど入ったことがないので緊張気味だったが、坪庭の見える小上がりに案内された佳那は、嬉しそうに周囲を見回している。

「高そうだけど、経費で落ちるって本当？」

「本当だよ」

望月は内ポケットを上から押さえた。経理から、仮払い金を貰ってきてある。

やがて、佐々木が現れた。

「遅くなりまして」

銀行も証券も土曜は半ドンだから、望月も佐々木もスーツ姿だ。もっとも、着たきり雀の望月に比べて、佐々木はスーツもネクタイも清潔でこざっぱりしている。

「お忙しいところ、すみません。このたびは、ありがとうございました」

望月が礼を言うと、佐々木が慇懃に頭を下げた。

「いやいや、お互い様です。こちらこそ、よいお話をありがとうございました。これからも助け合っていけたら有難いです。よろしくお願いします」

望月は思わず頷きそうになったが、佳那に背中を突かれたので慌てて礼をした。

「今後とも、よろしくお願いします」

料理が次々と運ばれてくる。夢中で食べていると、またも佳那に脇腹を突かれた。佐々木が徳利を持ち上げて酒を勧めているではないか。

「あ、すみません」

接待する側なのに、場慣れした佐々木に接待されているような形になってしまう。望月は焦ったが、いかんせん気が利かないので、どうにも動けない。早く慣れて、こういう場でも臆さずに対処したいと思うのだった。

「福岡中央総合病院ですが、あの敷地は亡くなった奥さんの実家が持っていたものでした」

料理を食べながら世間話をした後、佐々木が口火を切った。

「奥さんの実家も医者だったそうですね」

「そうです。代々、医者の家系で裕福な家です。奥さんが早く亡くなられたので、病院長と、一人息子の須藤さんが相続しました。あの担保にした駐車場の土地は、相続分です。あの家の不動産はみんなまっさらですから、全部、担保に取れますよ」

佳那は箸を置き、メモでも取りそうな真剣な顔で聞いている。

「警固の家も別荘も、すべて奥さんの方の持ち物でした。あと、調べたら、赤坂にも駐車場にしている土地がありました。こう言っちゃなんですが、奥さんが早く亡くなられたことで、総合病院も建てられたし、須藤さんも融資を受けられたってわけですよね」

佐々木が不謹慎に笑う。ピンクに近い色白の膚が、酒でほんのりと赤くなるにつれて、舌の方も滑らかになったようだ。

佳那が手洗いに立った時、佐々木が酒を勧めながら囁いた。

「あの子ですか？　須藤さんがご執心なのは？」

どうやって須藤に近付いたか、という経緯は話してあった。

「ええ、まあ」

「可愛い子じゃないですか」

佐々木がにやりと笑ったので、望月は牽制（けんせい）するために、打ち明けることにした。

「実は、結婚しようかと思ってるんですよ」

「おお、そうですか。つまり、今度の件は復讐というわけですね」

「いや、そういうわけじゃ」

望月は、佐々木の下世話な勘の良さに怯んだ。

「わかりますよ。あの子なら可愛いし、気も利くし、いい嫁さんになると思います。羨ましいなあ。銀行なんか、ちょっと可愛い子に手を出したらおしまいですから」

「おしまい？」

「女性行員は皆、支店長のものですよ」

「支店長のもの？」

ハーレムを想像した望月は素っ頓狂な声を出した。

「つまり、結婚も支店長が差配するんです。おまえは誰と付き合えとか、おまえには誰が向いてるとか。ほんとですよ、なんせ殿様ですから。私たちなんか、家来です」

「家来なんて嫌だなあ」

望月は、我が身に置き換えて嘆いた。

「私の妻は、支店長の紹介ですから、断れませんでした」

「そういうものですか」

「だから、男はみんなこっそり浮気します、バレないように」

佐々木がこともなげに言うので、望月はびっくりした。自分など、本当に幼稚で、世間知らずの若造だと思う。

「あのう、殿様にはなかなかなれないものですか？」

望月が思い切って訊くと、佐々木は一瞬むっとした顔をした。俺なんかにストレートに訊かれてさすがに色に出たのか、と望月は反省した。が、佐々木は如才なく答える。

「そら、出世すればなれますが、銀行の場合、四十歳でほぼ道は決まりますから」

「佐々木さんは？」

「私は渦中です。だから、望月さんと組みたいんですよ」

その時、佳那が戻ってきたので、佐々木は口早に付け加えた。

「望月さん、今度は二人だけで、病院長を攻略するための作戦を練りましょうよ」

「ぜひ、お願いします」

望月も頭を下げた。福岡中央総合病院を足がかりに、成功への階段を上るつもりだ。佐々木と別れた後、望月は思い切って佳那に言った。

「ビール買って、佳那の部屋で飲んでもいいか？」

佳那は少し考えていた様子だったが、「少しならええよ」と承知してくれたので、望月は勇んでタクシーを停めた。

「ちょっと贅沢やない？」

佳那がたしなめたが、望月は佳那の柔らかな腕を取った。

「経費で落ちるんだから、どうってことないよ。みんなやってるよ。浅尾さんだって、佳那を除け者にして、経費で遊んだらしいじゃないか」

一瞬、佳那が不快そうな面持ちになるのがわかった。佳那が契約を取って以来、フロントレディの間で、佳那を仲間外れにする動きはますますエスカレートしていた。そのことを思い出したのだろう。

「俺は佳那の味方だよ」

急に佳那が愛おしくなって、望月は佳那の手を握った。佳那が振り払わないのをいいことに、タクシーの中でもずっと握っていた。

佳那のアパート近くでタクシーを降り、まだ開いていた酒屋で缶ビールとつまみを買った。その袋をぶら下げて、佳那と手を繋いで夜道を歩くと、どう見ても自分たちは恋人同士だろう、と嬉しくなる。

「そういや、お姉さん、どうした？」

今、思いついたかのように、佳那に訊ねる。

「うん、あれから何度か話しよう。元気そうで、よかった。赤ちゃん、可愛いて。だから、今度、赤ちゃん見に行こうて思うて」

「お姉さんの結婚した人って、どんな人なのかな？」

佳那も気になるのか、少し声音が低くなった。

「加賀さん？　やっぱり、あの病院のレントゲン技師やった人で、姉のことで奥さんと揉めて、やっと離婚したって。それで奥さんにも恨まれとって、姿ば隠さざるを得んかったみたい。奥さんのとこは、子供がいなかったって」

「須藤はどうなんだよ」

佳那が少し躊躇った後、眉を顰めて言う。

「須藤さんのことも怖がってた」

「何かされたのかな？」

「そげなことはなかったみたいだけど、須藤さんが必死に行方ば捜しとるっていう噂は聞いとうみたい」

「何で行方を追ってるんだ」

「プライドが傷ついたんやなかろうか」

「プライド？　あいつにそんなものがあるのかよ」

望月は吐き捨てた。が、果たして、自分にもプライドというものがあるのかどうか。プライドというものの実体がよくわからない。

アパートの部屋は、まだ日中の暑さが籠もっていた。佳那は照明を点けた後、急いで窓を開けた。

「空気入れ替えたけど、まだ暑かね」

確かに、部屋の空気はむっとしている。が、ほんのりと部屋に漂っている匂いは、佳那のリンスの香りか。望月はその残り香を嗅いで言った。

「俺がクーラー買ってやるよ」

佳那が驚いて振り向いた。

「望月さんが買うと？」

「うん、今度のことで報奨金かなんか出るだろうから、それで買ってやる」

もちろん、クーラーの付いた涼しい部屋に、自分も通うからだ。

「やったら、引っ越した方がよか」

今度は、望月が驚く番だった。佳那がまるで自分を試すように、腕組みをしてこちらを見ていた。

「引っ越す？」

「うん、フローリングのマンションに引っ越したかて思うとった。クーラーも付いとう部屋やったら、ちょうどいいけん」

「俺も金出すよ。そしたら、来てもいい？」

「いいよ」

佳那がこともなげに言って、冷蔵庫にビールを仕舞いはじめたので、望月は電話の載っているタンスの上を覗き見た。一週間前と同じように、美紀の住所と電話番号が書かれたメモ用紙が、そのまま残っていた。

第二章

フィーバー

1

しとしとと秋の雨が降っている。午後には止むという予報だったのに、一向にその気配はない。部屋を訪ねてきた水矢子が窓際に立って、レースのカーテン越しに外を眺めている。少し遠くに、雨に煙る博多駅が見えるはずだ。

「博多駅が見えるやろ？」

佳那は、水矢子の後ろ姿に話しかけた。

「ええ。駅の裏側を見たのは初めてです。すごく便利なところですね」

水矢子が振り向いて微笑んだ。土曜日なので、会社の帰りに寄らないか、と佳那が誘ったのだ。水矢子は喜んで承知したので、二人で駅前の店でチャンポンを食べてから、アパートまで歩いてきた。

「うん、前のアパートより、駅に近くなったけん」

佳那はラジカセのスイッチを入れて、水矢子に訊ねた。

「みやちゃん、何か聴く？」

水矢子が黙って頷いたので、ラジカセの横に積んであるカセットの中から、適当に選んでかけた。佳那は洋楽が好きで、自分でエアチェックをして、カセットを編集する。

ホイットニー・ヒューストンの澄んだ声が響き渡ると、水矢子が楽しそうに小さな声でハミングした。

「このお部屋、素敵」

水矢子が、部屋の中をぐるりと見回して褒めた。

築三年の1LDK。八畳のリビングと、四畳半の寝室。エアコンも付いて、床はもちろん佳那が憧れていたフローリングだ。家賃は八万円で、以前暮らしていたアパートの二倍はする。

「マンションにしたかったっちゃけど」

「ここなら、マンションみたいなもんじゃないですか。うちなんか狭いから、何もかも羨ましいです」

「まあ、マンションは次の段階やね」佳那は笑って、水矢子に椅子を勧めた。「みやちゃん、座って」

「はい」

窓辺に置かれた白木のテーブルを挟んで、佳那と水矢子は、まるで新婚夫婦のように向かい合った。

佳那が、西陽の射す暑い部屋から引っ越したのは、八月の終わりだった。その部屋から持ってきたのは、冷蔵庫とテレビ、洋だんすと食器と布団、そしてミニーマウスの縫いぐるみを二体だけ。丸い折り畳みテーブルは、棄てた。代わりに、このテーブルセットとベッドを買った。いずれは、白い鏡台も欲しいと思っている。

引っ越し費用の全額と、家賃の半分は、望月が出してくれた。望月は須藤の投資をしながら、自分も株を買い、儲けている。

望月のアドバイスに従って佳那も株を始めたが、少額の投資なのでそうは儲からない。その点、望月は大胆なので、いずれ投資は全部、望月に任せてしまおうかと思い始めている。

「フローリングって、憧れです。私も東京に行ったら、こういうお部屋に住みたいけど、無理でしょうね。東京は家賃高いですものね。きっと四畳半ひと間だわ」

水矢子が溜息混じりに言う。

「でもね、みやちゃん。手に入れようて思えば、手に入れられるもんばいって、仕事して初めてわかったわ」

強い口調で佳那が言うと、水矢子は少し複雑な顔をした。

「それは小島さんだから、ですよ」

「そんなことなかよ。誰でもできるとよ」

「いや、小島さんと望月さんは特別ですって」

水矢子が首を振って断言する。

「確かに、望月さんは遣り手やけどね」

佳那は認めた。

「ええ、望月さんは本当にすごいですよ。あっという間に、一番ですものね。失礼だけど、あんな優秀な人だと思ってもいませんでした。私、無礼なことばかり言って、望月さん、怒ってませんでした？」

「まさか。みやちゃんには点が甘いけん」

佳那は、余裕を見せて笑った。望月は、七月に須藤から一億の契約を取って以来、父親の病院長にも近付いて、五億の契約を取った。さらには、病院長親子からの紹介で、次々と新しい取引先を開拓している。今や望月が、萬三証券・福岡支店の売り上げナンバーワン営業マンである。本社でも、「福岡支店の望月」という名は有名になったと聞く。

ナンバーワンになった途端、望月は経費をおおっぴらに使えるようになったし、吉永に怒鳴り上げられることもなくなった。寮でも、嫌がらせのようなしごきはぴたりとなくなり、支店長と課長の会食にも誘われるようになった。

不思議なもので、望月がナンバーワンになると同時に、恋仲と見られていた佳那も一目置かれるようになった。浅尾らから、不当な嫌がらせを受けることは最早ない。

「そう言えば、浅尾さん、今年いっぱいで辞めるんやてね」

佳那がふと思い出して呟くと、水矢子が驚いたように佳那の顔を見た。

「えっ、ほんとですか」

水矢子の驚きには、なぜ佳那が知っているのか、という疑問も含まれているようだ。

この情報は、望月からもたらされた。望月は、吉永や先輩たちに誘われて、よく飲みに行くようになったから、事情通の誰かから聞いたのだろう。

「望月さんから聞いたけん、まだ内緒で頼むわ」

「はい。でも、どうしてですかね？　浅尾さん、この間、中ファンの新規取ったとか聞きましたよ」

水矢子が首を傾げる。

「さあ、何となく働きにくくなったんと違うやろか。もう三十になるって聞いたし」

佳那は、望月から内情を聞いていたが、曖昧に誤魔化した。

望月の話では、支店長の行きつけの店で、浅尾が支店長と大声で喧嘩をしたとか、廊下で涙ぐんでいたとか、男性社員の間では、二人の関係はもう終わりだろうと、とかくの噂になっているらしい。

その話をした後、望月は、『不倫なんかするからだよ。人の亭主に手を出したんだから、責任取ればいい』と吐き捨てるように言った。

その口調から、望月は不道徳な女が大嫌いなのだと佳那は思い、ふと姉の美紀のことを思い出したのだった。最近、美紀に電話をしても、誰も出ないので気になっていた。そんなことを思ってぼんやりしていると、水矢子が気の毒そうに言った。

「浅尾さんが頑張ってくれれば、女性社員ももっと長く働こうと思うのに、辞めちゃうなんて、残念ですね。三十歳って、うちのフロントレディさんの中では、最長不倒距離じゃないですか」

「でも、支店長と仲がいいってことで、これまでいい目におうたんやけん、リスクも負わなならんやろ」

佳那がきっぱり言うと、水矢子が反論した。

「そうですけど、辞めるのは女の方だと思うと、何か理不尽な気がします。浅尾さん、あれだけ噂を立てられると、今さら別の男性社員と結婚というわけにもいかないでしょうし」

「うん、それは確かに理不尽や」

水矢子に真面目な顔で言われると、佳那も認めざるを得ない。男性社員たちは、浅尾が支店長と付き合っている頃は、支店長の顔色を窺いながら、浅尾を持ち上げていた。が、支店長とうまくいかなくなったようだと見ると、掌を返して、陰で悪口を言うのだった。

「妻子ある男と恋愛なんかしたら、つまらんこつになるってことやろね」

佳那が結論づけると、水矢子がくすりと笑った。

「小島さんはいいですよね。ナンバーワンの望月さんと結婚するんだから」

「あっちが土下座して頼むけん、仕方なか」

佳那はふざけて言った。水矢子が白い歯を見せて笑う。

「何だか、小島さんは強くなりましたよね。もともとはっきりしてる人だけど」

水矢子に言われて、佳那は驚いて聞き返した。

「うち、変わった？」

「ええ、何か自信が漲(みなぎ)ってる感じで、カッコいいです」

自分では気付かなかったが、確かに佳那は望月とともに変質しつつあるような気がする。望月の成功が自分にも影響して、頑張れば何でもできるような全能感があった。

その時、ケトルの笛がピーと鳴った。佳那は立ち上がり、赤い琺瑯(ほうろう)引きのケトルから、紅茶葉の入ったポットに湯を注ぎ入れた。ポットは、ディズニーの白雪姫のイラスト入りだ。

「そのケトルもポットも可愛い。何もかもが、独り暮らしの理想ですね」

水矢子は話題を変えるために、褒めたようだ。しかし、佳那は強引に元の話に戻した。

「やけんね、今は望めば手に入る時代なんやて思うと。手に入るなら、入れな。今のうちばい、みやちゃん」

水矢子が反発するように佳那の顔を見た。

「何を手に入れるんですか？」

「お金」

「ま、私たちの仕事って、そういう仕事だからわからないでもないですけど」

「みやちゃんは欲がなかばい」

日経平均株価は二万に近付こうとしていたし、地価も値上がりを続けていた。その辺の主婦や学生までが、株に興味を持つ時代になりつつある。

「私は身の丈に合ってればいいんです」

水矢子がぽつんと言う。

「そうかな、みやちゃんの身の丈って何？　高う望んで、高う得た方がよかよ」

佳那はそう言い切って、ふたつのマグに代わる代わる紅茶を注いだ。マグも、ポットとお揃いだ。来る途中、水矢子が買ってくれたショートケーキを皿に移し、フォークを添えて盆に載せる。

「はい、ケーキ」

水矢子がケーキを見て、胸の前で手を叩く仕種をした。

「美味しそう、頂きます」

生クリームの山を崩さないように、注意深くスポンジにフォークを入れながら、水矢子が訊ねる。

「小島さんも、株をやってるんですか？　会社にはばれないですか」

「奥の手があるんよ。今、株はどんどん値上がりしとうやなか。買わな損する」

佳那は生クリームをすくって、口に入れた。

「どこの銘柄ですか？」

「何買っても値上がりするけん。でも、望月さんが勧めるのは、青井建設とソニー」

「青井建設？」

紅茶をひとくち飲んだ水矢子が繰り返した。

「私はよく知らないけど、急成長しとるらしいの。玄人はみんな買ってるって」

「そういう情報って、どこで知るんですか？」

「よく知らないけど、銀行の人に聞いたり、あちこち駆け回っとる」

「あのう、ちょっと聞いてもいいですか？」

水矢子が遠慮がちに言う。

「ええよ、何」

「小島さんは、ここで望月さんと暮らしてるんですか？　でも、望月さん、寮生活ですよね？」

佳那は驚いて息を呑み、それから噴き出した。

「みやちゃん、言いにくかこと、はっきり聞くね」

「すみません」水矢子が赤面した。

「望月さんは、ここに週末来るだけや。今日はまだ仕事しとるけど」

「結婚はいつするんですか?」

「来年の春先にしようって言いよう。そして一年、この部屋で暮らしてから、東京に行くと。みやちゃんの受験に合わせて。望月さん、東京本社の国際部に異動を希望するんやて」

「じゃ、私も勉強しなくちゃ」

「そうよ。頑張って東大入りな」

「まさか」

水矢子が顔を顰めた。

洋だんすの上に置いた固定電話が鳴った。電話は、会社で使っているようなクリーム色のプッシュボタン式だ。

「電話もお洒落ですね」

ちらりと見た水矢子が電話機を褒める。

佳那は、美紀からの電話ではないかと、慌てて出た。佳那が部屋にいる週末にかかってくることが多かったからだ。

「もしもし」

「あ、俺」

望月からだった。

「うん、どうした？」

当てが外れた佳那は、平静な声に戻る。

「今日、一緒にご飯食べようって約束してたけど、これから佐々木さんと打ち合わせだから、遅くなるよ。先に寝てて」

「寮に帰らないの？」

「帰れるかよ、あんなとこ」そう言って、電話は切れた。

佐々木と一緒なら、多分、酔って帰ってくるだろう。そして、日曜は疲れたと言って、昼まで寝ている。望月は佳那が早起きして洗濯や掃除をするのを嫌がるから、付き合わざるを得ない。

恋人同士なのに、どこか望月に譲っているのは、望月が半分金を出しているという弱みもあるのだろうか。

「望月さんからですか？」

水矢子が、半分腰を浮かせて訊ねた。

「大丈夫。遅くなるって」

「そうですか」水矢子が座り直して笑った。「何かもう、ご亭主みたいですね」

「ほんとやね」

「あ、雨が上がりました」窓を振り返った水矢子が声を弾ませる。「私、そろそろ失礼します。

今日、全自動洗濯機を見に行くんです」

「これから？」

「はい、母も仕事だから」

望月に止められたのにも拘わらず、水矢子は母親のために、全自動洗濯機を買うつもりらしい。

「ボーナスの時じゃなかったのね」

水矢子が帰り支度をしながら、恥ずかしそうに言った。

「お金が足りなかったので」

水矢子が帰った後、佳那は美紀に電話をしてみた。だが、相変わらず留守番電話に切り替わってしまうのだった。

「佳那です。お姉ちゃん、元気？　最近、いつ電話しても留守電だから、ちょっと心配してます。これ聞いたら、折り返し電話ちょうだい」

佳那は留守電に吹き込んで、溜息を吐いた。

望月が佳那のアパートにやって来たのは、午後十時を少し過ぎていた。

佳那は風呂を使い、もう寝るだけという、くだけた格好でテレビを見ていた。ノックの音を聞いて、望月の来訪は真夜中になると思っていたから、どうしようか迷った。真夜中だったら部屋に入れるのは断ろう、と決意していたからだ。

恋人同士だからといって、食事の約束を反故にされた上に、夜中の来訪まで許したくはないという意地がある。十時は、ぎりぎりの妥協点だ。

望月と本格的に付き合い始めたのは、佐々木と三人で会った日の夜のことだ。かれこれ二カ月近く前になる。

佳那のアパートの部屋で、望月とビールを飲み交わしている時のことだった。丸いテーブル越しに、急に左の二の腕を摑まれた。

「白くて綺麗な腕だね」

望月の右手が、佳那の二の腕の柔らかな部分をふんわりと摑んでいる。

「やめてよ」

笑いながら振り解こうとしたが、望月は離さなかった。

少しじっとしていると、感に堪えたように言った。

「頼むから、このまま触らせて」

「ほとんど筋肉なんかないんだな。骨と筋と柔らかな肉しかない。うまそうだ。女って、信じられない生き物だな」

「女の腕に触ったことないの?」

「ないよ、佳那ちゃんが初めてだ」

「お母さんの腕は?」

「オフクロ?　あるわけないよ」望月はそう呟いて、薄く笑った。「だけど、この腕を須藤が摑んだわけだろ？　頭にくるよな」

今度は、望月の左手が右の腕も摑んだので、佳那は両腕の自由を奪われた。が、二人の間には、デコラ張りの丸いテーブルがある。

「ちょっと、望月さん。何するの」

佳那が笑うと、望月が真剣な顔で言った。

「俺と結婚してよ、佳那ちゃん。頼むから。こんな台詞、恥ずかしくて言えないと思ってたけど、思い切って言うよ。俺と結婚したら、金には絶対困らせないし、佳那の望むことは何でもする。きっと幸せにするからさ。結婚してくれ。この腕が手に入るのなら、俺、何でもするよ」

佳那はあまり躊躇せずに頷いた。望月の全身を包む上昇気流のようなものの熱と量に魅入られていた。

「食事どうした？」

一緒に夕食を食べる、という約束を破ったことが気になっていたのだろう。望月は、ドアを開けた佳那の顔を見るなり、開口一番、こう訊いた。

「適当に食べた」

「何食べたの」

「やけん、適当に食べたって言いようやなか」

そう答えた佳那は、自分がかなり不機嫌だと初めて気付いた。

望月が真っ先に謝ろうとしなかったからだ。

だが、望月は佳那の様子に気付かないのか、安心したように頷いている。

「そうか、ならよかった」

お目出度い男だ。よかったじゃないよ、と内心抗う。

買い物に行くのが面倒だから、買い置きのマルタイラーメンで済ませたのだ。土曜の夜のデートを楽しみにしていたのに、こんなパジャマ姿で一人テレビを見ているのが癪だということが、なぜわからないのだろう。

佳那は焦れる思いなのに、望月は靴を脱ぎながら一人で喋っていた。

「いやあ、会社から出ようと思ったらさ、突然、佐々木さんから電話があって、紹介したい人がいるから、一緒に飲もうよって言うんで、断り切れなかったんだ。でも、よかったよ、行って。すごい人に会わせてもらった。俺一人だったら、永久に会えない人だ。佐々木さん、遣り手だよ。どんどん人脈を広げてもらって、本当に感謝してる。あの人は、本物の同志だよ」

興奮醒めやらぬ様子だが、相変わらず佳那に謝る気配はない。

佳那は、望月のこういう自分勝手で無神経なところが気に入らない。

「利害が一致してるからやろ」

「それは佳那と一緒だよ」

自分とは、愛情ではなく利害が一致しているから同志なのか。佳那は一瞬、望月の発想に疑念を抱いた。

「私とは利害?」

「冗談だよ」

望月はからかいに成功したことを喜ぶように、へへっと笑った。

「で、何ば食べたと?」

腕組みをしたまま訊ねる。

「中洲(なかす)で鮨食った。佐々木さんの行きつけの店だって。白身がうまかったよ。あと、酒もよくてね。ああいうの食べてると、寮の丼飯なんか食えないな」

「ふうん、白身ね」

「うん、平目とか」

「へえ、よかね」

佳那は曖昧に答えて、テレビに向き直った。十インチの小さなポータブルテレビの画面では、中森明菜が歌っている。

数カ月前まで、望月は福岡の鮨屋のカウンターに座ったことは、一度もなかったはずだ。が、今は一丁前に、一流の鮨屋に出入りするようになったのか。わずか数カ月間に起きた変化である。もちろん、この夏は、自分も望月に誘われれば、須藤に連れて行ってもらったような、高級なフレンチレストランや有名店にも行く機会はあった。しかし最近、望月がまるで自分を囲い込むようにしてアパートに置きざりにし、佐々木との会合から外すようになったのがどうにも気に入らない。

「そのすごい人って誰？」

「建設業」

望月は詳しく言おうとしない。

「有名な人なの？」

「ウォーターフロント関係」

望月は勿体（もったい）ぶって、なかなか言わない。それとも、本気で告げる気がないのかもしれない。

「何でうちも呼んでくれんの？」

画面に目を置いたまま、佳那は仏頂面で訊ねた。

望月は自分の家よろしく、寛（くつろ）いだ表情でジャケットを脱ぎ、ハンガーに掛けたところだ。鴨居にハンガーを引っ掛けてネクタイを緩めながら、佳那の質問に驚いた顔で振り向いた。いつの間にか、ネクタイの数も倍以上に増えたし、スーツももう一着作ったばかりだ。佳那の部屋にも置いてある。

「男同士の話だからだよ」

「男同士？　うちも萬三証券の社員や」

「そうだけど、佳那が来たら、佐々木さんも話せなくなる」

それを聞いた佳那は、テレビの音量を絞って望月に向き直った。

「どうして」

男たちが自分を抜きにして、密談を交わしているのが気に入らなかった。

「だって、秘密の情報ばかりだもの。そんなもの聞きたいか？」

望月はワイシャツを脱いで、ランニング姿になった。むっとした佳那は、その姿を横目で見て罵った。

「昭ちゃんの下着、カッコ悪いよ。若い人は、ワイシャツの下に白いＴシャツ着とう」

あたりちらしていると思うけれども、自分だけ仕事をしてきたような顔をして、興奮している望月に腹が立った。望月は下着を貶されても、平然としている。

「ともかく、女は知らない方がいいようなことばかりだよ。てか、知ったところで客の欲望に合わせることができないだろう」

佳那は答えなかった。男たちが話していることは、だいたい見当が付く。標的になった客の含み資産はいくらで、担保が付くからどれだけ引き出せるかとか、その人間の弱みは何かだの、客の品定めばかりだ。品定めした後は、客からめいっぱい金を引き出すために、どんな汚いこともするし、どんな情報も利用する。

望月は、須藤から一億引き出した後、うまく運用してすぐに殖やすことができた。その実績でもって父親を紹介してもらい、今や福岡中央総合病院のマネーコンサルタントよろしく、須藤親子に食い込んでいる。

望月が冷蔵庫を開けようとして、何か思い出し笑いをした。その様を見て、佳那はむかっ腹が立った。

「昭ちゃん、うちにも全部話してくれんのなら、もうここには来んで。佐々木さんと同志なら、うちは何と？」

冷蔵庫から缶ビールを出して、プルトップを開けた望月は、慌てた様子で振り向いた。

「何が気に入らないの？」

「あんたの秘密主義」

「別に秘密じゃないよ。佳那が聞いたら、不快だろうなと思うことがたくさんあるからだよ」

「つまり、耳を汚したくないってこと？」

「そうだ」

「例えば？」

「そうだな。真面目一方の須藤病院長が、実は天神のガールズパブの女の子にご執心だとか、そんなことだよ」

望月が可笑しそうに言うので、さすがに佳那は驚いた。

「あの須藤先生のお父さんが？　もう七十歳近いやろ？」

「うん、男なんだよ」

「信じられない」

「俺は信じられる。結核研究の第一人者だって、男なんだから、そんなもんだよ。その女の子と会わせてやる算段をするから、ここは五千万とか、そんなこと佳那は言えるか？　言えないだろう。あまりに馬鹿くさくて。でも、それができるのが俺たち証券マンと、銀行屋なんだよ。女はそこが問題だって言われるんだ」

佳那は絶句した。

「それは確かにできないけど、うちだってフロントレディなんやけん、そげな情報は知りたか。そもそも、須藤さんはうちん客やったんやなか」

「まあ、そうだけどさ。今はもう、俺の客だよ」

望月が、わざと自分だけの手柄のように言うのが、気に喰わなかった。

「酷い」

「何言ってる。佳那の代わりに復讐してやったんだ」

望月が悪ぶって言うのが気に入らない。

「恩着せがましい。どうせ証券会社なんて、汚か話ばっかりやなか。客ば欺してばっかり。得させても、損させても、売り買いが生じれば手数料が入るやろ。勝手に運用しとる人だっているやなか。吉永課長なんか、若い時に客の郵便受けの前で待っとって、運用報告書ば破り捨てたって聞いたと」

「ああ、有名な話だな」と、望月が頷いた。

損をさせたことがひと目でわかる運用報告書を、ポストの前で配達を待ち、客が目にする前に萬三証券からの封筒を破り捨てたというのだ。明らかな違法行為だが、またその客に儲けさせれば、そんなことも見逃してくれると舐めている。

「昭ちゃんも、それと似たようなこつやりようんやろ?」

「破ったことはないけど、これから、似たようなことはするかもしれないな。でないと、ノルマなんて果たせないじゃないか」

望月が真剣な顔で反論した。

「ノルマが果たせなかったら、一目置いてもらえない。俺は、こんな地方の支店で終わりたくないんだよ。本店の国際部を狙ってるんだから。それには、一億程度の客なんかどうってことない。百億出す客を摑まえなきゃならないんだよ」

「そげな人おる？　この福岡に？」

「いるよ」

望月が得意げに笑ったので、佳那は望月の目を覗いた。

「今日会うた建設業の人？」

「まあ、そうだな。その人はまだ超A級ではないかもしれない。でも、そこから、順繰りに近付いていくんだよ。本物の大金持ちに。超A級、超弩級の客に。そいつを摑まえたら、俺たちはモナコで暮らせる。モナコだぞ、モナコ。ニースでもいい。ヨット買おうぜ、佳那。こんな狭いとこ飛び出して、外国で暮らそうよ」

望月が自分で話しているうちに興奮してきたらしいので、思わず佳那は笑った。どうしようもないお調子者だが、望月の発する熱い上昇気流が自分も好きなのだった。

「あ、佳那が笑ってくれた。佳那、大好きだよ」

望月が佳那を立たせて、後ろから抱きついた。

「酒臭い」

望月の体から、酒の匂いが立ち上っている。佳那が振り払おうとすると、望月が逆に強く抱き締めた。

「高い酒の匂いだから、いい匂いだろ」

「でも、経費で落としたんやろ？」

佳那が振り向いて笑うと、その目を覗き込んだ望月が平然と言った。

「当たり前だ。会社のために奴隷みたいに働いてるんだから、経費を使わなきゃ割に合わない。経費を使いまくってやる。手張りしまくってやる」

手張りとは、インサイダー取引の規定があるため、同居していない親族や、親しい友人の名義を使って、証券会社の社員が株取引をすることだ。望月も佳那も、両親の名義を勝手に借りて株取引をしていた。

「あ、手張りで思い出した」

佳那は、望月の手を解いて、振り返った。自分の腕の中から抜け出てしまった佳那を、望月が残念そうに見た。

「お姉ちゃんに何度電話しても出らんの。ちょっと心配なんやけど」

望月は首を傾げた。

「たまたまだろう。気にすることないよ。もともと駆け落ちして連絡しなかったり、気儘な人じゃないか」

佳那は恨めしい思いで、望月の顔を見上げた。こういうところが物足りない、いや、情がない、と思いながら。

「明日、お母さんに電話して聞いてみようかな」

「それがいいよ。お母さんなら知ってるよ、きっと」望月が佳那の腰をまた後ろから抱いた。

「佳那、今日、泊まっていい？」

「いいけど、お昼まで寝るのは嫌や。洗濯やらクリーニングやら、用事がたくさんあるけん。それと、岩田屋にあった白い鏡台を買おうと思ってる」

「わかった。早起きするよ」

それは今日の食事と同様、反故にされるだろうと佳那は思ったが、黙っていた。


毎朝、六時半に起きる習慣なので、休日でも一度は目が覚めてしまう。薄明かりの中、佳那は枕元にある目覚まし時計を見た。

やはり、六時二十五分だった。せっかくの日曜に早くから目が覚めると、損をしたような気になる。隣から、規則正しい寝息が聞こえてくる。たるんだランニングシャツを着た望月が、背中を向けて眠っていた。昨夜、癪に障って貶してやった野暮ったいランニングシャツだ。

自分は本当に、この男と夫婦になるのだろうか。佳那は心の中で呟いて、望月の背中を眺めた。駆け落ちした姉のように、熱烈に恋をしてはいない。と言って、成り行き任せというほど、意思がないわけでもない。ただ、望月と一緒だったら、思い切り駆け抜けられるような気がするのだった。どこに向かうのかは、わからないけれど。

佳那は、窓の方に目を向けた。ペパーミントグリーン色のカーテンから、清潔な朝の光が透けている。それが自分たちの輝かしい未来のような気がして、見とれている。

自分たちが向かう先は、望月が憧れるニースかもしれないし、モナコかもしれない。が、海外旅行未経験の佳那には、写真でしか見たことのない異国など、ピンとこなかった。ともかく終点など決めずに、ここではないどこかへ行きたい。福岡から東京へ、東京からスイスへ、スイスからどこかへ。

いつでも、どこか行く先々を夢見て暮らしたいのだ。株価も地価も値上がりを続ける右肩上がりのこの時代なら、それができるような気がするし、また望月と一緒にいれば可能だとも思えた。

佳那が起きている気配を察したのか、望月が身じろぎした。背中を向けたまま、くぐもった声で佳那に訊く。

「もう起きるの？」

「ううん、二度寝する。習慣で起きてしもうた」

「俺も習慣で目が覚めた。もうちょっと寝ようよ」

望月がくるりとこちらを向いて、その長い腕を佳那の首の下に差し込んだ。首と肩から望月の体温が伝わってくる。佳那は腕枕されたまま、目を瞑(つむ)った。

日曜は掃除して、洗濯して、買い物に行かなければならない。休みは一日だけだから、忙しい。

望月は約束通り、一緒に起きてくれるだろうか。起きなかったら、叩き起こしてやる。

そんなことを考えているうちに、いつの間にか眠っていた。そして、目覚まし時計がしつこく鳴る夢を見た。夢の中で佳那は、今日は日曜だから眠りたいのにどうして、と憤っていた。

「電話鳴ってるよ」

望月の声で気が付いた。時計を見ると、八時半だ。

昨日の午後、留守電を入れたから美紀かもしれない、と佳那は慌てて起き上がった。ベッドから下りてリビングに行き、洋だんすの上に置いてある電話を取った。

「もしもし」

「もしもし、佳那？」

意気込んで出ると、果たして美紀からだったのでほっとした。

「お姉ちゃん」

しかし、美紀は外にいるのか、周囲がざわざわとうるさく、声も低くて聞き取りにくかった。

「お姉ちゃん、どうしてたと？　電話かけたっちゃ出らんけん、心配しとった」

「うん、ごめん。うちの人が仕事先変わったけん、引っ越しせならんの。それで忙しくしとった」

引っ越しと聞いて、佳那の眠気が一気に醒めた。つい、この間、娘が生まれたという目出度い話を聞いたばかりだというのに、美紀の声は暗く沈んでいる。

「どこへ引っ越すと？」

「言わないでおく」

驚いて、つい声が大きくなる。

「何で？」

「あんた、うちらのこと、誰にも喋っとらんよね」

美紀が念を押すように言う。

「もちろん」

「須藤先生にも？　須藤先生から連絡きたって言うてたやろ」

佳那は一瞬、迷った。須藤が美紀を探していることを知っていたにも拘わらず、自分と付き合っている望月が須藤親子に食い込んで、よい顧客にしていることを言うべきかどうか。

だが、須藤には、美紀のことは一切喋っていない。だから、関係ないだろうと思い、言わないことにした。

「当たり前ばい。中国ファンドを売りつけただけや」

「本当にそれだけ？」

「それだけや」

「ならいいけど、あんたにしか住所は教えとらんのに、変な人が来て嫌がらせされたけん」

佳那は驚いて、大声を上げた。

「変な人って誰？」

「わからん」

「どげん嫌がらせ、されたと？」

思わず寝室の方を窺った。

望月はまた寝てしまったのか、しんと静まり返っている。

「変なヤクザのような人が二人、うちに来たとよ。おまえたちが幸せにならんように、これからも見張っとうって言われた。怖かった」

「何でお姉ちゃんが脅されるの？　わけわからん」

「うちもわからん。うちの人が勤めとる病院にも来て、あげんヤツば雇うなってすごんだっちゃ。迷惑かくるけん、辞めて別の病院に行くことにした」

「加賀さんの奥さんの関係じゃなかと？」

「違う。すぐにうちの人が電話して聞いたら、いくら何でもそげんことはせんって怒られたって」

「だからって、そうやなかとは限らんやない。お姉ちゃんたちのこつ、恨んどるんやろ？」

「でも、ヤクザ者なんか雇うような度胸のある人やなか。普通の主婦やもん。子供も二人おるし」

「子供がいたの？」

初耳だった。姉の相手が、妻子を捨ててまで一緒になったとは思いもしなかった。

「そうや」美紀の声も沈んでいる。

「いくつくらいの子？」

「そげんこつ、どうでもよか」

苛立っているのか、美紀が声を荒らげた。

「ごめん。ともかく、うちは知らんけん」

「わかった。朝からごめんね、こげん話で」

「よかよ。心配やから、住むとこ決まったら、また連絡して」

「いや、しばらくせんと思う」

美紀の返事は意外だった。佳那は、自分が疑われているのかと思うと心外だった。

「お姉ちゃん、私、本当に喋ってないからね」と、念を押す。

「うん、わかった」

元気のない小さな声が聞こえただけで、電話は切れた。

佳那は、しばらく受話器を握って立っていたが、カーテンを開けていないことに気付いて受話器を元に戻した。リビングのカーテンも、ペパーミントグリーンで揃えてある。

カーテンを引くと、レースのカーテン越しに、博多駅が見えた。青空の広がる、美しい初秋の朝だ。だが、佳那の気分は暗かった。たった一人の姉に疑われていることが、衝撃だった。

「どうした？」

望月の声に振り返ると、リビングの入り口に望月が立っていた。ランニングシャツとトランクスという格好で眠そうな半眼、髪は寝癖で飛び跳ねている。

「お姉ちゃんが電話くれた」

「そうらしいね。聞こえたよ」

望月がテーブルの上に置いてある煙草の箱から一本くわえて言う。ライターで火を点け、煙を吐きながら佳那の顔を見た。

「何かあったの？」

「ヤクザみたいな変な人が来て、脅されたっちゃ。やけん、引っ越すって」

そう言うと、望月の顔が一瞬歪んだように見えた。

「何て脅されたって？」

「おまえたちが幸せにならんよう、これからも見張っとうって言われたって」

望月が苦いものを噛んだかのような顔をした。

「誰がそんなことするんだろう」

「お姉ちゃんは、須藤先生やなかかって疑（うたご）うとった」

「須藤は住所知らないはずだろう。違うな」

望月が言い捨てたので、佳那の気は少し楽になった。

「そうよね」

「そうだよ」

望月は冷蔵庫の扉を開けて、佳那が買った林檎ジュースのパックを手にした。グラスに入れずに、そのまま紙パックの切り口に直接口を付けて飲んでいる。

「昭ちゃん、直接口付けんでよ」

佳那が怒って注意すると、望月が存外真剣な顔で振り向いた。

「佳那、須藤にお姉さんの住所、教えてないよね？」

「何でうちが教えると。須藤先生なんかに教えたら、危なかに決まっとうやなか」佳那は憤怒に駆られた。「昭ちゃん、うちば疑うとうと？」

「疑ってないよ。聞いただけだ。別に俺は、佳那が教えたって責めないよ。佳那のすることは、全部認めてるから」

「しとらんって言いようやろ。やったら、須藤先生に直接聞いてみようかしら」

「やめとけよ。やぶ蛇になるぞ」

望月に言われて、佳那はその通りだと諦めた。しかし、腑に落ちない話だった。首を捻っていると、望月が嘆息した。

「佳那ちゃん、腹減らない？　マクドナルドに朝飯食いに行こう。それから、岩田屋に行くんだっけ？　買い物しよう」

望月にとっては、所詮、他人事なのだろうか。佳那は、望月の情のなさに失望した。

「冷たいな。もっと真剣に考えて。うちと結婚したら、あんたのお義姉さんになる人やけん」

「そりゃそうだけど、お姉さん、神戸にいるって言わなかったか？」

「そうばい」

「だったら、警察に相談した方がいいよ。それが一番いい。俺たちは離れているんだから、何もできない」

あちこちと連絡を絶ち、不義理を重ね、駆け落ち同然で知らない土地に行った姉夫婦は、一から出直すつもりで生活を始めた。それがうまく回り始め、子供も無事に生まれたことから、やっと自分に連絡をくれたのだ。

だが、平穏な暮らしは、悪意ある人間によって破られた。この先、何度引っ越しても、脅迫者は住民票を辿って追ってくるだろう。それがどんなに怖(おそ)ろしいことか。姉の気持ちがわかるだけに、佳那の心は痛んだが自分にはどうすることもできないとわかってもいた。

2

水矢子は午前八時前には会社に着くようにしている。

営業マンたちは、午前七時頃から出勤していて、朝食の注文を聞いてパンを買いに行ったり、茶を淹れたりしなければならないからだ。

前夜、久しぶりに受験勉強に精を出したせいか、少々寝不足だけれども、水矢子の気分は爽快だった。母親が勤め先の飲み会で深夜に帰ってきたから、テレビの音量にも悩まされずに勉強ができたからだ。朝、母親は二日酔いと見えて、なかなか起きなかった。水矢子は母親の分も弁当を作って出てきた。

地下鉄の駅を出て会社に向かって歩いていると、少し先の交差点でタクシーが停まった。青いジャケットを羽織った髪の長い女が降りた。見覚えのある色だった。浅尾だ。

水矢子は足を止めて、電信柱の陰に隠れた。見てはいけないものを見ている気がした。すると、支払いをしていたのか、少し遅れて支店長が降りた。二人は少し離れて立ち、互いに周囲を見回している。会社の近くなので、出勤してくる社員の目を恐れているのだろう。よく見れば、浅尾の服は昨日着ていたものと同じだ。

支店長がちらりと浅尾を振り返った後、軽く手を上げた。だが、浅尾は拗ねたように、その視線を受けようとはせずに、横を向いたままだ。

二人が付き合っている、という噂は本当だったのだ。水矢子は、自分の目撃したシーンがにわかに信じられず、しばらく突っ立っていた。

すると、浅尾がいきなり踵を返して、水矢子の方に歩いてきたので驚いた。逃げる間もなく、浅尾と目が合う。

「おはようございます」

水矢子が仕方なく挨拶すると、浅尾がぎくりとしたように立ち止まった。

「伊東ちゃんか。早かね」

「すみません」

浅尾がバツの悪そうな顔をしているので、水矢子は思わず謝った。

「何も謝ることなか」

浅尾が胸を張るようにして言う。

「浅尾さん、会社に行かれるんじゃないんですか?」

「同じ服じゃ行けんばい、カッコ悪かやなか」

浅尾が怒ったように言うので、水矢子は首を竦めた。浅尾は水矢子の目を見ながら、なおも言う。

「男はよかばい。同じスーツでも平気なんやけん」そして、付け加えた。「支店長のことばい」

わざわざ付け足さなくてもわかっているから、水矢子は答えようがなくて俯いた。

「そげん恥ずかしがることなかよ、伊東ちゃん。今んこと、みんなに言い触らしたっちゃらよかけんね。うちらがタクシーで一緒に出勤してきたっちゃこと」

「そんなこと言えません」

「そうよね、伊東ちゃんなら言えんよね。よか子だもんね。ばってん、ほんと、言い触らして。それがうちん希望やけん」

浅尾はさばさばと言ってのけると、長い髪を左右に振るようにして、会社と逆の方向に歩いて行ってしまった。

浅尾が会社を辞めるという話を思い出し、そのまま会社には二度と現れないような気がして、水矢子はしばらくその後ろ姿を見つめていた。

水矢子が会社に着いたのは、午前七時三十分。始業時間は八時なのに、ほとんどの社員がすでに出勤していた。朝が早い営業マンはともかく、普段は始業時間ぎりぎりに出勤してくるフロントレディたちも、顔を揃えている。

水矢子はロッカーで制服に着替えて、フロアに出た。佳那の姿を目で探すと、佳那は自分のデスクで、落ち着いた様子で伝票を書いていた。視線を感じたのか、佳那が水矢子の方を振り返った。手を上げて、「おはよう」と声を出さずに笑いかけてくれた。これまでに見たことのない真っ赤な口紅をつけていて、たいそう美しく、自信ありげに見える。それが何だか嬉しくて、水矢子も胸の前で小さく手を振った。

　彰子が給湯室に向かって歩いて行くのが見えたので、水矢子は慌てて後を追いかけた。

「彰ちゃん、おはよう」

　彰子が振り向いて、のんびり挨拶を返す。

「みやちゃんか、おはよう」

「ねえ、今日、何かあるんだっけ?」

「全員集めて、ＮＴＴ株についての会議があるっていって」

「何時から?」

「八時から二十分って聞いとう」

「私、聞いてないけど、いつ決まったの?」

「さあ、うちも、さっきまで知らんかったばい。いつもより早う来てよかった」

　彰子が肩を竦めた。どうやら女性事務社員は員数外ということで、そんな会議のことなど知らされなかったようだ。

「じゃ、早くお茶を配った方がいいね」

　水矢子はヤカンに水を張る。ヤカンが大きいので、なかなか溜まらない。やっと一杯になった重いヤカンを両手で持って、ガスコンロにかける。

彰子は、吸い殻専用のバケツを持って、営業マンのいる部屋に向かった。灰皿に溢れた吸い殻を集めて回るのだ。水矢子は煙草の臭いが苦手なので、あまりやりたくない仕事だが、彰子は営業マンたちと気軽に話せるから、と率先してやっていた。湯が沸く頃、吸い殻やチューインガムの包み紙などが入ったバケツを提げた彰子が戻ってきた。

「もうじき始まりそう？」

彰子に尋ねると、彰子が首を振る。

「いや、浅尾さんが来とらんから」

「浅尾さん、まだ来てないんだ」

水矢子は今朝の出来事を思い出した。

『ほんと、言い触らして。それがうちん希望やけん』

朝、支店長と一緒にタクシーに乗ってきたことを、浅尾は皆に言い触らせと言う。しかし、水矢子には、自分がその通りにできないことはわかっていた。水矢子は、彰子に余計なことを言うまいと唇を引き結んだ。そんな水矢子の心持ちも知らずに、彰子はちらりとフロアの方を振り返った。

「うん、浅尾さんにしては珍しかね。やけん、浅尾さん待ちで、まだ始まらん」

「へえ、どうしたんだろう」

水矢子は急須に湯を入れながら、誤魔化した。

「なああ、あの噂、聞いとうやろう?」

彰子が、水矢子の肩を叩いて口早に言った。

「何のこと?」

「浅尾さんが支店長と付き合うとうってこと。有名やけん、みんな知っとうよね」

「そうなの?」

「支店長の奥さんも、鹿児島支店で窓口やってた人なんやって。やけん、奥さん、クサば放っとって、いろんな情報ば集めとうって話ばい。怖かね」

「クサって何?」

「スパイや」

「誰がスパイなの?」

「ほら、営業の古か人とか、パートのおばさんとか、いくらでもいるったい。一番怪しかは、吉永課長やて。吉永課長は、支店長が煙たかとばい」

「何で煙たいの?」

「自分が支店長になりたかんやろ」

浅尾が年内で辞めるという話を聞いたのは、佳那からだった。佳那は望月から聞いたと言っていた。そして、望月は吉永からか。浅尾を退職に追い込む包囲網があるような気がして、水矢子は浅尾が気の毒だったし、悪意ある男たちは怖い、とも思うのだった。

お茶を淹れ終わり、湯飲みをふたつの盆に分けて載せた。彰子と二人で手分けしても、全員に配り終えるには、フロアと給湯室を二往復しなければならない。

茶を配り終わったところに、美津子が呼びにきた。

「支店長が、あんたたちも聞きなさいって言いよう」

「はい」と返事しながら、水矢子は彰子と顔を見合わせた。仕方なく、フロアの一番後ろに目立たぬように立った。フロアには、浅尾を除く全社員が集まっている。九時から前場が始まるので、浅尾を待たずに、急ぎやるのだろう。

「おはようございます」

支店長の低い声が、フロアに響いた。

「おはようございます」

全社員が声を揃えて挨拶を返すと、社屋が轟(とどろ)くようだった。支店長は五十二歳。鹿児島支店の営業課長を長く務め、福岡支店の支店長に栄転したのが五年前だ。吉永がいかにも強引で遣り手の課長なら、支店長は線の細い優男(やさおとこ)で、声も小さく、証券マンには到底見えない。スーツも洒落ているし、ネクタイの趣味もいい。しかし、鹿児島時代からA級の優良顧客を数人摑んでおり、それは自分が担当して、部下には絶対に回さないので有名だった。

「NTT株のことで、連絡があります。この先は、吉永課長に説明してもらいます」

そう言って、支店長は一歩退いた。代わって、ワイシャツを腕まくりした吉永が前に出てきて、一礼した。

すると、望月がホワイトボードを引いてきて、子分よろしく、吉永の横に立った。

「望月さん、課長の助手のごたる」

彰子が小さな声で囁いた。確かに、新人なのに売り上げナンバーワンになった望月は、吉永の覚え目出度く、露骨に可愛がられているらしい。望月の澄ました顔を見て、水矢子は思わず佳那の方に目を遣った。が、佳那は真剣な表情で、メモ用紙を用意している。

「みんな、大きな山場を迎えているのはわかってるよな？」

吉永が濁声(だみごえ)で、気軽さを装って話しかけた。営業マンたちが「はい」と答える。吉永が望月に指で合図すると、望月がホワイトボードをくるりと引っくり返した。そこには、太い赤字で「NTT株戦略　NTT株の売却について」と書いてある。

「このことを説明するぞ。時間があまりないので、簡潔にやるから、みんな抜かるなよ」

吉永がホワイトボードの、「①二段階方式　②抽選」と書いてある部分をポインターで示した。

「民営化に伴って、政府保有のNTT株百九十五万株が売却されるのは、周知の事実だよな。四月から、この件では何度も会議やってきただろ？　わかってるよな？」

吉永がしつこく念を押した。望月は横で畏まって聞いている。

「で、いよいよ十月だ。夏に、十月には競争入札、十一月に売り出し、と決まったのも知ってるよな？　もちろん、周知の事実だ。それが、この①の二段階方式だ。説明するぞ。まず、一般競争入札で、適正な価格を決める。これが第一段階。そして、一般売り出しは、全証券会社の窓口での申し込み方式となる。これが第二段階。②の抽選とは、一般売り出しで予定株数を超えた場合は抽選となる、という意味だ。今回売却するのは、一千五百六十万株のうちの百九十五万株。

これは絶対に儲かる株だ。当たり前だろ、そんなの。だから、抽選になるのは必至だ。そんなの株屋じゃなくてもわかる。周知の事実だ」

　吉永は「周知の事実」という語が好きらしく、何度も言った。そのたびに、営業マンたちが大きく頷いている。

「それで、我が社の方針。いや、うちだけじゃないぞ。どの証券会社も同じだと思うが、ともかく、このＮＴＴ株を呼び水にして、客の新規開拓を図りたいってことだ。これが第一目標。手数料は安いから、とにもかくにも、株ブームを作って客を増やすことを第一義とする。わかったか？」

　吉永がポインターで、営業マンの誰彼を差した。ポインターを向けられた営業マンは、大きな声で「わかってます」と答える。

「そのためには、盛り上げる。一に盛り上げ、二に盛り上げ。三、四がなくて、五に盛り上げ。だから、とにかく、申し込み数を増やすことだ。ここにいる社員は、全員、親兄弟、親戚、友人ひっくるめて、最低でも五百人は集めろ。わかったか？　抽選になったら、その何分の一しか買えないんだから、下手な鉄砲、数撃ちゃ当たる方式だ。そうだろ？　違うか？」

「そうです」

　吠えるように、営業マンたちが返答した。まるで軍隊だ、と水矢子は呆れて聞いていた。自分にはまったく関係ない話だと思う。

「落札価格ですけど、どのくらいになりますかね」

営業マンが質問した。

「さあ、いくら何でも、三桁はいかないだろうな」

吉永が首を捻りながら答える。

「三桁じゃ、買える客も限られますね」と、誰かが言う。

「望月、おまえならどうする？」

吉永が望月に水を向けると、望月がそつなく答えた。

「私なら、消費者金融に駆け込ませても、買わせます」

その答えを聞いた吉永が破顔した。

「そうだ、そうだ。消費者金融で借りさせればいい。借りてでも買わないと損だ、と客に思わせるんだ。さすが、望月だな」

横で聞いている支店長が、にこりともせずに頷いた。

「課長、申し込み方法はどうなるんですかね」

中堅どころの営業マンが手を挙げて訊ねた。

「本人確認するものが必要ということで、住民票が必要になるんじゃないですか」

答えたのは、別の営業マンだ。

「いや、確認するのはこっちなんだから、どうとでもなるでしょう」

支店長が澄まし顔で答えると、皆がどっと笑った。

「おまえ、親類縁者の名前借りて、申し込みしろよ」

吉永が望月を小突くと、まるで漫才のように望月が混ぜっ返した。

「いや、課長。それ違法ですから」

「何言ってる。さっき支店長が言っただろう。こっちが確認するんだから、犬や猫の名前だって、ばれやしねえよ」と、吉永。

それでまた、どっと笑いが起きた。皆が一気に喋りだす。全員が一丸となって、NTT株を契機にブームを作るのだ、という熱い思いに、いや狂気に近いような熱に浮かされているようだった。

「うちもこっそり買おうかな。お父さんとお母さん、妹二人と親戚の叔父さん、叔母さん、従兄弟。全部で八人や」彰子が指を折って人数を数えている。「なあ、みやちゃんはどうする?」

「私は興味ないから買わない。第一、お金ないし」

「ばってん、値上がりがわかっとうとに買わんなんて、もったいなかやなか。借金してでも買った方が賢い」

望月も、自分に株を勧めた時、似たような台詞を言っていたと思い出す。望月は支店長の存在を意識してか、吉永課長と勢いづいて楽しそうに喋っていた。その横顔は、軽薄そうだ。

佳那は美しくて賢いのに、どうしてこんな男が好きなのだろうと、水矢子は反射的に佳那の方を見遣った。佳那は水矢子の視線に気付かずに、ぼんやりとホワイトボードと望月の中間のあたりを眺めている。

「なあ、みやちゃん。あの人に勧めたらどう?」

彰子が思い付いたように手を打った。

「あの人って誰？」

「美穂さんよ。あの人、あんたの客やないの」

確かに美穂ならば、ＮＴＴ株を喜んで買いたいと言うかもしれない。だったら、佳那の手柄にしてやりたい。そう思って、水矢子は佳那に視線を送ったが、佳那は気付かない様子だった。

「おはようございます」

その時、まるで一陣の風が吹いたかのように浅尾が入ってきた。何ごとかと、皆が一斉に振り向く。浅尾はすでにフロントレディの制服を着ていたが、髪が少し乱れて顔色も悪かった。そして、何よりも不穏な空気を纏っていた。

「会議、終わったよ」と、営業マンが告げる。

「会議って何ですか？」

水矢子は、浅尾にも伝わってなかったのかと気になった。

「ＮＴＴ株に関する会議だよ」

「そうですか、すみません。うち、支店長と朝帰りしたもんやけん」

浅尾があまりに自然に言ったので、一瞬、何が起きたのかわからなかった。その言葉を耳にした誰もが、固まったように動けない。

やがて社員の視線が、浅尾から支店長の方におずおずと向けられた。支店長は背中を向けて、吉永と何か話している最中だった。その耳に、浅尾の台詞が聞こえたかどうかはわからないが、決してこちらを向こうとしない意志だけは何となく伝わってくる。望月が支店長に何か注進すると、支店長は背を向けたままフロアを出て行こうとした。

「支店長、ご一緒しとったよね？」

浅尾の声がフロアに響いたが、支店長は何ごともなかったかのように出て行った。浅尾が水矢子の方に向き直って腹立たしげに言う。

「伊東ちゃん、さっき、うちら見たよね？　一緒にタクシーば降りたところ」

水矢子はどう答えていいかわからず、ただ棒のように立っている。

「そん時、うち言うたっちゃね？　このこと言い触らしてって」

「はい」と、辛うじて答える。

「もういいじゃないですか、浅尾さん」望月が突然現れて、浅尾の肩を抱くようにした。「伊東さんだって、答えにくいでしょう。まだ十八歳の高校出たばかりの子に、いくらなんでもそんな答えを強要したら可哀相ですよ」

浅尾が望月を睨んだ。

「あんた、話変えなさんな」

望月が、笑いながら首を横に振る。

「いや、話変えるも何も、浅尾さん、よくないですよ。朝の会議が終わったばかりで、前場が始まるんだから、もうやめましょう。これから、みんな臨戦態勢です。便所に行ってクソして、茶飲んで喉潤して、戦争始めるところなんだから、それどころじゃない。浅尾さんだって、何年も同じ経験してきたでしょう？　言うなれば、僕ら戦友じゃないですか。だったら、わかるでしょうに、この時間がいかに大事かって。だから、その話、やめましょうよ。いったん休戦しましょう」

「クソして」というところで、少し笑いが広がった。

するとすぐに、修羅場になりそうだった尖った空気が、気の抜けた滑稽なものに変わったように思えた。途端に、浅尾の体が萎(しぼ)んだように見える。風船を膨らませるように、憤怒で体を怒らせていたのだろうか。水矢子は、浅尾が気の毒で見ていられなかった。

やがて、とりまきの古参のフロントレディが二人、浅尾に駆け寄って肩を抱いた。浅尾は、二人に両脇を固められて、ロッカーの方に連れられていく。

「望月、即転完了！」

営業マンの誰かが声高に叫んだのがフロアに響き渡り、男たちの間から、どっと笑いが広がった。

「おい、申し込み者の名簿、早く作れよ」

何ごともなかったかのように吉永が怒鳴り、再びフロアが熱気に包まれるのがわかった。こんな時、水矢子は、男たちは厳しいノルマを課せられることを、そして吉永のような男に暴力的に発破をかけられることを、内心喜んでいるのではないかと思うのだった。彼らは重い負荷をかけられ、喘(あえ)ぐ自分が好きなのだ。そして、ノルマを達成できた自分に満足する。

いかに現場からは一歩引いた仕事をしているとはいえ、こんなところにいては心身が消耗するだけではないか、と水矢子は溜息を吐いた。

「みやちゃん」

佳那が横に来て、肩を叩いた。

「あ、小島さん、おはようございます」

佳那からシトラスともフローラルともつかない、とてもよい香りが漂ってくる。

水矢子は匂いを嗅いだ。

「小島さん、何かいい匂いがします」

「これ？」佳那が自身の手首を鼻に近付けて、くんくん嗅いだ。「こないだ買うたと。オードトワレなんて初めてだけど、付けとうと気分がよかけん」

「素敵です。どこのですか？」

「シャネル。口紅も一緒に買うた」

「すごい」

「私もシャネル買うたの初めてや」

佳那が満足げに答えた。

シャネルの赤い口紅にオードトワレ、そして、フローリングの１ＬＤＫ。佳那は急速に派手に、しかも贅沢に装い始めている。もともと目鼻立ちのはっきりした美人なので、その変貌は鮮やかだ。それは、望月の上昇と時期を同じくしているのだった。

ふと、浅尾が「プワゾン」という名の香水を、いつもつけていたことを思い出した。

香りがきついので就業時間中は控えていて、退社時間になるとスプレーで全身に吹き付けるのだ。ロッカーに漂う独特の匂いで、浅尾が帰る時間だということがすぐにわかる、と評判だった。

後に水矢子は「プワゾン」の意味を知って、感心した。ディオールの「プワゾン」は、フランス語で「毒」という意味だという。華やかな浅尾は「毒」が似合う女だったが、その「毒」は浅尾自身を滅ぼしてしまうのだろうか。

「朝、浅尾さんたちに会うたと？」

佳那が心配そうに訊ねる。

「ええ、ちょうど、支店長と浅尾さんがタクシーから降りてきたところにばったり」

水矢子が正直に答えると、佳那はちらりと壁の時計を振り返った。前場の開始まで、あと二十分。じきに窓口も開くから、佳那も身だしなみを整えねばならないのだろう。まだ少し時間があることを確認して、水矢子の方に向き直る。

「みやちゃんに見られて、浅尾さんも何かが崩れたとやろか。年末まで保つやろか、あの人」

佳那が独りごとのように呟いた。

「だけど、支店長も冷たいですよね。知らん顔して」

水矢子が低い声で文句を言うと、佳那が首を傾げた。

「しょうがなかよ、会社なんやけん。私情をぶつけたって、しょうがなか。うちは、望月さん、よかタイミングで口ば挟んだて思うとう。あれで浅尾さんも助かったんやない？」

「そうですね」

同意したが、水矢子には割り切れない思いがある。会社は私情を挟む場所ではない、と言うけれど、証券会社の仕事は、会社の売り上げという名目で大きな顔をしているものの、実は私利私欲の発露に近い。

ルールはあっても罰則がないし、滅多にバレないから、モラルはなきに等しい。インサイダー取引禁止と言われても、情報はあちこちからもたらされるから、故意でなくともやってしまうことだって多々ある。

他人や親族名義で自分の株を買う手張りは、当たり前のこととして皆がやっている。違法ぎりぎり、何でもありの世界だった。今度のＮＴＴ株も、社員のほぼ全員が自分用に購入するはずだ。そのためには、他人の名義を平気で使用することも厭わないだろう。

いや、証券会社の社員だけではない。日本中の人が、楽して金を儲けることに夢中になっている。土地もマンションも所有しているだけで、どんどん値上がりするのだから、日本中に金が余っていた。

手持ちの物件を担保に金を借り、もっと高い物件を買う。家を買うなんて、一生に一度の大仕事と思っていたが、今に庶民がいとも気軽に、不動産を売ったり買ったりするかもしれない。

いつの間に、こんな世の中になったのだろう、と水矢子は不思議に思うが、まだ十八歳の自分には、経済の仕組みがよくわからない。

どのみち、安アパート住まいで、高卒の自分とパート勤務の母親には縁のない話だった。なのに、自分と同類だと思った佳那は、違う舟に乗りかかっている。

「みやちゃん、NTT株のことだけど。もし買う気があったら、お母さんの名前と一緒に、うちの名簿に載せさせて。あと、美穂さんの関係も聞いてみるけど、よかかしら?」

「ええ、いいですよ。一株、どのくらいになるんですか?」

「さあ、どのくらいやろ」と、佳那が首を捻った。「多分、八、九十万くらいになるんやなかかって話やけど」

「一株の値段がですか」水矢子はびっくりした。「だったら、うちには買うお金なんかないですよ」

佳那がわかっているという風に頷いた。

「借金してでも、買うた方がよかて思うよ。ばってん、嫌なら、当たっても欲しか人に回すけん、大丈夫」

「回せるんですか?」

「だって、抽選に落ちて悔しがっとう人は、全国に大勢おるやろ。その中から、よか客になりそうな人に回せば、こげんいいサービスはなかね。そん時に、住民票とかの書類を揃えればいいたい」

なるほど。名義貸しというよりは、ただの抽選要員なのだった。吉永課長の、『一に盛り上げ、二に盛り上げ。三、四がなくて、五に盛り上げ』という言葉を思い出した。確かに、証券会社がこれだけ盛り上げれば、日本中が株ブームに沸くだろう。

「何だか、空恐ろしいですね。どこまでいくんでしょうか」

水矢子が呟いた時、佳那は「ほんとやね」と、半分上の空で頷き、洗面所に向かっていった。佳那も熱に浮かされているようだと、水矢子は寂しく思った。自席に戻って伝票整理をしていると、彰子が郵便物を抱えて戻ってきた。

「浅尾さん、帰ったやて」

「早退したの？」

水矢子は顔を上げた。

「無理もなか。あんな大恥かいたら、おられんやろ。みっともないことしよる。私、びっくりした」

彰子は、明らかに浅尾の失態を責めていた。

「だけど、そしたら、支店長は知らん顔しておしまいなの？」

それは狡くないか、と続けたかったが、さすがに支店長の悪口は言いづらくて、水矢子は口を噤んだ。

「男は得。当たり前や」

商家に生まれて、一事が万事、合理的な思考の持ち主である彰子は言い切る。

「女は損ってこと？」

「そう。やけん、不倫なんかせんで、さっさと結婚相手ば見つくることが肝腎ばい」

「なるほどね。彰ちゃんは、誰か結婚してもいいと思う人いるの？」

水矢子は手を休めずに、彰子に訊いた。

「最近は、望月さんが誰よりも光っとうて思うたばってん、望月さんには小島さんがくっ付いとうけん無理よね」

彰子が悔しそうに言った。春先の品定めの時は、垢抜けない、と望月の悪口を言っていたのに、成績ナンバーワンになると、たちまち惹かれるらしい。現金なものだと、水矢子は首を竦める。

ちらりと水矢子の態度を見て取った彰子が、少し棘を感じさせる言い方をした。

「みやちゃんは、いっつもクールやね。そうやって高みの見物しとると、嫁き遅れるとよ」

「高みの見物？」

意外な言葉に驚いて反応すると、彰子は封筒を鋏で開けながら言い直した。

「つまり、すべて他人事な感じや」

それでもいい、と水矢子は内心思うのだった。東京に行って、誰も知る人のいない大都会の片隅で、自分の力だけで生きていきたい。一人でもいい。それが水矢子の希望だった。博多で生まれて、博多で育ち、博多で結婚して、博多で生きていく、と決めている彰子とは、百八十度違う人生だと思っている。

それは、望月と一緒にどこまでも上昇していきたいと願っている佳那とも、違うのだった。水矢子は、誰とも共有できない自分の決意を固めるとともに、言いしれない孤独も感じた。

水矢子は、定時に会社を出た。今日は母親が遅番なので、水矢子が夕食の準備をしなければならない。途中、スーパーに寄って買い物をした。豚ロースの薄切り肉が安かったので、水矢子は多めに買った。生姜焼きにして、明日の弁当のおかずにもするつもりだ。

豚肉のパッケージを三個、買い物籠に放り込みながら、不意に今日の昼時のことを思い出した。夏以来、佳那と一緒に社食で弁当を食べるのが日課だったが、最近、佳那は弁当を持ってこない日が増えた。水矢子は相変わらず、母親か自分の作った弁当を持参するので、一人で食べることが多くなった。

もともと佳那の弁当は、それで有名になるくらい貧しい代物だった。白飯に梅干しと薩摩揚げとか、出来合いのトンカツ一枚しか入っていなかったりするので、作るのが面倒なわけはない。だが、佳那は弁当を持ってこない理由を告げずに、一人で外に食べに出てしまう。

一緒に食べることがなくなると、水矢子は一人で弁当を食べるのが寂しくなってきた。たまには、外で一緒に食べようと、思い切って佳那を誘ってみるつもりになっている。今日も、佳那は弁当を持ってこなかったと言うので、赤い財布を手にして外に出ようとする佳那に訊ねた。

「今日はどこで何を食べるんですか?」

「まだ、決まってない」

佳那が微笑んだ。

「私もたまには外に行きたいな」

水矢子が迷うように言うと、佳那が笑った。

「だって、みやちゃん、お弁当持ってきたんじゃなかと?」

「そうなんですけど、ちょっと飽きてるし」

すると、廊下の先で煙草を吸っている望月の姿が見えた。ワイシャツ姿で、ちらちらとこちらを振り返っている。

「小島さん、望月さんとご一緒ですか？」

「まあ、そうなんやけど。みやちゃん、一緒に行く？」

佳那が困ったような表情をした。

「いや、いいです」

つまり佳那は、水矢子と弁当を食べるよりも、望月と昼食を食べに行くことを選んでいるのだ。水矢子は少し傷ついた。仲良くなれると思った佳那が、自分からどんどん遠くに去って行くような気がしてならない。

だったら、いっそ来年受験してしまった方がいいのだろうか。いや、それでは金が足りない。しかし、このままでは母がいるから受験勉強もままならず、二年勉強しても大学に受からないかもしれない。来年、東京に出て行って、東京で働きながら受験勉強をした方が得策なのではないか、と水矢子は思うのだった。

その夜、水矢子は飯を炊き、豆腐の味噌汁と豚肉の生姜焼きを作った。本を読みながら、一人で夕飯を食べているところに、母親が帰ってきた。

世の中は金回りのいい人たちが増えて、華やかになっているというのに、母親の格好は、茶色のパンツに灰色のブラウス、という地味で暗い色合いだ。パーマも伸びきって、化粧もしていないから、実年齢よりも遥かに老けて見えた。

「お帰り。明日のおかず作っておいた。生姜焼きだけど、いいでしょう？」

母親が、疲労でそそけた顔を上げた。もっとも目の下の隈が濃いのは、度を過ぎた飲酒のせいだろう。

「助かるよ、ありがとう」

母親は早速、流しの下の収納から、芋焼酎の瓶を取り出した。まずは一杯飲まないと、落ち着かないのだ。食器棚から湯飲みを取って焼酎をなみなみと注ぐと、一気に飲み干して息を吐いた。

水矢子は母親から目を背けた。見慣れた光景なのに、いまだに正視することができない。旨い酒を飲んでいる快楽は感じられず、むしろ陰惨に見えるからだった。母はこの後、テレビを見ながら酒を飲み続けて、寝落ちしてしまうだろう。だから、風呂に入るのは朝だ。面倒だと言って入らないことも増えてきた。このままアルコール依存が進んだ時の母がどうなっているのか心配だが、その心配する心が、まだ自分の未来も定かではない、若い水矢子には重荷なのだった。

夜中に、眩しさで目が覚めたことがあった。点けっぱなしのテレビ画面が、稲妻のようにぴかぴか光っていた。母はテーブルに突っ伏して寝ており、焼酎の瓶が倒れて床が水浸しになっていた。水矢子は飛び起きてテレビを消し、母の肩を揺すった。

「お母さん、お酒こぼれてるよ」

酔った母に手で払い除けられ、水矢子はこぼれた酒の上に尻餅を突きそうになった。仕方なく後片付けをして再び布団に入ったが、いつからこんなことになったのだろうと、情けなくて、しばらく眠ることができなかった。酔った母親は醜悪だし、害毒そのものだった。何よりも、激変した母親を嫌悪するのが辛かった。

そんなことを思い出したら、いつの間にか、立ち上がっていた。

「あんた、どこに行くの？」

母親が驚いて顔を上げた。

「買い物」

「スーパー、閉まってるよ」

「サカイヤさんなら開いてる」

サカイヤとは、午後十時まで営業している安手のスーパーだ。生鮮食料品は質が悪く、カップ麺や乾物、練製品などが多い。

「じゃ、ついでに焼酎買ってきて」

母親が酒瓶を指差した。半分くらいしか残ってない。

「いいけど、あまり飲まないでよ」

「何でよ」

まだ素面（しらふ）に近い母親が言い返した。

「だって、お母さん、すごく酔うんだもん」

母親は黙って注（つ）ぎ足した。

「飲んでる時しか、生きてる実感がないからだよ」

「へえ、実感があるだけ、幸せじゃない」

水矢子は思わず厭味を言ってしまったが、母親は気付かない。

「そんなの束の間だよ」

母親はまた焼酎を注ぎ足して、溢れてこぼれそうな分を啜った。

「じゃ、行ってくる」

行く当てなどない。水矢子はただ母親と一緒にいたくない一心で、夜の街に出て行こうとしているのだ。

すると、母親が振り返った。

「そうそう。あんたの会社も、ＮＴＴの株を売るんだろ？」

水矢子は驚いて、母親の顔を見た。

「何で知ってるの？」

「課長が株やってるんだよ。それで、皆に買わなきゃ損だって勧めてる。いくらくらいするもんなの？」

「ひと株八十万くらいするって聞いた」

「じゃ、駄目だ。儲けたくたって、買えないんじゃ仕方ない」

母親がまた酒に向き直ったので、水矢子は無言で部屋を出た。アパートの狭い部屋に、酒飲みの母親と閉じ込められているのは耐えられない。早く東京に行きたいが、まだ金が貯まらない。こんな時はどうしたらいいのだろう。佳那に相談したかったが、望月と付き合い始めた佳那は、振り向いてくれない。寂しかった。

地下鉄の駅に向かって歩いている途中、不意に美穂を思い出した。今日、佳那から、美穂にもNTT株を勧める、と聞いたばかりだ。美穂に会いたかったが、美穂のいる「THE GOLD」は、水矢子が一人で行けるような店ではない。水矢子は財布の中に入れてあった美穂の名刺を取り出して、近くの公衆電話から電話した。

「もしもし、GOLDでございます」

野太い作り声は、ママの玲子だろうか。

「あのう、美穂さん、いらっしゃいますか？」

思い切って訊いた。

「まだ来てないわよ。あの子はいつも九時出勤なの」

「わかりました。ありがとうございます」

だったら、店の前で待ってみようか。水矢子は急いで駅に向かった。自身の行動力が、自分でも不思議だった。

天神の店の場所は覚えていた。時刻は八時四十五分。玲子の言うことが本当なら、そろそろ美穂が現れるはずだ。水矢子は、店の入っている雑居ビルのエレベーター前に立った。

もし、美穂が忙しそうだったり冷淡だったら、すぐに帰るつもりだったが、心のどこかに美穂ならそうはしないだろうという確信めいたものがある。それは、美穂も父親と二人暮らしだった、という話を聞いたからかもしれない。

「あら、水矢子さんじゃない？」

背後から、男の低い声がした。振り向くと、黄色いドレスの上に、黒い毛皮のストールを纏った美穂が立っていた。黒いピンヒールを履き、揃いの小さなバッグを持っている。九月終わりに毛皮は早かったが、細身で美しい美穂には似合っていた。

「美穂さん」

「お店に来てくれたのね。嬉しいわ」

美穂が一緒に行こう、というように肩を抱こうとした。美穂の背は、水矢子よりも頭ひとつ高い。

「すみません。私、お金がないから入れないんです。でも、美穂さんにちょっと相談したいことがあって来ました」

思い切って言うと、美穂が頷いた。

「店の中だとママがうるさいから、どっか行こうか？」

「時間、大丈夫ですか？」

「いいのよ」

美穂はすぐ隣のビルに入り、地下に向かう階段を下りて行った。階段の下にある店は、小さなバーだった。美穂が木のドアを開けて促したので、水矢子は中に入った。カウンターだけで照明が暗い。客は誰もおらず、低くジャズがかかっていた。カウンターの中の中年男は知り合いらしく、美穂に親しげに笑いかけた。

初めてバーという場所に足を踏み入れた水矢子は、美穂に勧められるまま、おずおずと止まり木に腰掛けた。

「何飲む？」

「お水でいいです」

「お店でそれは駄目よ」

美穂に一喝され、酒の種類も知らない水矢子は俯いた。すると、目の前にオレンジジュースが置かれた。美穂も同じものに口を付けている。

「あなた、オレンジジュース好きでしょう。私のはウォッカ入りだけどね」

美穂が傍らに置いたバッグから、セブンスターを取り出して火を点けた。

「相談って何かしら」

「前に話したと思いますけど、私は母親と二人暮らしで、早く家を出たいんです」

「わかるわ、同じだったもん」と、美穂が頷いた。

「あと一年半我慢して、今の会社でお金を貯めて、東京の大学に行こうと思ってます。だけど、今すぐ出たくてたまらないんです。毎晩、母がすごく酔っ払うので、見るのが嫌なんです。とてもあと一年半は保たないと思うんです。こういう時って、どうしたらいいのかって」

言う端から泣きそうになる。高校を出たばかり、まだ十八歳の水矢子は、誰にも相談できないことで苦しんでいる。

「誰か、友達いないの？」

美穂が気の毒そうに訊いた。

「高校の時の友達はみんな進学組で、大学に行ったから何か相談しづらいんです。九大に行った子もいるし、東京や大阪の大学に行った子もいます。最初の頃は、まだ電話で話したりしたけど、もう環境が違うっていうか、みんな大学生活が楽しいらしくて、私の悩みなんか聞いてくれないんです。聞いてくれたとしても、お互いに実感がなくて話が合わない」

「つまり、水矢子さんだけが就職したのね？　それは寂しいでしょうね」

美穂に念を押されて頷いた。美穂と話していると、自分の孤独な姿が露わになっていくような気がして思わず身じろぎする。しかし、嫌な気持ちではなかった。

「きっと水矢子さんは勉強もできたんでしょうね。仲のいい友達がみんな進学組なら、高校も進学校だったんでしょう？」

「まあ、そうです。就職したのは、私ともう一人だけでした」

そう答えた後に、自分は進学できないことを屈辱だと感じていたのかもしれない、と思った。中学生の頃は、父の死によって大学進学の道が閉ざされることに、あまり実感がなかった。ちょうど高校生だった兄は運が悪かったが、自分は母の助けで何とかなると思っていたのだ。しかし、現実は厳しかった。

「だったら、今我慢して、お金貯めるしかないでしょうね。でないと、家を出るという選択肢もなくなるわよ」

「はい」

やはり、そうか。あと一年半我慢するしかないのか。だが、自分が東京に出てしまえば、伊東家は事実上、一家離散状態になるのだ。この残酷な現実に目が眩む思いだった。水矢子は暗い気持ちで、ジュースのグラスに口を付けた。甘いけれども、不思議な味がした。

「水矢子さんのも、ウォッカ入りだって」

美穂が笑ったので、驚いてグラスから口を離す。

「だけど、美味しいです」

「でしょう？　水矢子さんも、酒飲みなんじゃない？」

美穂の言葉に笑ってみせたが、こわばっているのがわかった。自分は母親のようには絶対になりたくなかった。

「母のようにはなりません」

「そうだったわね。ごめん」

美穂が肩を竦めた。その拍子に毛皮のストールが滑り落ちて、白い肩が剝き出しになった。手早く美穂がストールを纏う。

「でもね、あなたは証券会社にいるんだから、そこで知識を得て、儲けりゃいいじゃない。一年半の我慢くらい、どうってことないわよ。そこで元手を殖やして、堂々と東京に行けばいいのよ」

「株にはあまり興味がないんです」

「それは甘いわよ。割り切らなきゃ、自分の思い通りの人生なんか送れないよ」

美穂にぴしゃりと言われて、水矢子は背筋を伸ばした。

「美穂さんはどうしてるんですか？」

「私？」と言って、美穂は二本目の煙草に火を点けて煙を吐く。「父親と喧嘩して、家を飛び出して、いろんなことした。私は女になりたかったから。てか、女だと思っていたから、そのためには何でもしたって感じよ。でないと、私が自分になれないんだもの」

「すでに自分なのに、さらに自分になるんですか？」

「うまいこと言うわね、さすが優等生ね」

美穂にからかわれて、水矢子は赤面しそうになった。

「やめてください」

「でもまあ、そういうことよ。私は女の姿形をしていないと、自分になれないとわかったの。だから、男の自分を捨てようと努力してきた。こんな悩み、あなたにはない？」

美穂が、綺麗にアイラインを引いた目を近付けた。水矢子は混乱して、顔を背けた。

「わかりません。ないと思いますけど」

「けど？」

美穂が水矢子の視線を捉えようとして覗き込んだので、水矢子は下を向いた。

「今、美穂さんに言われて気が付いたけど、私はあまり男の人には関心がなかったように思います」

佳那が自分から離れて、こそこそと望月と昼食を食べに行っていることや、自分への関心を失っていることを、寂しく思っているのはなぜか。彰子のように、男性社員にまったく興味がないのはなぜか。自分の将来の姿を想像する時、結婚という幻想だけがないのはどうしてか。

　思えば、共学だった中学や高校でも、ほとんどと言っていいほど、異性に関心はなかった。同級生が騒いでいるのを、不思議な思いで見ていた。

「そうね。あなたはまだ本当の自分になってないのかもね。今、いくつだっけ？」

　美穂が優しく訊いた。

「十八歳です。あと一カ月で十九歳になりますけど」

「一番悩む時ね」美穂が思い出すように、視線を空に巡らせた。「私は父親と毎日、酷い喧嘩をしてた。殺してやろうかと思ったほどよ。きっと、父親もそう思ってたと思う。父は私が女になりたいと思っていることが、どうしても許せなかったの」

「辛いですね」

　思わず出た言葉だった。美穂が細い手を水矢子の手の甲に置いた。

「わかる？　水矢子さん」

「わかります」

「もしかすると、あなたもそういう人かもね。だから、私のところに相談にきたんでしょう」

　ああ、その通りだ。水矢子は初めて、自分の姿を遠くから眺めているような気がした。

「美穂さん、私も本当の自分にならなきゃならないんでしょうか」

「多分、そうでしょうね。その方が幸せになれると思うわよ」

　美穂が水矢子の肩に手を置いた。

「その道は厳しそうです」

あと一年半。母親との暮らしに耐えて受験勉強を続け、萬三証券の荒々しい社風の中で、自分も株をやって金を儲ける。そんなことができるのだろうか。

「まずできることから、やればいい」

「それがわからないんです」

水矢子は両手に顔を埋めた。何から手を付ければいいのか。優先順位すらもわからない。

朝、興奮していた浅尾の姿が不意に目に浮かんだ。あの人も優先順位を見失って、戸惑ってしまったのだ。浅尾が急に身近に思える。

「まずは自由になるための、お金を得ることよ。そしたら、お母さんからも離れて東京に行く準備ができるかもしれないじゃない。アパート代くらい、すぐに貯まるでしょう。それから、東京に行けばいい」

「天神でアルバイトできるお店ありますか？」

「さすが優等生だわね」

美穂がまた同じことを言って、愉快そうに笑った。

3

十月、望月はＮＴＴ株の申込者数を増やすことに奔走していた。

自分の顧客はもちろんのこと、吉永課長の檄通り、親類縁者は当然として、知人友人すべての名義を借りるべく駆け回っている。身内や知人のみでは、すでに百人以上の名義を集めていた。会ったこともない遠い親戚の名を母親から聞きだしては、申込書を書いた。中には、九十歳になる認知症の婆さんも、一歳にならない赤ん坊もいたが、名前さえあれば、犬猫でなければ誰でもいいのだった。

さらに、中学・高校時代の名簿を実家から送ってもらい、片っ端から電話をかけるローラー作戦も行った。中には、株などやらないぞ、と頑（かたく）なに拒む者もいたが、週刊誌などで「買っておけば、絶対に儲かる株」と煽っているためか、概ね協力的だったし、誰もが関心だけは示した。

ゆえに望月は、人は誰でも楽な儲け話に飛びつくものだ、という持論を、さらに強固にした。住民票なんか取りに行くのが面倒臭いと言う輩（やから）には、後で何とでもなるから今は必要ないと安心させた。とりあえず頭数を集めて申し込み、抽選後の当選者に対して初めて、買う意思を訊ねるという態勢を取っているからだ。

しかし、株の値段が決まったら、大半が二の足を踏むか、借金しても買えないかもしれない。

そうなったら、その余った名義はハナ替えをする。

ハナ替えというのは業界用語で、名義を替えることだ。欲しくても抽選から外れた者にその権利を譲り、ついでに恩を売って、自分の顧客にする。自分はどうするかと言えば、証券会社勤務であれば当然のことながら自分名義では買えないのだから、親か兄弟の名義でハナ替えをする。そんなことは、誰もがやっている当たり前のことだった。望月もいつの間にか、証券会社の流儀にすっかり慣れてしまったし、どうせばれやしないのだから、と自ら積極的にルールを破った。

昼休みは、佳那と昼食を食べながら、情報交換をするのが習慣になった。佳那からは、フロントレディたちの噂話などを聞き出す。フロントレディの中には、浅尾のように社内恋愛をしている者もいるはずだから、何かしら収穫がある。週末も佳那の部屋で一緒に過ごしているが、動きの激しい証券業界にいると、毎日状況を確かめないと不安だった。もっとも、それは少しでも佳那と一緒にいたいという、望月の言い訳だった。

最近の二人の気に入りは、長崎出身の老夫婦がやっている、路地裏の小さな中華料理店だ。この店で萬三証券の社員を見かけたことがないので、安心して通うことができた。二階の奥まった席が、二人の定席になった。

その日の午前中、望月は、顧客を回ってＮＴＴ株の申し込みを募ってきたので、約束よりも少し遅くなった。二階への階段を駆け上がると、すでに制服姿の佳那が来ていて文庫本を開いていた。望月に気付いて顔を上げ、にこりと笑う。

「もう注文したとよ」

「何頼んだ？」

「いつもの。チャンポンと皿うどんの麺硬め、あとは餃子一人前や」

十月半ばとはいえ、少し蒸し暑い日だった。望月は上着を脱いで椅子の背に掛けながら、壁の品書きを眺めた。

「俺、ビール飲む」

「昼間っから？」佳那が心配そうに見上げた。「後場でばれん？」

「平気だよ」

佳那の心配する顔も可愛いと思う。完全に自分のものにできたと確信した時から、佳那への愛情が日増しに募ってゆく。

「その口紅、似合うね」

望月は佳那の唇を指差した。白い顔に真っ赤な口紅が映える。決して派手ではなく、逆に美しさが際立った。

「さすがシャネルやね」

佳那が満足そうに答える。最近の佳那は化粧がうまくなり、いっそう垢抜けて美しくなった。誰よりも光り輝いているせいか、窓口でも目を引くらしく、顧客が増えている。

支店長とのすったもんだで浅尾が失脚しつつある今、フロントレディの間でも、佳那の存在感が増しているらしい。それが、萬三証券・福岡支店の売り上げナンバーワン営業マンである、自分の後ろ盾があるからだと思うと、望月は嬉しくてならなかった。二人で証券業界を駆け上ってゆく。この夢が、確実に実を結びつつあるからだ。

「いらっしゃい」

店主の老妻が、大きな盆に載せてチャンポンと皿うどんを運んできたので、望月は瓶ビールを注文した。ビールはすぐに、夫の方が餃子と一緒に運んできた。

ビールをグラスに注ぎながら、望月は佳那に訊ねる。

「窓口の方はどう？」

「NTT株の申し込みは多かよ。今日の午前中で三人きた。申し込むなら、家族の名前を全員書いて申し込んだ方がよかよって言うてある」

「じゃ、佳那のところで全部で何人くらい？」

「うちの係累と窓口入れて、百人近くにはなっとるよ」

「順調だな」

「昭ちゃんのとこは？」

「顧客関係を入れれば、俺はもう千人近い。今日、須藤先生のとこに行ってきた。先生が病院関係者を、五、六十人は集めている。須藤先生には、最低でも百株は買うから、キャンセル分を集めといてくれ、と頼まれたよ」

「百株も」

驚いた佳那が声をあげた。

NTT株の、一般売り出し価格はまだ決まっていない。十月二十四日から数日のうちに決まることになっている。

一株の値段は、だいたい八十万から百五十万の間だろうと言われている。もし、八十万だとしても、百株の申し込みなら八千万の現金が必要となる。

「それって、どっちの須藤?」

佳那の顔が少し強張っている。

「若い方さ」

「須藤先生は欲ん皮が突っ張っとう。医者の本分ば守ればよかとに」

佳那が吐き捨てるように言った。姉夫婦に対する嫌がらせが、須藤の差し金だと信じて疑っていないのだ。しかし、佳那は福岡中央総合病院の担当を外れたから、その真偽のほどを確かめる術はないはずだ。

もし、自分が須藤に姉の住所を教えたと知ったら、佳那はどうするだろう。自分に愛想を尽かすか、軽蔑するか。あるいは、許してくれるか。

望月は佳那の顔をそっと眺めた。最近の佳那は、自分と同様に証券会社の仕事に燃えているようだ。特にNTT株の申し込みが始まってからは、目の色が違う。だから、きっと自分のことも許してくれるに違いない。成績を上げるためなのだから、仕方がなかったのだと。望月は佳那を同類と見なして、楽観的に考えていた。

「欲の皮が突っ張ってるのは、みんな同じさ。何もしないで金が儲かるのなら、そんないいことはないと思っている。額に汗して働けなんて、この時代、誰も言わないだろう」

レンゲでチャンポンのスープを啜っていた佳那が、望月のその言葉で思い出したように言った。

「そう言えば、みやちゃん、最近変わったて思わん？」

水矢子になど関心のない望月は、もつれた揚げ麺と格闘しながら首を傾げた。

「どんな風に変わったの？」

「あの子も申し込んできたとよ」

「何を？」

「ＮＴＴ株」

望月はさすがに驚いた。

「そういうのに関心なさそうだったけど」

以前、株を勧めた時にはきっぱり断られた。

「前はそう言いよった。でも、みやちゃんが、私とお母さんとお兄さん、あと親戚の人たちとで七人分お願いしますって言うてた」

「へえ、当たったらどうするんだろうか。金はあるのかな」

「当たったら、お金はなんとかするから、買えるだけ買おうと思いますって」

「株に目覚めたのかな」

「さあ、どうやろう。株に目覚めたっていうか、どっちかちゅうと、お金が欲しかやなかかかな」

佳那は水のコップに手を伸ばして、視線を泳がせた。

「何でそんなに金が欲しいんだろう」

「進学資金だと思う」佳那が望月の目を見て言う。「最近、みやちゃんと社食で弁当食べてないから、ちっとも情報が入ってこん。うち、誰かさんのせいで、付き合いが悪うなっとう」

佳那に睨まれたので、望月は言い返した。

「みやちゃんのことは、情報とは言わないだろう」

「そうかしら。みやちゃんみたいな、高校出たばっかりの女の子が株ばやるって、すごか時代やて思うけど」

「佳那だって、短大出たばっかりの女の子じゃないか」

そう混ぜっ返した後、望月は、確かに水矢子の印象が少しシャープになった、と感じたことがあるのを思い出した。前は地味に髪をひっつめていたが、今は襟足を刈り上げたようなショートボブにしている。

眉も整えたのか、顔立ちもすっきりして見える。今まで子供だと相手にもしなかった営業マンたちも、水矢子が通ると、ちらりと横目で見る者が増えてきたようにも思う。

「そういや、ちょっと色っぽくなったかな」

「そうやろう?」佳那が嬉しそうに相槌を打った。「みやちゃんな真面目やけん、少し変わるとええわ」

「まあね。今度みやちゃんに会ったら、心境の変化を訊いておいて」

望月は佳那に頼んだ。

「何で」

佳那がチャンポンに入っているもやしを箸で摘まみ上げてから、不思議そうに望月の顔を覗き込んだ。

「同期だからさ。みんなで一緒に東京に行くって約束したじゃないか」

「そうだった。でも、あの子、もっと早く行きたいんじゃないかな。それでお金を貯めているような気がする」

佳那が首を傾げた。

「何だ、抜け駆けか」

望月が言うと佳那が笑ったが、少し寂しそうだった。

その日の夜、望月は博多銀行の佐々木と会うことになっていた。場所は、中洲にある大分料理を出す店だ。二人で密談をする時は、この店の小上がりで会う。佐々木とは月に二度ほど情報交換をしたり、人を紹介してもらったり、資金繰りの相談をするようになっていた。

待ち合わせは七時だ。少し早めに着いた望月は、のんびりと夜風に吹かれながら、ラーメンやおでんの屋台が並ぶ中洲のほとりを歩いた。水面に両側の店のネオンが映り、綺麗だった。

週の半ばというのに、結構な人通りがある。向こうから、足早に若い女が歩いてくる。どことなく見覚えがあるような気がして、望月は立ち止まった。

女は背が高く痩せぎすで、ショートボブ。鮮やかな緑のミニドレスに、黒のジャケットを羽織っている。明らかに、服や靴は安物だとわかるのだが、歩き方や目の配り方が初々しくて、夜の中洲には場違いな感じがした。擦れ違いざま、望月は女が水矢子だと気付いた。

「みやちゃん？」

思わず声をかけると、水矢子が驚いたように硬直した。

「望月さん」

「驚いたね。誰だかわからなかった」

水矢子は照れ臭そうに、手で顔を隠そうとした。白めのファンデーションを塗って、目の上はグリーンのシャドウ、赤い口紅を付けている。塗り絵のような下手な化粧だが、若い水矢子には、なぜか似合っていた。

望月は、水矢子が化粧をしたところを見たことがなかったので、擦れ違うまでまったくわからなかったのだ。

「どこに行くの？」

服装と化粧から、夜の店で働いているのだろうと察したが、真面目な水矢子が水商売をしていることがあまりにも意外で、思わず訊いてしまう。

「この先に、お店があるんです。そこで夜の七時から十一時までバイトしてます」

水矢子は小さな声で答えた。

「へえ、いつからやってるの？」

昼時、佳那が水矢子が変わったと言っていたことを思い出す。確かに変化はあったのだ。

「三週間前からですかね」

水矢子は思い出すように言った。

「それでか。最近、みやちゃんが色っぽくなったと思ってたんだよ」

「やめてください」

水矢子が眉を顰めて、ぴしゃりと言う。

「バイトしてお金貯めて、NTT株買うのか？」

揶揄するつもりはなかったが、水矢子が七人分の名義を持ってきたという佳那の話を思い出して言った。

「それもあります」水矢子が生真面目に答える。「ともかく手っ取り早くお金を貯めて、家を出て行こうと思ってます」

「東京に行くのは一年半後だろう？　僕らと一緒に行くんだよね」

「その前に、家から出ます。そのための資金集めです」

水矢子はそう答えながら、腕時計を見た。七時十分前だ。

「そうか。頑張ってるな。NTT株、外れても回してやるよ」

望月は、水矢子を応援する気になっている。

「ありがとうございます」

「後で寄ってもいいかい？　俺、これから銀行屋と飯食うから」

「ぜひ、来てください」

水矢子が金色のチェーンの付いた、玩具のようなビニールバッグから名刺を出してくれた。それには「ＤＵＮＥ（デューン）　翠子（みどりこ）」とあった。

「翠子って、みやちゃんの源氏名？」

「そうです」と、笑った水矢子は、美しかった。

「ＤＵＮＥって、どんな店？」

興味を抱いた望月が訊ねると、水矢子は少し首を傾げて答えた。

「男の人がお酒を飲むところです」

「そら、飲むだろうさ」

望月は、水矢子の幼稚な答えに笑った。

「俺が聞いたのは、店の規模だよ」

「さあ？」

比較する対象を知らないのか、水矢子はまた首を傾げた。これでは埒があかないと見た望月は、話を変える。

「みやちゃんは飲まないの？」

「私は飲まないで、ただ座っているだけでいい、と言われてます」

生真面目に答えるので、この世にそんないいバイトがあるのか、と望月は可笑しくなった。

「女はいいな」

思わず呟くと、水矢子は「そうですか」と、一瞬顔を強張らせた。

「望月さんには、私のことなんか、一生わからないと思います」

水矢子は低い声で言い捨てると、すたすた歩いて行ってしまった。

「何がわからないんだよ」望月は不快になって、水矢子の後ろ姿を睨んだ。「おまえだって、俺のことなんかわからないだろう」

しかし、踵を返して料理屋に向かいながら、川面に映る色とりどりのネオンサインを眺めているうちに、心が躍って水矢子のことなどすぐに忘れた。

遣り手の銀行屋との密談、旨い酒と料理、営業マンとしての栄誉、美しい佳那、約束された輝かしい未来。自分はまだ二十三歳でしかないのに、いっぱしの証券マンになって、この世を動かしているような気になるのだった。

意気揚々と料理屋の暖簾（のれん）をくぐると、顔馴染みになった仲居が愛想笑いをした。

早めに着くはずだったのに、水矢子と会話しているうちに少し遅くなったらしい。望月は慌てて、奥の小上がりに向かった。

「お連れ様は、もうお見えになってますよ」

小上がりの前に、よく磨かれた茶色の紐靴が脱いである。洒落者の佐々木の靴だ。望月の黒い靴は、手入れが悪いので形が崩れ、うっすらと埃が付いている。以前はそんなことに気が付きもしなかったのだが、学生時代には暖簾をくぐったこともないような店に出入りするようになった近頃は、さすがに気恥ずかしい。望月は上がり框（かまち）の下に隠すようにして、自分の黒い靴を脱いだ。

「すみません、遅くなりました」

障子を開けて腰を屈め挨拶する。下座に座っていた佐々木が素早く座布団を外し、頭を巡らせてお辞儀をした。

「どうも、ちょっと早く着きました」

佐々木はダークグレイのスーツに、黒地に小さな模様のあるネクタイを締めている。相変わらず品のいい服装をしている。

望月は佐々木を見るたびに、自分ももっといい物を選んで着たいと思うのだった。

「佐々木さん、どうぞあちらへ」

床柱を背にした上座に勧める。さすがに、これだけは宴会で叩き込まれている。

「これは恐れ入ります」

年上の佐々木は当然のように腰を上げたが、如才なく謝った。

「望月さん、今日はお忙しいところ、お時間頂きまして」

「いえ、それは私の台詞です」

「はい、では、いつものように忌憚ないお話を」

「是非、お願いいたします」

二人はそう言って顔を見合わせた。佐々木が上着を脱いだので、望月も真似して脱ぐ。

忌憚ない話というのは、主に儲け話であり、顧客や業界の噂話である。今のところ、望月にこんな打ち明け話をしてくれて、自分の話を聞いてくれるのは、佐々木しかいない。

佐々木の方は、あちこちに情報源やルートがあるらしいから、いずれ自分もそうなりたい、と望月は願っていた。

仲居が運んできたビールの瓶を、真っ先に佐々木が摑んだ。

「望月さん、どうぞ」

「すみません」

佐々木にビールを注いでもらう。うっかりして先手を取られたが、佐々木の今日の話はＮＴＴ株に終始するだろうと、望月もわかっている。望月の方も、株を買う際の融資の相談などをしたかったので好都合だった。

ビールを運んできた仲居が出ていった後、佐々木が口火を切った。

「ＮＴＴの申し込み、どんな感じですか」

案の定、ＮＴＴについてだった。

「すごいですよ。うちの支店だけで、二万以上はいくと思いますね」

「二万ですか」

佐々木が驚いたようにのけぞってみせる。

「全証券会社が力を入れてます。手数料は安いですが、何せ、民営化第一号案件ですからね。うちでは、千載一遇のチャンスと言ってますよ。これをきっかけに株に関心が生まれれば、一大株ブームになるでしょうから、そしたらこっちのもんです」

望月はぺらぺらと、吉永課長の受け売りを喋った。

「確かに、週刊誌とかが、儲かる儲かるって、煽り立ててますもんね。おかげさまで、うちもこれを機に融資が増えるだろう、と喜んでますよ」

「私も、親戚じゅうに声をかけて、申し込みを集めました」

望月は、親戚知人すべてを総動員して申込者を集めた話を、面白おかしく佐々木にした。佐々木は喜んで大笑いしている。

「数撃ちゃ当たる、ですか」

「えっ、本当ですか。いや、正直に言いますが、僕も申し込みました」

「いや、私は佐々木さんにもお願いしたかったのですが、何だか遠慮しちゃって」

「実は、吉永課長にしつこく言われてね。家族全員の名前を書きましたよ」と、佐々木は頭を下げた。「すみません、望月さんじゃなくて」

「いえいえ、課長が相手では引っ込まざるを得ませんから。ともかく、そんなこんなで、うちは戦時中みたいな雰囲気ですよ」

「一億総火の玉ですか」

「そうそう、それです。よく知らないけど」

「いや、僕だって知らないですよ」

望月は思わず、佐々木の顔を見た。

「えっ、でも佐々木さん、僕よりちょうど二十歳上ですよね。だったら」

「ばれたか。俺は確かに戦中派だよ」

佐々木はそう言って、豪快に笑った。

佐々木がちょうど二十歳上の四十三歳であると知ったのは、つい最近のことだ。望月が一九六三年生まれだから、佐々木は一九四三年生まれということになる。

「でも、戦争のことなんか、何も覚えてないよ」

「そりゃ、そうでしょうね。覚えていたら、佐々木さんは天才ですよ」

望月が冗談を言うと、佐々木は愉快そうに微笑んでグラスを干した後、急に真面目な顔になった。

「しかし、望月さん。儲かるって言うけどさ。マーケットはダウ千七百ドルあたりで上昇に懐疑的でしょう？　今度のＮＴＴ株は政府株の放出であって、ＮＴＴの資金調達じゃないから、理屈で言えば株主のメリットはそうない、という意見もありますよ」

「でも、証券業界はそうは見てません。この後、日本たばこ産業、国鉄、と政府株放出の一号案件ですからね。何せ、うちの業界は初物にはつけ、というのが相場の鉄則なんです。盛り上がると思いますよ」

望月はこれも吉永から聞いた話をした。

「なるほど。初物にはつけ、ですか。理屈じゃないんだな」

「そう、株はある意味、世間の気分を作ることなんです」

望月はそう言い切って、佐々木の顔を見た。

そうだ。自分が今、上昇気流に乗っている、どんどん上に行く、という気分が大事なのだ。心から、そう思っている。

「望月さん、じゃ、一株いくらくらいになると思いますか？」

佐々木が、望月の目を見た。

「最近のうちの見立てでは、申し込みが多いので、三桁にはなると思います。最初は八十万くらいから、と言ってたんですが、それでは買えないでしょう」

「ミリオン株か」と、佐々木は呟いた。「大口の人もいるんでしょうね」

「もちろんです」

百株買うという須藤のことが頭を過ったが、まだ上もいるかもしれない。

「だったら、融資しなくちゃな」

佐々木がほくそ笑んだ。

「お願いしますよ。合い言葉は、持ちつ持たれつで上に行け、です」

望月は自分で言って自分で笑った。が、佐々木は手帳を開いて何か確かめている。

「望月さん、価格が決まったら、真っ先に教えてくださいよ」

「もちろんです。二十四日、あるいはその数日後には決定すると思いますから、すぐにお電話します」

「よろしくお願いします」

二人はビールグラスで乾杯した。頃合いを見計らったのか、障子が開いて仲居が料理を運んできた。望月は佐々木の好きな冷や酒を注文した。そのタイミングも計れるようになってきた。

しばらく雑談しながら酒を飲んでいると、佐々木が訊ねた。

「望月さん、あの彼女との結婚は、いつされるんですか？」

「一、二年後と思ってますけどね。いくら何でも入社した年にっていうのも、いかにもじゃないですか。だから、一年は待って、と思ってます」

「いい女はなかなかいませんから、早いうちに唾付けて、自分のものにしておいた方がいいですよ。遊ぶのはその後でいいんです」

少し照れて答えた。

佐々木は相変わらず、どぎついことをしれっと言う。

酒と女と金。顧客の好みを知るにつけ、大概の男はこれらに弱いことがわかってくる。

このどれかか、ふたつか、すべてか。そのどれでもない、という顧客はいない。そもそも金を儲けたいという欲が、他の欲をも刺激するのか、顧客は酒好きで好色な男が多かった。

不意に、望月は水矢子のことを思い出した。この後、佐々木を連れて水矢子の店に行くというのはどうだろう、と思い付く。しかし、どんな店かも知らないのに、佐々木を連れて行くのも冒険ではある。安いスナックだったりしたら、佐々木のことだからそれなりに面白がってくれるとは思うが、こんな店に案内するのかと馬鹿にされる可能性もある。

悩んでいると、佐々木の方から言ってきた。

「どうです、望月さん。この後、もう一軒行きませんか？」

「いいですよ。どこにしましょう」

ポケットの中の、さっき水矢子にもらった名刺を探り当てた。取り出そうとしたら、佐々木が腕時計を眺めて言う。

「この近くに会員制のクラブがあるんですよ。よかったら、そこに行きましょう。ちょっと望月さんにご紹介したい人も来てるかもしれないんで」

佐々木が紹介したい人と言えば、顧客に繋がる可能性がある。望月はぐっと唾を呑んだ。これまでに二人で二軒目に寄ったことはあるが、大抵は佐々木の行きつけの小さなバーだった。会員制クラブには行ったことがない。

「それはありがとうございます。喜んでご一緒させてください」

望月は仲居を呼んで、支払いを済ませた。もちろんカードでの支払いだが、そのカードは佐々木の銀行で作ったものだ。だから、望月の懐具合を見ようと思えば、佐々木には丸見えなのだろう。

「歩いて数分です」

二人は川縁を歩いた。そこから路地に入って、あるビルの前で佐々木が立ち止まった。

「この最上階にある『モエ・ロワイヤル』って店ですが、望月さん、行かれたことは？」

「ありません」

あるわけがない。望月は焦りに似た気持ちになった。会員制クラブという場所があって、福岡の財界人や社用族が集まるのは知っている。しかし、まだ足を踏み入れたことはない。

「そうでしたか。結構、いろんな人がいますので、望月さんも、知っておくといいと思いますよ」

佐々木はこともなげに言うが、望月は腋窩（えきか）に汗を掻いた。

「でも、私のような若輩者が行ってもいいのでしょうか」

それは値段のこともある。しかし、佐々木は「大丈夫だから」と軽く言うのだった。

望月は、佐々木についてエレベーターに乗った。好奇心もあるが、怖じる気持ちの方が強い。

最上階でエレベーターが止まる。扉が開くと、クラブの入り口がすぐ目の前にあった。重厚な黒枠に囲まれた扉は、赤い革製だ。黒枠には、金色の横文字で店名が小さく書いてある。

黒服を着た男が待っていて、佐々木に礼をした。佐々木が頷くと、慇懃に扉を開けてくれる。中は薄暗かった。やがて目が慣れてくると、壁も扉と同じ赤い革が張られていることに気付き、望月は溜息を吐いた。壁の赤が映えるようにか、ソファは白い革張りだ。シャンデリアが瞬き、床は靴が埋まるほどの豪華な絨毯敷きである。

白いドレスを着た、年齢不詳のたいそう美しい女がどこからか現れて、「いらっしゃいませ」と、二人に礼をした。佐々木が軽く手を挙げた。

目を凝らすと、暗がりに咲く花のように、あちこちのボックス席には、露出の多いドレスを着た若い女性がひっそりと座っている。客の姿はよく見えないが、男たちが静かに談笑する声や、グラスの当たる音などが聞こえてくる。自分には手の届かない、大人の社交場だ。望月は気圧されて足が竦んだ。

「須藤先生いらしてる？」

黒服に訊ねた佐々木の声がした。どうやら、須藤が来ているらしい。

「はい、ＶＩＰルームの方にいらっしゃいます」

奥のＶＩＰルームに案内された。望月は自分の少しよれたシャツや、汚い靴が恥ずかしくて小さくなっていた。

「何だ、望月君じゃない」

須藤の声がした。薄暗いＶＩＰルームは、鉤型(かぎがた)にソファが設(しつら)えられ、その左の方に須藤が座っていた。右の方には中年男がいる。佐々木は、その男を紹介したいのだろうか。

「どうも、お世話になっております。私まで押しかけて申し訳ありません」

望月が挨拶すると、須藤が頷いた。

「いいよ、儲けさせてもらってるからさ。たまには慰労、慰労。ま、きみにはちょっと高級過ぎるだろうけどね」

「恐れ入ります」

須藤の露骨な言いように、望月は頭を掻いて小さくなってみせる。あくまでも、若くて無知で、調子のいい営業マンを演ずる。

「先生、儲かったのなら、何よりじゃないですか」

横で聞いていた佐々木が笑った。

「いや、ほんとに楽しいよ」

須藤はここのところ、望月のアドバイスに従って株式投資がうまくいっており、懐具合がさらによくなっている。もとから小太りだった身体にもさらに脂が乗って、腰回りがきつそうだ。儲かったのは、須藤だけではない。父親の病院長もそうだ。真面目な堅物と言われた病院長だが、金の前には誰もがひれ伏す。

しかし、アドバイスと言っても、望月に株の専門的知識が抜きん出てあるわけではない。たまたま、値上がりそうな株の情報を社内で聞きかじって、須藤に薦めているだけなのが、うまく当たっているのだった。

「先生、九月に株価がちょっと下がったじゃないですか。あの時はどうだったんですか？」

佐々木が訊ねる。須藤は望月の方をちらりと見てから、自慢げに言った。

「うまく売り抜けた」

すると、ホステスと笑いながら話していた右側の客が、にこやかな表情で向き直った。須藤と佐々木の会話が聞こえたらしい。

「この方はね」須藤が、その人物を手で示した。「知り合いの山鼻（やまはな）さんだ。山鼻さんが福岡に出てこられるというんでね。是非、紹介しようと思って、佐々木さんを呼んだんだ」

「ありがとうございます。お目にかかれて光栄です」

佐々木が恭しく礼を述べたので、望月も一緒に頭を下げた。

「山鼻です。どうも、よろしく」

軽く会釈した山鼻は、髪をポマードで後ろに撫で付けた細身の優男で、年の頃は五十前後だろうか。控えめで柔らかい印象だ。が、何をしている人物なのか、外見からはよくわからない。

しかし、紺のスーツは光沢のある生地で作られ、ノーネクタイながら、シャツはシルクらしい。金がかかった服装だということは、知識もセンスもない望月でもひと目でわかった。シャツの襟元からは、喜平ゴールドの太いネックレスが透けて見える。

服装からすると、社用族ではない。須藤と同じ医者仲間か、自営業者か。望月は値踏みするために、無意識に山鼻を観察した。

山鼻の両脇には、肩を剝き出しにしたピンクのドレスを着た女と、クリーム色の和服の女が二人、ぴたりと寄り添っていた。女たちは、まるで高級花屋のウィンドウに飾られた手入れのいい薔薇のようで、この店のどの女よりも若く美しかった。彼女たちに比べれば、安っぽい化粧と服装をしていた水矢子は、路傍の名もなき花でしかない。

「私は萬三証券の望月と申します。どうぞよろしくお願いいたします」

望月は名刺を差し出して最敬礼した。山鼻は微笑して受け取ると、小さな声で言った。

「すみません。僕、今日は名刺を忘れてしまって」

「いえ、そんな、結構です。どうぞお見知りおきを」

この男は腰が低いが、多分A級以上の客だ。そう見て取った望月は、卑屈なほど何度もお辞儀をした。

「どうぞ、お座りくださいよ」

山鼻に席を勧められ、望月はどこが末席なのかわからず迷った。仕方がないので、隅にあったスツールに腰を下ろす。佐々木は、須藤の横にいた女が素早くどいたので、そこに座った。

「皆様、お揃いですか。本日はおいでくださいまして、ありがとうございます」

先ほど、自分たちを出迎えた白いドレスの女がやってきて、艶やかに挨拶した。背後に、ボーイや女たちを従えている。

明らかに、須藤と山鼻は上客だった。ついてきたホステスたちが、てきぱきと水割りを作っては、客の前に置く。この白いドレスの女がママらしい。よく見れば、三十歳はとうに超しているようだが、よほど手入れがいいのか、真っ白な膚が艶かしい。


「おい、水割りで乾杯か。ドンペリ開けなさいよ」

須藤が命じて、ママがにこやかに頷いた。望月は、ドンペリが何なのかわからないから、ただスツールの上で、阿呆のように笑っていた。

ドンペリが高い酒であろうことは想像できるが、この店の払いは萬三証券なのか、博多銀行なのか、ということが気になって仕方がない。しかし、佐々木は何食わぬ顔で、須藤の自慢話に聞き入るふりをしている。

入り口で望月たちを出迎えた黒服の男が、氷の入った大きなアイスペールと、シャンパンのボトルを持ってきた。これがドンペリという酒か。望月は感に堪えて、艶消しの黒いボトルを眺めた。黒服の男によって勢いよく栓が抜かれ、グラスが配られる。

「じゃ、山鼻さんに乾杯」

須藤がグラスを掲げたので、望月も真似をした。口に含むと、細かい気泡が舌を刺激して噎せそうになる。

「おい、望月君、あんた、ドンペリなんか呑んだことないだろう」

それを見た須藤が、絡むような口調で言う。

「はい、初めてです」

正直に言うと、須藤が望月を試すように訊いた。

「どうだ?」

「旨いです」

「だろ? 大丈夫だよ、心配すんな。おまえの社で払いを持て、なんて言わないからさ」

そう言って、周囲のホステスを笑わせている。

「望月さんでしたね」

いきなり右奥にいる山鼻に話しかけられて、望月は飛び上がりそうになった。

「はい」

「望月さんは、萬三証券か」

山鼻が目を眇(すが)めて、望月の名刺を見た。

「はい、そうです」

「NTT株は、証券会社でしか買えないんですよね」

山鼻が念を押すので、望月は頷いた。

「その通りです」

「実は、私、千株欲しいんですよ」

「千株ですか」

望月は驚いて、鸚鵡(おうむ)返しに言った。もし、ひと株百万という値がついたら、十億もの現金が必要になる。それに千もの株を集められるかどうか、わからない。何せ、一人一株しか買えないのだ。つまり、山鼻に千株分ということは、千人の当選者が必要となる。それには、いったい何人の申し込み者を集めればいいのだろう。五千人か。六千人か。気が遠くなるような数字だった。

「個人でそれは凄いですね」佐々木が溜息を吐いた後に、心配そうに訊く。「望月さん、千人分、集められるかな」

「何とかします」

望月は胸を張った。できないかもしれないが、ここで「できる」と言わなかったら、山鼻は二度と自分とは取引してくれないだろう。

ああ、山鼻は、超A級客のにおいがする。望月はくんくんとにおいを嗅ぎながら、興奮していた。

「おお、頼もしいね」山鼻が嬉しそうに望月の顔を見る。「若いのに、なかなかそうは言えないもんだよ」

「こいつは、蛮勇ふるってるんだ。いつもそうだ」

須藤が憎たらしく口を挟んだ。

「いえ、須藤さんの分も、私が何とかします。任せてください」

大見得を切ると、山鼻がシャンパングラスを掲げたので、望月も真似をした。

俺はすごい金持ちと一緒に、会員制クラブで酒を飲んでいる。俺をいじめた寮のやつら、見てるか。吉永課長、山鼻さんを知ってるか。望月は得意満面だった。

「山鼻さんはね、長松浜開発にも一枚噛んでる」

須藤が、自分のことのように自慢する。長松浜開発とは、神戸のポートアイランドをモデルにしたウォーターフロント事業である。すでに八二年から埋め立てが始まり、タワーや野球場、ショッピングモール、マンションなどが建設される予定だ。

「あのう、山鼻さんは、どんなお仕事をされてるんですか」

望月がおずおずと探りを入れると、山鼻が笑った。

「不動産業かな」

須藤がにやりとしたが、佐々木がいたって真面目な顔で黙っているので、望月はそれ以上訊くのをやめにした。

結局、その夜は深夜まで、須藤と山鼻が飲むのに付き合った。須藤は飲むほどに女たちを触ったり、きわどい冗談を言ったりしているが、山鼻は気に入りのホステスと話し込むのが好きらしく、佐々木や望月の方を一顧だにしなかった。

いったい払いはどうなるのだろうかと、望月は内心怯えた。須藤も山鼻も上客だから、萬三証券で払うとしたら、カードの利用限度額を超えるのではないかと心配でならない。我ながら小心者と思ったが、恥は掻きたくない。

「そろそろ、私はこれで失礼いたします」

佐々木が立ち上がったので、望月も一緒に立った。

「わかった。どうもありがとう」

山鼻が手を上げたので、望月は訊ねた。

「あのう、こちらのお支払いは？」

「おい、野暮なこと聞きなさんな」

山鼻に手で払われて、ほっとしたものの心配になった。また黒服に送られてエレベーターに乗った後、佐々木に訊いた。

「佐々木さん、ああいう時はご馳走になっていいんですか？」

「いいですよ。個人じゃ払えっこないですから。須藤先生だって、山鼻さんにご馳走になるんでしょう」

佐々木は腕時計を見て、顔を顰めながら言った。

「山鼻さんて、本当は何をしている人ですか」

「知らないんですか」佐々木は呆れたように声を上げた。「あの人はこっちの世界の人ですよ」

人差し指を頰に当てて見せたので、望月は慌てた。

「え、それちょっと、まずくないですか？」

「まずいも何も、望月さん、客なら誰でもいいんでしょう。だから今日、声をかけたんですよ。てか、須藤さんは結構縁が深いから、いずれ紹介されましたよ」

佐々木はそう言って笑った。望月は千株を集められない時、自分はどうなるのだろうと漠然と思ったが、かなり酔っていたので、考えるのをやめた。

エレベーターが一階に着くと、山鼻のボディガードらしい目付きの鋭い男たちが数人待っていて、佐々木と望月に不穏な視線をくれる。

「早く行きましょう」

佐々木に促されて、二人はタクシーのいる通りに歩いた。

「千株集めたら、佐々木さんは山鼻さんに融資するんですか？」

「いや、必要ないですよ。融資したいけど、あちらは現金持ってますもん」

「凄いですね」

「かなり儲けてると思います。じゃ、私はこれで」

佐々木が通りかかったタクシーを止めて去った。取り残された望月は、川面に映ったネオンサインを眺める。いつの間にか、数が減っていた。

水矢子の店に寄ると約束したことを思い出したが、すでに十二時を過ぎている。佳那に電話するにも遅過ぎる。寮に帰って寝るとするか。望月はおくびを洩らした。


翌朝、出社が少し遅くなった。望月がフロアに入って行くと、営業マンたちはとっくに席に着いて、電話をかけたり、伝票を書いたり、怒鳴り合ったりしていた。

以前なら、八時過ぎに出社したら、すぐさま吉永のガラスの灰皿が飛んできたものだが、今や売り上げナンバーワンになった望月が、多少遅く来ても、誰も文句は言わないし、何も飛んでこない。席で欠伸（あくび）をしながら目脂を取っていると、水矢子がお茶を運んできた。

「おはようございます」

「あ、昨日、ごめん」

望月は、水矢子に両手を合わせた。

「何ですか」

水矢子が驚いたように、望月の顔を見る。

「いや、遅くなったんで、店に行けなかった」

水矢子が低い声で怒った。

「望月さん、お店のこと、誰にも言わないでください。短期間なんですから」

「わかってるよ。佳那にも言っちゃ駄目？」

「どうせ二人でお昼ごはんを食べながら、話すつもりでしょうに」

図星だった。望月が黙ると、水矢子は不機嫌そうな顔で行ってしまった。佳那の方を見ると、すでに誰かと電話で話していた。おそらく、ＮＴＴ株の申し込みを勧誘しているのだろう。昼に例の中華料理店で会うから、その時、水矢子の話をしてやろうと思う。

視線を感じたのか、佳那が振り向いて望月の方を見た。今日は少し目が腫れているようだ。しかし、昨夜、これでもかと磨き立てた女たちを見たせいか、むくんだ顔をした佳那が愛おしかった。望月は誰にも見られないように、小さく手を振った。

「おい、望月」

吉永課長が呼んでいる。望月は慌てて席を立った。

「おまえ、昨日、佐々木と会っただろ？　おまえ、誰と会わせてもらったって？」

「山鼻さんて人です」

「山鼻？　あの深山(みやま)会の山鼻か？」

課長の大きな声に、周囲がびっくりして顔を上げた。

「深山会って、いうんですか」

「深い山の会と書くんだ。あいつは、長崎のヤクザだよ」

「長崎のヤクザが、何で福岡のウォーターフロント事業に絡んでるんですか」

「望月、ちょっと来い。そのこと説明してやるから」

吉永が周囲を見回してから、低い声で言った。

「でも、もう前場が始まるから、後でいいですよ」

「いいから、来いって」

吉永に怒鳴られ、望月は不承不承ついて行った。

支店には、形ばかりの応接室がある。ＶＩＰ客が来店した時など、この部屋に通して茶菓を振る舞うのだが、ほんの六畳ほどの部屋に、合成皮革のソファセットが置いてあるから狭く感じる。

吉永はそこに望月を誘った。そして、自分はどっかとソファに座って、テーブルの上に置いてあるライターで煙草に火を点けると、重いクリスタルガラスの灰皿を音を立てて引き寄せた。

「何ですか」

望月は腕時計を見ながら、立ったまま吉永を見遣った。

「何ですか、じゃねえよ。いいから、ここに座れ。ちょっと話があんだよ」

吉永は汚い口調で怒鳴った。

「はあ」

望月は仕方なく、吉永の向かい側の椅子に腰掛けた。すぐに自席に戻れるよう、半身を浮かしている。

「おまえ、深山会、知ってるんだろう？　これと関係してどうすんだ？」

吉永は、佐々木と同様、頬に指を当てた。

「やっぱ、ヤバいんですか？　でも、山鼻さんて、とてもいい人でしたよ。全然、ヤクザなんかに見えないです」

ヤクザと言えば、東映のヤクザ映画のイメージしかない。物腰の柔らかい山鼻の紳士然とした印象が拭えない望月は、あんな優男がどうしてヤクザなのか、と信じられなかった。

「いい人でも何でも、ヤクザはヤクザだよ」

「でも、課長。あの人は特A客になると思うんですよ。だから、怖いっちゃ怖いけど、見込まれたからには、男としてできないとは言えないです」

望月は見栄を張って唇を尖らせた。高級会員制クラブで優しく遇されて、骨抜きにされたとは、恥ずかしくて誰にも言えない。

「山鼻に見込まれたって？　山鼻はトップだぞ」

「そうなんですか」

見込まれた、という言葉に酔う自分がいる。

吉永にその言葉を繰り返されて、望月は陶然となった。子供っぽいとは、まったく思わなかった。

「わかった。じゃ、おまえの担当だな。この話、これ以上、上に持ってくんなよ。すべて、おまえの采配でやれ」

吉永は一瞬迷ったのか言葉に詰まったが、やがて決め付けるように言った。

「どういうことですか?」

「自分で処理しろってことだ」

「そんなこと敢えて言わなくたって、いつだってそうじゃないですか。自分で処理する以外のことって、あるんですか?」

望月は反発した。怒鳴り散らす吉永の前で、萎縮していた自分はもうどこにもいない。何かトラブルが出来(しゅったい)しても、発破ばかりかける吉永が責任を取ってくれる保証など、まったくないことも知悉(ちしつ)している。

「ま、おまえがいいならいいよ。俺は支店の売上に結びつくなら、何だっていいんだ。蛇の道は蛇だ」

急に、吉永はものわかりがよくなった。

「それから、おまえ、佐々木から聞いたけどさ。須藤先生が百株だの、山鼻が千株だのって言ったって、いくら何でも不可能だからな。一人一株って決まってるんだから、どんだけ集めたって、ハナ替えには数十が限度だろ。おそらくできません、すみませんって言って、両方に土下座して

「ともかく、一人が百も千もは物理的に無理だから、作戦練りましょうって言い直してこい。そのくらいなら、いいだろう」

さすがに、吉永が苦笑いした。

「そうです」

「つまり、おまえは阿漕な商売してるくせに、よく言うよって意味か?」

すると、吉永が言い返した。

「イケイケドンドンじゃなかったんですか。今のは、課長の言葉とは思えないですね」

「おい、無理とわかってて引き受ける方が阿漕(あこぎ)じゃないか?」

阿漕? どの口が言うのか。望月は呆れた。犬や猫の名前だってばれやしねえよ、と言ったのは誰だ。

望月は思わず、吉永の顔を見た。

「だけど、できるって言っちゃったんだから、やる前からできないって、謝るわけにはいかないですよ」

吉永は腕組みして憮然としている。

「そうだよ。そうだけど、いくらなんでも一人が百だの千だの、不可能だろ?」

望月はむっとして言い返した。

「だって、NTT株は業界にとって千載一遇のチャンスだってなこと言ったのは、課長ですよ」

こい」

昨夜、山鼻と須藤を前に、大見得を切ったのだから、今さらそんなことは言えない。

「わかりましたよ」

しかし、ここは吉永の言うとおりにせざるを得ないだろう。望月はいやいや頷いた。

「ところで、課長。さっきのお答え聞いてませんよ」と、話を変える。

「何だよ」

立ち上がりかけた吉永が、またソファに座った。

「いや、ヤクザ関係って言ったら、福岡か小倉なのに、何で長崎なんですか？」

「そりゃ、壱岐や五島列島あたりで、いい砂利が取れるからだろ」

「砂利？」

望月はわけがわからず、首を傾げる。

「ああ、砂利だよ。港湾事業や埋め立てには、必ず暴力団が関わってるんだ。埋め立ては、砂利の利権が絡むからな。砂利の掘削から運搬まで、地元の漁港から建設業までが細かく関わる仕事だろ？　だから、めんどくさいんだ。それで行政もところどころヤクザを絡ませた方がうまくいくと知っていて黙認している。深山会は、砂利の利権で埋め立て事業に食い込んでるんだ。資金も豊富らしい」

そうだったのか。何も知らずに、そんなに有名な深山会の親分と酒を飲んでいたのかと思うと、我ながら剛胆だと思うのだった。

「佐々木も、結構えぐいよな」

吉永はそう言って、煙草を吹かした。望月は、吉永が何を言いたいのかわからず、思わず顔を見た。

「佐々木さんが？　どういうことですか」

「いや、何でもない」

吉永が誤魔化して、短くなった煙草を灰皿で押し潰した。望月は、吉永が言いかけたことが気になったが、吉永が立ち上がったので、仕方なく一緒に応接室を出た。

自席に戻った望月は、早速、佐々木に電話をかけた。

「もしもし、佐々木さんですか？　萬三証券の望月です。昨夜はありがとうございました」

「これはどうも。昨日はご馳走になりまして、申し訳ない」

佐々木の声は淀みない。

「いえ、それよりも、私、山鼻さんのことを知らなかったのですが、今、吉永課長に聞いて驚きました」

一瞬、沈黙があった。

「そうなんですよ。そういう方なんです。私は、望月さんも、山鼻さんのお名前を聞けば何してる方かわかるだろう、と思ったんですがね。前にウォーターフロント関係の方ともお会いしてると仰ってたので、ご紹介したら何かと便利かと」

佐々木は恩を着せるように言ったが、望月はむしろ有難いと思った。

「そうですか。私が知っているのは、建設会社の人でしたから」

「埋め立てにはいろんな業者が関わってますからね」

「はい、そのことも、今、吉永から聞きました」佐々木が黙っているので、望月は続けた。「それで、吉永から、一人一株なんだから、千株の名義替えなんかとんでもないと叱られてしまいまして、せめて数十株にしてくれ、と謝りに行けと言われました。山鼻さんのご連絡先とかわかりませんか？」

「そうでしたか。いやあ、私もちょっと無理じゃないかなと思ってたんですよ。だけど、山鼻さんのことだから、申し込み者は相当数集められると思うんですよね。社員の名義だけ貸してもらって、後から付け替えるとか、いくらでもできるんじゃないですかね」

佐々木が気の毒そうな口振りで言う。

「そうですよね。何か方法を考えなければ、と思ってます」

「そうか、なんぞいい方法がないですかね」

佐々木が電話口で唸ったので、望月は時計を見ながら頼んだ。

「すみませんが、後でファクスででも連絡先を送ってくださいませんか。そろそろ前場なんで」

「あ、いや、電話番号しかわからないので、今お伝えしますよ」

望月は、佐々木の言う電話番号を慌てて書き取った。

昼休み、例の中華料理屋に、佳那と昼食に行った。

「昭ちゃん、何かうちに隠しとうやろう？　さっきから上の空や」

佳那がチャーハンをレンゲですくい取りながら、望月の顔を見ずに言った。

「何も隠してないよ。話したいことがいっぱいあって、どこから話していいかわからないんだ」

望月は佳那の顔を見た。今日の佳那は、瞼が少し腫れぼったくて、眠そうなのが可愛かった。

「じゃ、順番に話して」

佳那に促されて、望月は水矢子と夜の中洲でばったり会ったことから話し始めた。

「あの、みやちゃんが？」と、案の定、佳那は仰天している。

「うん、派手な化粧して、緑のワンピース着て歩いてたよ」

「どうりで、変わったて思うたわ。それにしたっちゃ水臭かね。何でうちにひとことも言わんのやろ」

寂しそうに言うので、望月は可哀相になった。

「内緒のつもりだったみたいだよ。誰にも言わないでくれ、と頼まれたから」

ショックだったらしく、佳那がレンゲを置いた。

「もう、お腹いっぱいやわ。昭ちゃん、よかったら食べて」

佳那からレンゲを渡され、皿に半分近く残ったチャーハンを食べ始める。自分の皿うどんはとうにない。

「で、次は何や？」

昨夜の経緯と吉永の反応を話すと、佳那は眉根を寄せた。

「そういうのはやめといた方が、無難なんやなかと？」

声が小さかったのは、望月の野心を知っているからだろう。

「でもさ、今さら、できませんって言うのも恥ずかしいんだよ。わかるだろう？」

「わかっとう」

佳那は水の入ったコップに手を伸ばし、表面に付いた水滴を爪の先で突いた。その水滴が流れるのをじっと見ている。

「なりゆきとはいえ、昭ちゃんがそげな人たちと関わるとは心配や」

「だけどさ、考えてみろよ」望月は、レンゲを口に運びながらのんびり言った。「俺たち、再来年には東京に脱出するんだぜ。それから世界に行くんだから、ただの踏み石だと思えばいいんだよ。商売して儲けさせてもらうし、あっちも儲けさせてやるんだ。俺はそう思っている」

言葉にすると、山鼻も単なる踏み台に過ぎないような気がしてきて、望月は午後にでも電話してみようと思った。

「だけど、あの吉永課長がそんなことば言うなんて。よほどびびっとうんやなかと。それだけの相手たい」

佳那がなかなか頷かないので、望月は、なぜわからないのだ、と少し苛立った。

「でもさ、須藤さんの紹介なんだぜ。須藤さんは、そっち方面の人脈もあるんだよ。医者も馬鹿にできないなと思ったよ」

「えっ」と、佳那がぎょっとしたように望月を見た。「須藤先生が？」

「ああ、昔からの知り合いみたいな感じだったよ。だからさ、須藤先生が付き合っているんだから、逆に言えば、ヤクザと言ったって普通のおじさんだよ。お姉さんが付き合っている時、須藤先生にそんな知り合いがいるって、気が付いてたか？」

「さあ、うちの知る限りはなかて思うけど」

そう言った後、佳那は黙って横を向いたので、望月は佳那の残したスープも飲み干した。

夕方、望月は思いきって、佐々木に教えられた山鼻の番号に電話してみた。

「もしもし、山鼻です」

低い声の男が出たが、当人かどうかわからない。

「私、昨夜お目にかかりました萬三証券の望月と申します。山鼻さんでいらっしゃいますか？」

「少々、お待ちください」

保留音は、聞き覚えのあるクラシックのピアノ曲だった。しばらく待っていると、本人が出た。

「もしもし、望月さんか。ゆうべはどうも、お引き留めしまして申し訳ない」

磊落で優しい調子である。望月はすっかり恐縮した。

「いいえ、こちらこそご馳走になりまして、すみませんでした。で、今日はお詫びの電話です」

「お詫び？　何ですか？」

柔らかな口調で問われて、望月は少し安心した。

「ＮＴＴ株の件です。私が『できる』と大口を叩いてしまいましたが、今回の売り出しで千株単位の名義替えはやはり難しいとのことでした。せいぜいできて数十株ではないかというのが、上司の見立てです。そのご報告とお詫びです」

必死に説明するうちに、腋窩が汗で濡れるのに気付いた。

「何だ、そんなことですか。それは仕方がないです。私もどうかなと懸念はしておりました」

思いがけず明るい声で返されて、望月は少し安堵した。

「申し訳ありません。何も知らなくて、ご迷惑をおかけしました」

「いや、いいですよ。私はね、望月さんの正直に謝ってくださる心情に感動しました。こちらこそ無理を言ってすみません」

望月は驚いていた。深山会の親分が、青二才の自分にへりくだっている。ほとんど土下座しそうになっていた。

4

十月二十九日、大蔵省はNTT株の売り出し価格を、一株（額面五万円）百十九万七千円と決めた。これは、大口投資家による、一般競争入札の落札価格の加重平均を採用したものである。

「ミリオン株か。こりゃあ、萎むな」

吉永が渋い顔をした。当初は一株八十万円前後を見越していただけに、その額を大きく上回る値段になったことで、買い渋る客が増えるだろうという予測だ。

早速、望月は顧客に値段を知らせる電話をかけまくった。深山会の山鼻に、真っ先に報告したのは、言うまでもない。

「もしもし、山鼻です」

いつも電話口に出る、声の低い男に伝える。

「萬三証券の望月です。ただいま、NTT株の値段が決まりましたので、お電話しました」

「少しお待ちください」

今日は保留音は鳴らずに、すぐ山鼻本人に代わった。背後からは、ぼそぼそと男たちが話す声がしていたが、ぴたりと静まった。おそらく、山鼻が注意したのだろう。

「ああ、望月さん。ご苦労様です」

相変わらず、滑らかな優しい声である。

「NTT株ですが、先ほど、一株百十九万七千円に決まりました」

「ほう、約百二十万ですか。結構、高かったですね。意外じゃないですか？」

「はい。うちの課長は、買い渋りも増えるんじゃないかと心配しています。山鼻さんは、そのままでよろしいですね？」

「もちろん。私はできる限り買いますので、キャンセル分も回してくださいよ。よろしくお願いします」

「はい、そのようにいたします」

電話を握ったまま、腰を折って最敬礼する。すると、山鼻が急に思い出したように言った。

「そうだ、望月さん。鰻（うなぎ）、好きですか？」

「はあ、好きですけど」

咄嗟（とっさ）にそう答えたものの、二十三年間生きてきて、鰻を食べたことは数えるほどしかない。望月の家は貧しくて、子供に鰻を食べさせる余裕などなかった。

「渡辺通りにうまい店があるんですよ。『うな徳庵』というのですが、ご存じかもしれませんね？」

「いえ、全然知りません」

「そうですか。じゃ、昼飯にどうですか」

「は、ありがとうございます」

望月は店の名前をメモに殴り書きすると、反射的に窓口にいる佳那の方を見遣った。佳那は背中を向けて、書類仕事をしていた。今日は、佳那と新しく出来たイタリアンに行こうと約束していたから、佳那に断りの連絡をしなければならない。

早速、外線から顧客にかけたかのように見せかけて、佳那に電話をした。他の者も皆、顧客にNTT株の価格を知らせる電話をしているところだから、目立たないはずだ。

「もしもし、萬三証券、小島でございます」

滑舌のはっきりした、佳那の澄んだ声が耳に心地よい。

「私、萬三証券の望月と申します」

周囲に聞こえてもいいように、営業の電話をかけているふりをする。

「お世話になっております」

佳那が答える。以前は、こちらを窺うような素振りを見せたりもしたが、最近はうまくなって、絶対に振り向かない。

「こちらこそです。あのう、大変申し訳ありませんが、今日は都合が悪く、伺えなくなりました。明日、必ず伺いますので、どうぞよろしくお願いいたします」

「さようですか。はい、では、そのようにいたします」

佳那の返事を待ってから電話を切る。そして、ちらりと佳那の方を見た。佳那はまだ電話を切らずに、受話器を肩と耳の間に挟んだまま、机の上の資料を探すふりをしている。

互いの演技もうまくなったものだと悦に入ったが、何となく視線を感じて振り返ると、遠くから浅尾が望月を凝視していた。監視しているのか、と不快だった。

最近の浅尾は取り乱すこともなく、淡々と業務をこなしている。年末に退職すると聞いているが、ＮＴＴ株の申し込み数も、フロントレディの中では群を抜いて多く、実力を見せつけていた。

しかし、じきに会社を辞める浅尾になど、望月は何の関心も持っていない。むしろ、全社員の前で醜態を演じたくせに、よくも平然と仕事をしていられるものだと、浅尾の神経に驚き呆れている。それが女の開き直りか、と浅尾の方を見ると、浅尾は視線を逸らした。何も怖いものなどない、とでも言いたげな不遜な雰囲気だった。望月の方も、今は支店長の威光を背負わなくなった浅尾など、怖くもなんともないのだった。

望月は別の顧客に電話をすべく、電話帳に視線を戻した。山鼻や須藤のような特Ａ客をがっちり摑んで、ナンバーワンの座は絶対に守り抜く、と固く決意している。

昼時、望月は社を出て渡辺通りの鰻屋「うな徳庵」に向かった。店はすぐに見付かったが、案に相違して、ガラス戸に暖簾がかかった庶民的な店構えだ。しかし、店横の路地には、黒塗りの乗用車が停まっており、男たちが二人乗っているのが見えた。

望月は緊張して店に入った。

「おお、こっちこっち」

望月の姿を見て、小上がりから山鼻が顔を出して手招きした。今日は派手なツイードのジャケットを着ている。

奥に女が座っていて、煙草を吹かしながら、望月の姿をじろりと見遣った。女の年の頃は三十代後半か。ぴったりした体の線が浮き出る紫色のセーターにジーンズ。まったく化粧をしておらず、小さな顔は浅黒く、眉毛も描いていないので不気味だった。だが、手足は細く長く、スタイルは抜群にいい。

「どうも、遅くなりまして」

「ちょっとそこに座って」

山鼻の指示通り、遠慮がちに小上がりに入って、窮屈に正座をした。

「構わないから、崩していいよ」

「はあ」

山鼻に言われたままに胡座をかくと、女に嗄れた声で注意された。

「あなたさ、山鼻さんの前で胡座かくのは十年早いよ。若いんだから、正座したままでいなさいよ」

「は、申し訳ありません」

座布団を素っ飛ばすように慌てて座り直すと、山鼻が「まあまあ、俺がいいって言ったんだからさ」と女を抑えるような真似をした。望月は硬くなって俯いている。

「でも、いいって言われたからって、それ、まともに受ける？」

女は不満そうだ。礼儀にうるさい女だ、と望月はそっと顔を見上げた。その冷ややかな眼差しは、さっきの浅尾を彷彿させた。どうにも相性が悪そうである。

「望月君は新入社員だからな。まだ素直なんだよ」

山鼻が取りなしたが、女が不満そうな顔で山鼻を見た。

「そんな若い人なのに、大丈夫なのかしら」

「大丈夫だよ、なあ、おい」

山鼻に同意を求められて、わけがわからない望月は鸚鵡返しに答えた。

「はあ、大丈夫です」

女は「なら、いいけど」と呟いて、横を向く。無礼な女だと反感が高まった。

「望月さん、ここは蒸籠蒸し(せいろ)がうまいんだ。適当に頼んだけどいいね？」

山鼻が話を変えた。

「はい、お任せします」

蒸籠蒸しがどんなものかわからず、おどおどしていると、突然、猪口（ちょこ）を手渡されて、とくとくと熱燗（あつかん）が注がれた。

「これはどうも」と、恐縮しながら口を付ける。

本音は就業時間中だから、と断りたかったのに、すべてが山鼻のペースで進んでいて、若い望月にはどうすることもできない。

テーブルに、う巻きや白焼きなどが並んだ。山鼻は望月に勧めもせずに、うまいうまい、と豪快に食べている。望月は箸を付けることが躊躇われて、黙って酒を飲んだ。

「望月さん、この人はね、倉田（くらた）さんていうんだ。言うなれば、ビジネスパートナーだね」

やっと、傍らに座る女を紹介してくれた。倉田という女は酒ではなく、大きな湯飲みに入った緑茶を飲み、料理には手を付けずにずっと煙草を吸っている。

「よろしくね」

倉田は傍らに置いてあるヴィトンのバッグから、角の丸い女持ちの名刺を差し出した。

名刺には、「ＭＯＥグループ代表　倉田かず子」とある。

「倉田さんも、この機会に株をやりたいそうだ。だから、あんたに紹介するよ」

つまり、顧客になるということか。

「ありがとうございます。私は若輩者ですが、絶対に損はさせません。よろしくお願いします」

望月は意気込んで、頭を下げた。

「望月君はね、何か持ってるんだよ。だから、俺もついていくわ」

『何か持ってる』『俺もついていく』

山鼻をして、これ以上の褒め言葉があるだろうか。望月は舞い上がった。

「じゃ、早速だけど、これ。よろしく頼むわ」

倉田が差し出した茶封筒には、女性の名前の住民票が三十通ばかり入っていた。

「何ですか、これは?」

「NTT株の申し込みよ。うちの従業員の名前集めたのよ。あら、住民票なんて要らなかった?」

「いいえ、いずれ必要になると思いますから、このままお預かりしていきます」

望月は茶封筒を、書類鞄に仕舞った。

「おまえは、用意がいいなあ」

山鼻にからかわれた倉田は、笑わずに冗談めかして言った。

「お金儲けのためなら、何でもするつもりよ」

「何でもする、か」と、山鼻は繰り返した。「この人はね、中洲で店を三軒持ってるんだ。この間行った店もそうだよ」

そう言えば、モエ・ロワイヤルという名の会員制クラブだった。

「うちの店、どうでした?」

倉田が真面目な顔で訊くので、望月は正直に答えた。

「会員制クラブというところに、生まれて初めて行ったので、何も覚えていないくらい興奮しました」

その答えが気に入ったのか、倉田がふっと鼻で笑った。山鼻にしても、倉田にしても、望月には生まれて初めて会う種類の人間だった。磊落そうでいて気難しく、危険極まりないはずなのに優しく、礼儀にうるさいかと思えば自堕落で、金があるかと思うと吝嗇、よくわからない人たちだった。

「望月さん、今度いらした時、気に入った子がいたら言ってね。何とかしてあげるわよ」

倉田が冗談とも本気ともつかぬ口調で言う。

「駄目だよ、望月さんは同じ会社に婚約者がいるんだから」

骨煎餅を囓りながら、山鼻が笑った。

「何でご存じなんですか？」

驚いて訊ねたが、そんなことを喋るのは須藤か佐々木しかいないと思うと、少し嫌な気がした。

「須藤先生から聞いたんですか？」

「まあ、そんなとこだよ。えらく可愛い子らしいじゃない」

「へえ、可愛い子なの。見かけによらず、手が早いのね」

倉田が小馬鹿にしたように言った時、山鼻の威光があるから、こんなに偉そうにできるのかと内心むっとした。

望月は、熱燗を銚子で二本近く飲まされて店を出た。山鼻の用事は、倉田を紹介することだったらしい。倉田がどのくらい金を持っているかわからないが、山鼻関係だから、無下にはできなない。顧客が増えるのは嬉しいが、少し面倒を背負った気がしないでもない客であることは確かだった。

「もしもし、佐々木さんですか」

望月は、博多銀行の佐々木に電話をした。

「ああ、望月さん。連絡しようと思ってました。NTT株、値段決まりましたね。三桁とはね」

「はい。そのこともありますが、実はちょっと伺いたいことが」

「何でしょう」

「今、山鼻さんに呼ばれて、昼飯をご馳走になったんですが、その席に倉田さんという女性がいらっしゃいましてね。MOEグループって名刺もらったんですが、山鼻さんとどういう関係ですか?」

「ああ」と、佐々木は急に口調が砕けた。「山鼻の愛人ですよ」

そうではないかと思っていたが、まだ二十三歳でしかない望月は、中年男が仕事先の人間に、堂々と愛人を紹介するのが不思議だった。

「ビジネスパートナーと言ってましたが」

「ビジネスパートナー?」佐々木が声を上げて笑った。「MOEは山鼻さんが金を出して、愛人にやらせてるグループです。でも、倉田さんは最初の愛人ですけど、他にも二人いるんです」

「じゃ、三人もいるんですか。奥さんの他に」

望月は驚いて、大声を出した。

「いや、もっといるかもしれません」

佐々木は平然と言う。

「本当ですか。すごいな」

驚いた望月を、佐々木は子供っぽいと思ったのだろう。

「望月さん、金のある男はみんな、女遊びをすると思った方がいいですよ。懐が潤うと飲む機会も増えるし、誘惑も多い。自然にそうなります」

佐々木は確信を持って言う。だが、自分にはできない、と望月は思った。

「ま、あなたはもうじき結婚する予定だから、今は信じられないでしょうけど、四十くらいになったら、わかりますよ」

佐々木が嚙んで含めるように言ったが、一生わからなくていい、と望月は思った。自分は小島佳那とともに階段を上り詰めて一緒に暮らし、一緒に死ぬのだ。そのために、仕事に精を出す。吉永でさえも怯える、山鼻のような危険な客と関わり、卑怯な須藤のために佳那の姉を売る。それはすべて、自分と佳那を守るための道具でしかないのだ。

NTT株の申し込み者数は、一株が百十九万七千円という値段が災いしてか、思ったよりも伸びなかった。だが、騒ぎはますます過熱していた。老後の資金にしたいという老人や、新車を買いたいという若い男、へそくりをすべて投入したという主婦らの話が、連日、週刊誌や新聞を賑わせている。

さらには、サラ金大手のレイクが、ＮＴＴ株購入資金に限って、百万までの低金利短期ローンを発売すると発表した。通常の消費者ローンは、年に三十九・七八パーセントの金利だが、この商品は、年十四・六パーセントと異例の低さだ。融資の取り扱い期間は、株の代金振り込み期間の翌年一月五日から十九日までで、返済は三月三十一日までの一括払いが条件だという。ＮＴＴ株の引き換え通知書があれば融資可というのだから、これまで株には縁のなかった一般庶民にまで、ＮＴＴ株への関心が広がっているという証でもあった。

証券会社の思惑は、その関心を証券ブームに結びつけ、これを機に新たな顧客を開拓したい、という虫のいいものだったが、それは確実に実を結んでいた。

それが証拠に、滅多に連絡などしてこない望月の母親からも会社に電話があった。「近所の人に泣きつかれたんだけど、あんたはあの株を優先的に買えないの」と言う。

長男が証券会社に勤めていると自慢したら、何とか融通を利かせることはできないか、と頼まれたのだとか。もちろん、抽選だからとやんわり断ったが、その人物は望月の新たな顧客になった。

そんなこんなで、望月自身が預かったり、誰彼構わず頼み込んで集めた申し込み者数も千を超えた。年末に抽選があり、望月が預かった申し込みのうち、当選はほぼ二割の二百を少し超えた。申し込み者数が一番多かった山鼻のところで、三十八株当選、須藤が十九株、倉田が五株だった。望月の親族関係では二株だ。これは両親の貯蓄と、望月が消費者金融から借りた金で賄うことにした。

佳那も二株当選、水矢子はゼロ。水矢子の分は、辞退者のキャンセル分をハナ替えすることにしてやった。佳那も水矢子も現金がないので、レイクや他のサラ金で借りて払い込んだ。

キャンセル分は、優先的に山鼻に回してやったところ、山鼻は、合計八十株をハナ替えその他で、自分のものにできることになった。すると、山鼻が十株ほど、望月に分けてくれるという。これ以上、購入資金を作れないからと断ったが、山鼻は金を貸すと言って聞かない。山鼻に借りを作りたくない望月は固辞したが、山鼻は譲らなかった。

『水臭いよ、望月さん。私はヤクザと言われているかもしれないけど、正規の商売をしているんだから堅気同然です。迷惑は絶対にかけないから、どうか、心配しないで受け取ってくださいよ』

こう言われては、断れない。望月は山鼻から千二百万の金を借りて、十株の購入資金に充てたのだった。この資金源については、苦言を呈されると思って吉永には報告しなかった。

年明けて、一九八七年の二月九日、遂にＮＴＴ株が上場した。初日の値は百四十万のストップ高気配で売買が成立しないまま引けた。

社内では、誰もが息を潜めて、後場の実況に耳を澄ませていたが、計算違いの結果に、「何だよー、これで終わりかよ」と失望の溜息が洩れた。値がつかないために、注文を出し直さなければならないからである。結局、営業マン全員が徹夜でコンピューターに入力し直し、十日の立ち会い開始までには、何とか処理を終えることができた。

そして、十日の午後二時四十六分、買い気配値がストップ高の百六十万円まで上がった。この時点で、社内がどっと沸いた。

場立ちが買いを入れようとしたが、混雑で取引ポストにも近寄れない。そんななか、事務幹事証券の野村証券が冷やし玉十万株ばかりを売って、売買を成立させたのだった。萬三証券の営業部は、顧客からの買い注文の電話対応に追われていた。

「百六十万つけました。もう少し引っ張りましょうか？」

望月は真っ先に、個人では一番多く買った山鼻に電話した。この日は望月の電話を待っていたらしく、山鼻本人が電話に出た。

「望月さんなら、どうする？」

いきなりこう聞かれて、望月は絶句した。が、しばし考えた後に答えた。

「まだまだ上がりますよ。第二次放出が十一月ですから、それまでに何度かピークがくると思うんです。買い足してもうちょっと様子を見た方が面白いかと思います」

「面白い、か。そりゃいいや」山鼻が笑った。「望月さん、あんたに任せたから、適当に買って、いい時期に売ってくれ。金なら用意する」

「わかりました」

望月の胸は激しく高鳴った。十株は望月が譲り受けたから、山鼻の持ち株数は七十株である。今売れば、約二千八百万の儲けだ。

ここでさらに百株買ったらどうなるか。もちろん、億単位での取引などいくらでもあるから大口ではないが、儲かるとわかっている株だから、確実な小遣い稼ぎになる。ただ、問題は今後の読みだ。

同僚の中には、百六十万の高値をつけた時点で、自分の株を売りに出した者も大勢いた。だが、望月は自分の株も様子を見るつもりでいる。親族の二株は両親に渡すとして、山鼻に譲ってもらった十株は自分のものなのだ。それは、すでに四百万の儲けを生んでいる。だが、それでは足りない。もっと儲けたかった。

電話を数件かけて、ひと息吐いた時、机の前に佳那が立っているのに気付いた。フロントレディは窓口業務なので、営業部の方にあまり来ることはない。

望月は周囲を気にして見回したが、誰もが電話に張り付いて大声を出しており、望月たちに注意を払う者はいなかった。

「どうしたの？」

「昭ちゃん、売った方がよか？」

佳那が小声で訊いた。後場はあと数分で終わる。佳那は二株分を買うために、レイクはじめサラ金で二百万借金した。少し様子を見るにしても、三月いっぱいで返済しなければならないので、売り時を相談したいらしい。

「もうちょっと待てよ。もっと上がる」

「いつまで？　三月で決着つくかな」

「それは、わからない」

「じゃ、レイクはどうしよう」

「そんなの三月に考えろよ。もし、もっと様子を見るなら、別の街金で借りて返せばいいんだよ」

佳那の顔が輝いた。

「なるほど。そげん発想なかったわ」

「な、面白いだろ？」

山鼻にも言った言葉だ。佳那が大きく頷いてボードを見上げ、嬉しそうに言った。

「やっぱり、高値つけたね」

「まだまだ上がるよ。俺が高値の時に売ってやるから、ちょっと待て」

そうだ、律儀に考えることなどないのだ、と望月は思った。まるで打ち出の小槌を手にしているように、機転さえ利かせれば、金などいくらでも涌いて出てくるような気がしてならない。株とはまことに面白いものだ、と心底思った。

佳那が自席に戻って行く後ろ姿を見ながら、望月は「絶対に上がるから、待てよ」と何度も自分に言い聞かせるように呟いた。

窓口の方が急にざわついたので振り返ると、十二月いっぱいで退職した浅尾が遊びに来ていた。自身が売ったＮＴＴ株の動向を見に来たのだろうか。

浅尾は毛皮のコートを着て、シャネルらしきチェーンバッグを肩にかけていた。浅尾と親しかったフロントレディたち数人が、こっそり手を振ったり、笑いかけたりしていた。浅尾はフロアを見回し、望月と目が合うとわざとらしく逸らした。

浅尾の送別会は、年末に忘年会を兼ねて行われたが、望月も佳那も二次会は欠席した。それが気に入らない、と浅尾が怒っていたと同僚から聞いたが、辞めていく女の憤懣（ふんまん）など、望月にはどうでもよい。そんなことを思いながら浅尾の顔を見ていたら、倉田にしばらく電話するのを忘れていたことに気付いて、望月は慌てた。倉田が山鼻の愛人だと聞いてからは、腫れ物に触るような感覚で相対していたのに、抜かった。

「もしもし、萬三証券の望月です」

「はい、どうも。ねえ、百六十万つけたって？」

倉田は不機嫌な様子だった。

「そうです」

「私、現金が欲しいので、すぐに二株だけ売ってくれない？」

「申し訳ありません。後場は閉まったので、祝日明けすぐに売ります」

「閉まった？　何で途中で知らせてくれないのよ」

「バタバタしていて、お電話できませんでした。すみません」

「でも、あんた、山鼻さんにはしょっちゅう電話してたよね」

「すみません。ご一緒かと思ってました」

「一緒にいたけど、お金の出所は違うんだから、私にもちゃんと知らせてよね」

「今後気を付けます」

平身低頭して謝った。

「これで大損したりしたら、あんたの責任になるんだよ。山鼻さんと違って、小口だからって馬鹿にしないでよね」

「馬鹿になどしていません」

受話器を握ったまま、頭を下げ続けたが、倉田は執拗で、なかなか怒りは収まらなかった。

翌営業日の朝、前場が開く前に倉田に電話したが、今度はまったく出ない。本人の許可がないので売ることもできず、望月は困り果てた。仕方がないので、山鼻に伺いを立てるために電話をする。

「山鼻さんをお願いします」

いつも電話に出る男に頼む。すると、しばらく保留音が鳴り続け、待ちくたびれた頃に、山鼻本人が出た。食事中ででもあったのか、何かを呑み込む音がする。

「おう、望月さん。どうしました」

「おはようございます。朝からすみません。あのう、倉田さんとはご連絡つきませんでしょうか?」

「何で？　ここには来てないよ。どうせ、まだ寝てんだろう」

山鼻は面倒臭そうに言う。

愛人だからといって、朝から事務所で一緒にいるわけはない。まして、愛人だというのは、佐々木からの情報で、それを鵜呑みにしていいのかどうかもわからない。

「すみません。失礼しました」

望月は急いで切ろうとした。

「待って。倉田は何だって？」

「現金が入り用なので、二株ほど急いでお売りになりたいそうです。それを伺ったのが一昨日後場が終わった後だったので、今日、急ぎ売ろうかと思いまして」

「何だよ、それ」山鼻が呆れたように言った。「そんなのいいよ。あいつが我が儘言ってるだけなんだから。持たせておいていいよ」

「しかし」

「いいんだよ、どうせ金の出所は俺なんだから」

「はあ、そうですか。では、そのようにお伝え願えれば」

最後まで言わないうちに、電話が切れた。どうやら、山鼻は倉田のことで腹を立てたらしい。まるで自分が告げ口をしたようで気が引けたが、もうどうしようもない。倉田には何度も電話をしたが出なかった。仕方がないので、そのままにしたが、倉田の恨みを買ったのではないかと、不安が残った。

その後、ＮＴＴ株は面白いように値上がりを続けた。四月に入り、三百十八万という高値をつけた時、望月はこれが天井値だろうと見極めて、山鼻に電話した。

「そろそろ売りたいと思います。これが天井じゃないかと、上司も言ってます」

もっとも、吉永は二月十日に百六十万になった時に、持ち株をすべて売っていた。その後の値上がりを悔しがり、望月を羨んでいた。

「まだ上がるんじゃないのかな」

山鼻は未練があるようだ。が、何度か値が下がり、持ち直してこの値段だ。十一月に第二次の放出もあるのだから、そろそろ値が下がってもいい頃だった。

「二百万も上がったんですから、御の字です。このあたりで売ってもいいんじゃないですか」

「ま、望月さんがそう言うなら、そうしようか」

「わかりました。では、そのように手配します」

電話を切ろうとした時、ふと思い出して倉田のことも聞いた。

「倉田さんの分も、売ってもよろしいですか」

結局、山鼻に言われた通り、倉田の五株はそのまま保持してあった。その後、何も言ってこないので、あの日の電話はただの嫌がらせだったようだ。

「いいよ。何か文句を言ったら、俺が許可したと言っていいから」

「ありがとうございます。早速手配します」ほっとして礼を言う。

「頼むよ」

「それから、山鼻さん。お借りしたお金ですが、おかげさまで私もずいぶん儲けることができました。私も今日すぐに売りますので、すぐにお返しにまいります」

「ああ、あれか」

山鼻は少し考えているようだ。

「はい、十株の購入資金をお借りしましたので、千二百万はすぐにお返しに伺います」

「あれは、いいよ。要らないよ」

まるで傘の貸し借りのように「要らないよ」と気軽に言われて、望月は度肝を抜かれた。

「いえ、お返しします」

「いいんだよ。望月さん、あんたへのご祝儀だ。よくぞ、売らずにここまで引っ張ってくれたよ。おかげで、俺も儲かった」

ＮＴＴ株は山鼻に二億五千万以上もの利益をもたらしたことになる。

「いや、困ります。私の利益は大き過ぎて手に余ります」

「何言ってるんだよ。株屋がそのくらいの額に驚いてたら、つとまんないよ。それに、あんた、もうじき結婚するんだろう？　だったら、貯金でもしなさいよ」

「いや、本当に困ります。これからお返しに上がります」

「いいよ。それより、これからもよろしく頼むよ」

電話が切られた。望月は、山鼻に大きな借りを作ったことに気付いて呆然としていた。


（下巻へ続く）

初出　「サンデー毎日」二〇二一年四月四日号～二〇二一年七月十日号
単行本化にあたり、大幅に加筆・修正をしました。
本書はフィクションであり、実在の人物・団体とは一切関係ありません。

桐野夏生（きりの　なつお）

一九五一年生まれ。九三年「顔に降りかかる雨」で江戸川乱歩賞受賞。九八年に『ＯＵＴ』で日本推理作家協会賞、九九年『柔らかな頬』で直木賞、二〇〇三年『グロテスク』で泉鏡花文学賞、〇四年『残虐記』で柴田錬三郎賞、〇五年『魂萌え！』で婦人公論文芸賞、〇八年『東京島』で谷崎潤一郎賞、〇九年『女神記』で紫式部文学賞、一〇年、一一年に『ナニカアル』で島清恋愛文学賞と読売文学賞の二賞を受賞。一五年に紫綬褒章を受章。二一年に早稲田大学坪内逍遙大賞、二三年には毎日芸術賞を受賞。『日没』『インドラネット』『砂に埋もれる犬』『燕は戻ってこない』など著書多数。日本ペンクラブ会長。

真珠(しんじゅ)とダイヤモンド　上

印刷　2023年1月20日
発行　2023年2月5日

著者　桐野夏生(きりのなつお)
発行人　小島明日奈
発行所　毎日新聞出版
〒102-0074
東京都千代田区九段南1-6-17 千代田会館5階
営業本部　03（6265）6941
図書第一編集部　03（6265）6745

装丁　佐藤亜沙美（サトウサンカイ）
装画　Kamin

印刷　精文堂印刷
製本　大口製本

ISBN 978-4-620-10860-5